季羡林作品精选

名家作品精选

季羡林 著

长江出版传媒　长江文艺出版社

图书在版编目（CIP）数据

季羡林作品精选 / 季羡林著. -- 武汉：长江文艺出版社，2019.11
（名家作品精选）
ISBN 978-7-5702-1071-8

Ⅰ.①季… Ⅱ.①季… Ⅲ.①散文集－中国－当代 Ⅳ.①I267

中国版本图书馆 CIP 数据核字(2019)第 188684 号

| 责任编辑：程华清　李　倩 | 责任校对：毛　娟 |
| 封面设计：沐希设计 | 责任印制：邱　莉　杨　帆 |

出　版：长江出版传媒　长江文艺出版社
地　址：武汉市雄楚大街 268 号　　邮编：430070
发　行：长江文艺出版社
http://www.cjlap.com
印　刷：湖北画中画印刷有限公司

开本：640 毫米×970 毫米　　1/16　　印张：18.5　　插页：1 页
版次：2019 年 11 月第 1 版　　2019 年 11 月第 1 次印刷
字数：225 千字

定价：30.00 元

版权所有，盗版必究（举报电话：027—87679308　87679310）
（图书出现印装问题，本社负责调换）

目　录

人生 / 1

再谈人生 / 3

人生的意义与价值 / 5

不完满才是人生 / 7

世态炎凉 / 9

走运与倒霉 / 11

缘分与命运 / 13

做人与处世 / 15

容忍 / 17

成功 / 19

知足知不足 / 21

有为有不为 / 23

论朋友 / 25

谈孝 / 27

老年谈老 / 29

八十述怀 / 33

名家作品精选

九十述怀 / 37
九三述怀 / 45
九十五岁初度 / 50
国学漫谈 / 53
略说中国传统文化及其特点 / 57
从宏观上看中国文化 / 61
21世纪：东方文化的时代 / 75
西方不亮东方亮 / 79
我们要奉行"送去主义" / 89
"天下第一好事，还是读书" / 92
对我影响最大的几本书 / 94
才、学、识 / 96
陈寅恪先生一家三代的爱国主义 / 99
朱光潜先生的为人与为学 / 105
我记忆中的老舍先生 / 109
回忆梁实秋先生 / 113
扫傅斯年先生墓 / 116
悼念沈从文先生 / 120
我的家 / 125
一个预言的实现 / 128
再谈爱国主义 / 130
温馨，家庭不可或缺的气氛 / 132
我的美人观 / 134
赞"代沟" / 139
笑着走 / 142
我害怕"天才" / 144
病中琐谈 / 146
枸杞树 / 162
海棠花 / 166

神奇的丝瓜 / 169

怀念西府海棠 / 172

清塘荷韵 / 176

老猫 / 180

喜鹊窝 / 189

一条老狗 / 195

黄昏 / 202

晨趣 / 206

回忆 / 208

寻梦 / 212

春满燕园 / 214

清华颂 / 216

月是故乡明 / 218

人间自有真情在 / 220

赋得永久的悔 / 222

两个小孩子 / 228

官庄记行 / 233

富春江上 / 236

观秦兵马俑 / 241

我爱北京 / 246

歌唱塔什干 / 250

尼泊尔随笔 / 260

佛教圣地巡礼 / 271

大觉寺 / 281

人　生

在一个"人生漫谈"的专栏中，首先谈一谈人生，似乎是理所当然的，未可厚非的。

而且我认为，对于我来说，这个题目也并不难写。我已经到了望九之年，在人生中已经滚了八十多个春秋了。一天天面对人生，时时刻刻面对人生，让我这样一个世故老人来谈人生，还有什么困难呢？岂不是易如反掌吗？

但是，稍微进一步一琢磨，立即出了疑问：什么叫人生呢？我并不清楚。

不但我不清楚，我看芸芸众生中也没有哪一个人真清楚的。古今中外的哲学家谈人生者众矣。什么人生意义，又是什么人生的价值，花样繁多，扑朔迷离，令人眼花缭乱；然而他们说了些什么呢？恐怕连他们自己也是越谈越糊涂。以己之昏昏，焉能使人昭昭！

哲学家的哲学，至矣高矣。但是，恕我大不敬，他们的哲学同吾辈凡人不搭界，让这些哲学，连同它们的"家"，坐在神圣的殿堂里去独现辉煌吧！像我这样一个凡人，吃饱了饭没事儿的时候，有时也会想到人生问题。我觉得，我们"人"的"生"，都绝对是被动的。没有哪一个人能先制订一个诞生计划，然后再下生，一步步让计划实现。只有一个人是例外，他就是佛祖释迦牟尼。他住在天上，忽然想降生人寰，超度众生。先考虑要降生的国家，再考虑要降生的父母。考虑周详之后，才从容下降。但他是佛祖，不是吾辈凡人。

吾辈凡人的诞生，无一例外，都是被动的，一点主动也没有。

名家作品精选

我们糊里糊涂地降生,糊里糊涂地成长,有时也会糊里糊涂地夭折,当然也会糊里糊涂地寿登耄耋,像我这样。

生的对立面是死。对于死,我们也基本上是被动的。我们只有那么一点主动权,那就是自杀。但是,这点主动权却是不能随便使用的。除非万不得已,是决不能使用的。

我在上面讲了那么些被动,那么些糊里糊涂,是不是我个人真正欣赏这一套,赞扬这一套呢?否,否,我决不欣赏和赞扬。我只是说了一点实话而已。

正相反,我倒是觉得,我们在被动中,在糊里糊涂中,还是能够有所作为的。我劝人们不妨在吃饱了燕窝鱼翅之后,或者在吃糠咽菜之后,或者在卡拉OK、高尔夫之后,问一问自己:你为什么活着?活着难道就是为了恣睢的享受吗?难道就是为了忍饥受寒吗?问了这些简单的问题之后,会使你头脑清醒一点,会减少一些糊涂。谓予不信,请尝试之。

一九九六年十一月九日

再谈人生

　　人生这样一个变化莫测的万花筒,用千把字来谈,是谈不清楚的。所以来一个"再谈"。

　　这一回我想集中谈一下人性的问题。

　　大家知道,中国哲学史上,有一个不大不小的争论问题:人是性善,还是性恶?这两个提法都源于儒家。孟子主性善,而荀子主性恶。争论了几千年,也没有争论出一个名堂来。

　　记得鲁迅先生说过:"人的本性是,一要生存,二要温饱,三要发展。"(记错了,由我负责)这同中国古代一句有名的话,精神完全是一致的:"食色,性也。"食是为了解决生存和温饱的问题,色是为了解决发展问题,也就是所谓传宗接代。

　　我看,这不仅仅是人的本性,而且是一切动植物的本性。试放眼观看大千世界,林林总总,哪一个动植物不具备上述三个本能?动物姑且不谈,只拿距离人类更远的植物来说,"桃李无言",它们不但不能行动,连发声也发不出来。然而,它们求生存和发展的欲望,却表现得淋漓尽致。桃李等结甜果子的植物,为什么结甜果子呢?无非是想让人和其他能行动的动物吃了甜果子把核带到远的或近的其他地方,落在地上,生入土中,能发芽、开花、结果,达到发展,即传宗接代的目的。

　　你再观察,一棵小草或其他植物,生在石头缝中,或者甚至压在石头块下,缺水少光,但是它们却以令人震惊得目瞪口呆的毅力,冲破了身上的重压,弯弯曲曲地、忍辱负重地长了出来,由细弱变为强硬,由一根细苗甚至变成一棵大树,再作为一个独立体,继续

顽强地实现那三种本性。"下自成蹊",就是"无言"的结果吧。

你还可以观察,世界上任何动植物,如果放纵地任其发挥自己的本性,则在不太长的时间内,哪一种动植物也能长满塞满我们生存的这一个小小的星球地球。那些已绝种或现在濒临绝种的动植物,属于另一个范畴,另有其原因,我以后还会谈到。

那么,为什么到现在还没有哪一种动植物——包括万物之灵的人类在内——能塞满了地球呢?

在这里,我要引老子的话:"天地不仁,以万物为刍狗。"是造化小儿——谁也不知道,他究竟有没有?他究竟是什么样子?我不信什么上帝,什么天老爷,什么大梵天,宇宙间没有他们存在的地方。

但是,冥冥中似乎应该有这一类的东西,是他或它巧妙计算,不让动植物的本性光合得逞。

一九九六年十一月十二日

人生的意义与价值

当我还是一个青年大学生的时候，报刊上曾刮起一阵讨论人生的意义与价值的微风，文章写了一些，议论也发表了一通。我看过一些文章，但自己并没有参加进去。原因是，有的文章不知所云，我看不懂。更重要的是，我认为这种讨论本身就无意义，无价值，不如实实在在地干几件事好。

时光流逝，一转眼，自己已经到了望九之年，活得远远超过了我的预算。有人认为长寿是福，我看也不尽然。人活得太久了，对人生的种种相，众生的种种相，看得透透彻彻，反而鼓舞时少，叹息时多。远不如早一点离开人世这个是非之地，落一个耳根清净。

那么，长寿就一点好处都没有吗？也不是的。这对了解人生的意义与价值，会有一些好处的。

根据我个人的观察，对世界上绝大多数人来说，人生一无意义，二无价值。他们也从来不考虑这样的哲学问题。走运时，手里攥满了钞票，白天两顿美食城，晚上一趟卡拉OK，玩一点小权术，耍一点小聪明，甚至恣睢骄横，飞扬跋扈，昏昏沉沉，浑浑噩噩，等到钻入了骨灰盒，也不明白自己为什么活过一生。

其中不走运的则穷困潦倒，终日为衣食奔波，愁眉苦脸，长吁短叹。即使日子还能过得去的，不愁衣食，能够温饱，然而也终日忙忙碌碌，被困于名缰，被缚于利索。同样是昏昏沉沉，浑浑噩噩，不知道为什么活过一生。

对这样的芸芸众生，人生的意义与价值从何处谈起呢？

我自己也属于芸芸众生之列，也难免浑浑噩噩，并不比任何人

高一丝一毫。如果想勉强找一点区别的话，那也是有的：我，当然还有一些别的人，对人生有过一些想法，动过一点脑筋，而且自认这些想法是有点道理的。

我有些什么想法呢？话要说得远一点。当今世界上战火纷飞，人欲横流，"黄钟毁弃，瓦釜雷鸣"，是一个十分不安定的时代。但是，对于人类的前途，我始终是一个乐观主义者。我相信，不管还要经过多少艰难曲折，不管还要经历多少时间，人类总会越变越好的，人类大同之域绝不会仅仅是一个空洞的理想。但是，想要达到这个目的，必须经过无数代人的共同努力。有如接力赛，每一代人都有自己的一段路程要跑。又如一条链子，是由许多环组成的，每一环从本身来看，只不过是微不足道的一点东西；但是没有这一点东西，链子就组不成。在人类社会发展的长河中，我们每一代人都有自己的任务，而且是绝非可有可无的。如果说人生有意义与价值的话，其意义与价值就在这里。

但是，这个道理在人类社会中只有少数有识之士才能理解。鲁迅先生所称之"中国的脊梁"，指的就是这种人。对于那些肚子里吃满了肯德基、麦当劳、比萨饼，到头来终不过是浑浑噩噩的人来说，有如夏虫不足以与语冰，这些道理是没法谈的。他们无法理解自己对人类发展所应当承担的责任。

话说到这里，我想把上面说的意思简短扼要地归纳一下：如果人生真有意义与价值的话，其意义与价值就在于对人类发展的承上启下，承前启后的责任感。

一九九五年

不完满才是人生

每个人都争取一个完满的人生。然而,自古及今,海内海外,一个百分之百完满的人生是没有的。所以我说,不完满才是人生。

关于这一点,古今的民间谚语,文人诗句,说到的很多很多。最常见的比如苏东坡的词:"人有悲欢离合,月有阴晴圆缺,此事古难全。"南宋方岳(根据吴小如先生考证)诗句:"不如意事常八九,可与人言无二三。"这都是我们时常引用的,脍炙人口的。类似的例子还能够举出成百上千来。

这种说法适用于一切人,旧社会的皇帝老爷子也包括在里面。他们君临天下,"率土之滨,莫非王土",可以为所欲为,杀人灭族,小事一端,按理说,他们不应该有什么不如意的事。然而,实际上,王位继承,宫廷斗争,比民间残酷万倍。他们威仪俨然地坐在宝座上,如坐针毡。虽然捏造了"龙驭上宾"这种神话,他们自己也并不相信。他们想方设法以求得长生不老,他们最怕"一旦魂断,宫车晚出"。连英主如汉武帝、唐太宗之辈也不能"免俗"。汉武帝造承露金盘,妄想饮仙露以长生;唐太宗服印度婆罗门的灵药,期望借此以不死。结果,事与愿违,仍然是"龙驭上宾"呜呼哀哉了。

在这些皇帝手下的大臣们,"一人之下,万人之上",权力极大,骄纵恣肆,贪赃枉法,无所不至。在这一类人中,好东西大概极少,否则包公和海瑞等绝不会流芳千古,久垂宇宙了。可这些人到了皇帝跟前,只是一个奴才,常言道:伴君如伴虎,可见他们的日子并不好过。据说明朝的大臣上朝时在笏板上夹带一点鹤顶红,一旦皇恩浩荡,钦赐极刑,连忙用舌尖舔一点鹤顶红,立即涅槃,落得一

个全尸。可见这一批人的日子也并不好过，谈不到什么完满的人生。

至于我辈平头老百姓，日子就更难过了。建国前后，不能说没有区别，可是一直到今天仍然是"不如意事常八九"。早晨在早市上被小贩"宰"了一刀；在公共汽车上被扒手割了包，踩了人一下，或者被人踩了一下，根本不会说"对不起"了，代之以对骂，或者甚至演出全武行；到了商店，难免买到假冒伪劣的商品，又得生一肚子气……谁能说，我们的人生多是完满的呢？

再说到我们这一批手无缚鸡之力的知识分子，在历史上一生中就难得过上几天好日子。只一个"考"字，就能让你谈"考"色变。"考"者，考试也。在旧社会科举时代，"千军万马独木桥"，要上进，只有科举一途，你只需读一读吴敬梓的《儒林外史》，就能淋漓尽致地了解到科举的情况。以周进和范进为代表的那一批举人进士，其窘态难道还不能让你胆战心惊，啼笑皆非吗？

现在我们运气好，得生于新社会中。然而那一个"考"字，宛如如来佛的手掌，你别想逃脱得了。幼儿园升小学，考；小学升初中，考；初中升高中，考；高中升大学，考；大学毕业想当硕士，考；硕士想当博士，考。考，考，考，变成烤，烤，烤；一直到知命之年，厄运仍然难免，现代知识分子落到这一张密而不漏的天网中，无所逃于天地之间，我们的人生还谈什么完满呢？

灾难并不限于知识分子："人人有一本难念的经。"所以我说"不完满才是人生"。这是一个"平凡的真理"；但是真能了解其中的意义，对己对人都有好处。对己，可以不烦不躁；对人，可以互相谅解。这会大大地有利于整个社会的安定团结。

一九九八年八月二十日

世态炎凉

世态炎凉,古今所共有,中外所同然,是最稀松平常的事,用不着多伤脑筋。元曲《冻苏秦》中说:"也素把世态炎凉心中暗忖。"《隋唐演义》中说:"世态炎凉,古今如此。"不管是"暗忖",还是明忖,反正你得承认这个"古今如此"的事实。

但是,对世态炎凉的感受或认识的程度,却是随年龄的大小和处境的不同而很不相同的,绝非大家都一模一样。我在这里发现了一条定理:年龄大小与处境坎坷同对世态炎凉的感受成正比。年龄越大,处境越坎坷,则对世态炎凉感受越深刻。反之,年龄越小,处境越顺利,则感受越肤浅。这是一条放诸四海而皆准的定理。

我已到望九之年,在八十多年的生命历程中,一波三折,好运与多舛相结合,坦途与坎坷相混杂,几度倒下,又几度爬起来,爬到今天这个地步,我可是真正参透了世态炎凉的玄机,尝够了世态炎凉的滋味。特别是"十年浩劫"中,我因为胆大包天,自己跳出来反对"北大"那一位炙手可热的"老佛爷",被戴上了种种莫须有的帽子,被"打"成了反革命,遭受了极其残酷的至今回想起来还毛骨悚然的折磨。从牛棚里放出来以后,有长达几年的一段时间,我成了燕园中一个"不可接触者"。走在路上,我当年辉煌时对我低头弯腰毕恭毕敬的人,那时却视若路人,没有哪一个敢或肯跟我说一句话的。我也不习惯于抬头看人,同人说话。我这个人已经异化为"非人"。一天,我的孙子发烧到四十度,老祖和我用破自行车推着到校医院去急诊。一个女同事竟吃了老虎心豹子胆似的,帮我这个已经步履蹒跚的花甲老人推了推车。我当时感动得热泪盈眶,如

吸甘露，如饮醍醐。这件事、这个人我毕生难忘。

雨过天晴，云开雾散，我不但"官"复原职，而且还加官晋爵，又开始了一段辉煌。原来是门可罗雀，现在又是宾客盈门。你若问我有什么想法没有，想法当然是有的，一个忽而上天堂，忽而地狱，又忽而重上天堂的人，哪能没有想法呢？我想的是：世态炎凉，古今如此。任何一个人，包括我自己在内，以及任何一个生物，从本能上来看，总是趋吉避凶的。因此，我没怪罪任何人，包括打过我的人。我没有对任何人打击报复。并不是由于我度量特别大，能容天下难容之事，而是由于我洞明世事，又反求诸躬。假如我处在别人的地位上，我的行动不见得会比别人好。

一九九七年

走运与倒霉

走运与倒霉,表面上看起来,似乎是绝对对立的两个概念。世人无不想走运,而决不想倒霉。

其实,这两件事是有密切联系的,互相依存的,互为因果的。说极端了,简直是一而二二而一者也。这并不是我的发明创造。两千多年前的老子已经发现了,他说:"祸兮福之所倚,福兮祸之所伏,孰知其极?其无正。"老子的"福"就是走运,他的"祸"就是倒霉。

走运有大小之别,倒霉也有大小之别,而二者往往是相通的。走的运越大,则倒的霉也越惨,二者之间成正比。中国有一句俗话说:"爬得越高,跌得越重。"形象生动地说明了这种关系。

吾辈小民,过着平平常常的日子,天天忙着吃、喝、拉、撒、睡;操持着柴、米、油、盐、酱、醋、茶。有时候难免走点小运,有的是主动争取来的,有的是时来运转,好运从天上掉下来的。高兴之余,不过喝上二两二锅头,飘飘然一阵了事。但有时又难免倒点小霉,"闭门家中坐,祸从天上来",没有人去争取倒霉的。倒霉以后,也不过心里郁闷几天,对老婆孩子发点小脾气,转瞬就过去了。

但是,历史上和眼前的那些大人物和大款们,他们一身系天下安危,或者系一个地区、一个行当的安危。他们得意时,比如打了一个大胜仗,或者倒卖房地产、炒股票,发了一笔大财,意气风发,踌躇满志,自以为天上天下,唯我独尊。"固一世之雄也",岂二两二锅头了得!然而一旦失败,不是自刎乌江,就是从摩天高楼跳下,

"而今安在哉!"

从历史上到现在,中国知识分子有一个"特色",这在西方国家是找不到的。中国历代的诗人、文学家,不倒霉则走不了运。司马迁在《太史公自序》中说:"昔西伯拘羑里,演《周易》;孔子厄陈蔡,作《春秋》;屈原放逐,著《离骚》;左丘失明,厥有《国语》;孙子膑脚,而论兵法;不韦迁蜀,世传《吕览》;韩非囚秦,《说难》《孤愤》《诗》三百篇,大抵贤圣发愤之所为作也。"司马迁算的这个总账,后来并没有改变。汉以后所有的文学大家,都是在倒霉之后,才写出了震古烁今的杰作。像韩愈、苏轼、李清照、李后主等等一批人,莫不皆然。从来没有过状元宰相成为大文学家的。

了解了这一番道理之后,有什么意义呢?我认为,意义是重大的。它能够让我们头脑清醒,理解祸福的辩证关系;走运时,要想到倒霉,不要得意过了头;倒霉时,要想到走运,不必垂头丧气。心态始终保持平衡,情绪始终保持稳定,此亦长寿之道也。

一九九八年十一月二日

缘分与命运

缘分与命运本来是两个词儿，都是我们口中常说，文中常写的。但是，仔细琢磨起来，这两个词儿涵义极为接近，有时达到了难解难分的程度。

缘分和命运可信不可信呢？

我认为，不能全信，又不可不信。

我绝不是为算卦相面的"张铁嘴""王半仙"之流的骗子来张目。算八字算命那一套骗人的鬼话，只要一个异常简单的事实就能揭穿。试问普天之下——番邦暂且不算，因为老外那里没有这套玩意儿——同年、同月、同日、同时生的孩子有几万，几十万，他们一生的经历难道都能够绝对一样吗？绝对地不一样，倒近于事实。

可你为什么又说，缘分和命运不可不信呢？

我也举一个异常简单的事实。只要你把你最亲密的人，你的老伴——或者"小伴"，这是我创造的一个名词儿，年轻的夫妻之谓也——同你自己相遇，一直到"有情人终成了眷属"的经过回想一下，便立即会同意我的意见。你们可能是一个生在天南，一个生在海北，中间经过了不知道多少偶然的机遇，有的机遇简直是间不容发，稍纵即逝，可终究没有错过，你们到底走到一起来了。即使是青梅竹马的关系，也同样有个"机遇"问题。这种"机遇"是报纸上的词儿，哲学上的术语是"偶然性"，老百姓嘴里就叫作"缘分"或"命运"。这种情况，谁能否认，又谁能解释呢？没有办法，只好称之为缘分或命运。

北京西山深处有一座辽代古庙名叫"大觉寺"。此地有崇山峻

岭,茂林流泉,有三百年的玉兰树,二百年的藤萝花,是一个绝妙的地方。将近二十年前,我骑自行车去过一次。当时古寺虽已破败,但仍给我留下了深刻的印象,至今忆念难忘。去年春末,北大中文系的毕业生欧阳旭邀我们到大觉寺去剪彩,原来他下海成了颇有基础的企业家。他毕竟是书生出身,念念不忘为文化做贡献。他在大觉寺里创办了一个明慧茶院,以弘扬中国的茶文化。我大喜过望,准时到了大觉寺。此时的大觉寺已完全焕然一新,雕梁画栋,金碧辉煌,玉兰已开过而紫藤尚开,品茗观茶道表演,心旷神怡,浑然欲忘我矣。

将近一年以来,我脑海中始终有一个疑团:这个英年岐嶷的小伙子怎么会到深山里来搞这么一个茶院呢?前几天,欧阳旭又邀我们到大觉寺去吃饭。坐在汽车上,我不禁向他提出了我的问题。他莞尔一笑,轻声说:"缘分!"原来在这之前他携伙伴郊游,黄昏迷路,撞到大觉寺里来。爱此地之清幽,便租了下来,加以装修,创办了明慧茶院。

此事虽小,可以见大。信缘分与不信缘分,对人的心情影响是不一样的。信者胜可以做到不骄,败可以做到不馁,决不至胜则忘乎所以,败则怨天尤人。中国古话说:"尽人事而听天命。"首先必须"尽人事",否则馅儿饼决不会自己从天上落到你嘴里来。但又必须"听天命"。人世间,波诡云谲,因果错综。只有能做到"尽人事而听天命",一个人才能永远保持心情的平衡。

一九九八年一月十六日

做人与处世

一个人活在世界上，必须处理好三个关系：第一，人与大自然的关系；第二，人与人的关系，包括家庭关系在内；第三，个人心中思想与感情矛盾与平衡的关系。这三个关系，如果能处理得好，生活就能愉快；否则，生活就有苦恼。

人本来也是属于大自然范畴的。但是，人自从变成了"万物之灵"以后，就同大自然闹起独立来，有时竟成了大自然的对立面。人类的衣食住行所有的资料都取自大自然，我们向大自然索取是不可避免的。关键是怎样去索取？索取手段不出两途：一用和平手段，一用强制手段。我个人认为，东西文化之分野，就在这里。西方对待大自然的基本态度或指导思想是"征服自然"，用一句现成的套话来说，就是用处理敌我矛盾的方法来处理人与大自然的关系。结果呢，从表面上看上去，西方人是胜利了，大自然真的被他们征服了。自从西方产业革命以后，西方人屡创奇迹。楼上楼下，电灯电话。大至宇宙飞船，小至原子，无一不出自西方"征服者"之手。

然而，大自然的容忍是有限度的，它是能报复的，它是能惩罚的。报复或惩罚的结果，人皆见之，比如环境污染，生态失衡，臭氧层出洞，物种灭绝，人口爆炸，淡水资源匮乏，新疾病产生，如此等等，不一而足。这些弊端中哪一项不解决都能影响人类生存的前途。我并非危言耸听，现在全世界人民和政府都高呼环保，并采取措施。古人说："失之东隅，收之桑榆。"犹未为晚。

中国或者东方对待大自然的态度或哲学基础是"天人合一"。宋人张载说得最简明扼要："民吾同胞，物吾与也。""与"的意思是

伙伴。我们把大自然看作伙伴。可惜我们的行为没能跟上。在某种程度上，也采取了"征服自然"的办法，结果也受到了大自然的报复，前不久南北的大洪水不是很能发人深省吗？至于人与人的关系，我的想法是：对待一切善良的人，不管是家属，还是朋友，都应该有一个两字箴言：一曰真，二曰忍。真者，以真情实意相待，不允许弄虚作假。对待坏人，则另当别论。忍者，相互容忍也。日子久了，难免有点磕磕碰碰。在这时候，头脑清醒的一方应该能够容忍。如果双方都不冷静，必致因小失大，后果不堪设想。唐朝张公艺的"百忍"是历史上有名的例子。

至于个人心中思想感情的矛盾，则多半起于私心杂念。解之之方，唯有消灭私心，学习诸葛亮的"淡泊以明志，宁静以致远"，庶几近之。

一九九八年十一月十七日

容　忍

　　人处在家庭和社会中，有时候恐怕需要讲点容忍的。

　　唐朝有一个姓张的大官，家庭和睦，美名远扬，一直传到了皇帝的耳中。皇帝赞美他治家有道，问他道在何处，他一气写了一百个"忍"字。这说得非常清楚：家庭中要互相容忍，才能和睦。这个故事非常有名。在旧社会，新年贴春联，只要门楣上写着"百忍家声"就知道这一家一定姓张。中国姓张的全以祖先的容忍为荣了。

　　但是容忍也并不容易。1935年，我乘西伯利亚铁路的车经苏联赴德国，车过中苏边界上的满洲里，停车四小时，由苏联海关检查行李。这是无可厚非的，入国必须检查，这是世界公例。但是，当时的苏联大概认为，我们这一帮人，从一个资本主义国家到另一个资本主义国家，恐怕没有好人，必须严查，以防万一。检查其他行李，我绝无意见。但是，在哈尔滨买的一把最粗糙的铁皮壶，却成了被检查的首要对象。这里敲敲，那里敲敲，薄薄的一层铁皮决藏不下一颗炸弹的，然而他却敲打不止。我真有点无法容忍，想要发火。我身旁有一位年老的老外，是与我们同车的，看到我的神态，在我耳旁悄悄地说了句：Patience is the great virtue（容忍是很大的美德）。我对他微笑，表示致谢。我立即心平气和，天下太平。

　　看来容忍确是一件好事，甚至是一种美德。但是，我认为，也必须有一个界限。我们到了德国以后，就碰到这个问题。旧时欧洲流行决斗之风，谁污辱了谁，特别是谁的女情人，被污辱者一定要提出决斗，或用手枪，或用剑。普希金就是在决斗中被枪打死的。我们到了的时候，此风已息，但仍发生。我们几个中国留学生相约：

如果外国人污辱了我们自身,我们要揣度形势,主要要容忍,以东方的恕道克制自己。但是,如果他们污辱我们的国家,则无论如何也要同他们玩儿命,绝不容忍。这就是我们容忍的界限。幸亏这样的事情没有发生,否则我就活不到今天在这里舞笔弄墨了。

现在我们中国人的容忍水平,看了真让人气短。在公共汽车上,挤挤碰碰是常见的现象。如果碰了或者踩了别人,连忙说一声:"对不起!"就能够化干戈为玉帛,然而有不少人连"对不起"都不会说了。于是就相吵相骂,甚至于扭打,甚至打得头破血流。我们这个伟大的民族怎么竟变成了这个样子!我在自己心中暗暗祝愿:容忍兮,归来!

一九九六年十二月十七日

成　功

什么叫成功？顺手拿来一本《现代汉语词典》，上面写道："成功：获得预期的结果"，言简意赅，明白之至。

但是，谈到"预期"，则错综复杂，纷纭混乱。人人每时每刻每日每月都有大小不同的预期，有的成功，有的失败，总之是无法界定，也无法分类，我们不去谈它。

我在这里只谈成功，特别是成功之道。这又是一个极大的题目，我却只是小做。积七八十年之经验，我得到了下面这个公式：

天资+勤奋+机遇＝成功

"天资"，我本来想用"天才"：但天才是个稀见现象，其中不少是"偏才"，所以我弃而不用，改用"天资"，大家一看就明白。这个公式实在是过分简单化了，但其中的含义是清楚的。搞得太烦琐，反而不容易说清楚。

谈到天资，首先必须承认，人与人之间天资是不相同的，这是一个事实，谁也否定不掉。"十年浩劫"中，自命天才的人居然号召大批天才，葫芦里卖的是什么药，至今不解。到了今天，学术界和文艺界自命天才的人颇不稀见，我除了羡慕这些人"自我感觉过分良好"外，不敢赞一词。对于自己的天资，我看，还是客观一点好，实事求是一点好。

至于勤奋，一向为古人所赞扬。囊萤、映雪、悬梁、刺股等故事流传了千百年，家喻户晓。韩文公的"焚膏油以继晷，恒兀兀以穷年"，更为读书人所向往。如果不勤奋，则天资再高也毫无用处。事理至明，无待饶舌。

谈到机遇,往往为人所忽视。它其实是存在的,而且有时候影响极大。就以我自己为例,如果清华不派我到德国去留学,则我的一生完全不会像现在这个样子。

把成功的三个条件拿来分析一下,天资是由"天"来决定的,我们无能为力。机遇是不期而来的,我们也无能为力。只有勤奋一项完全是我们自己决定的,我们必须在这一项上狠下功夫。在这里,古人的教导也多得很。还是先举韩文公。他说:"业精于勤荒于嬉,行成于思毁于随。"这两句话是大家都熟悉的。

王静安在《人间词话》中说:"古今之成大事业大学问者必经过三种之境界。'昨夜西风凋碧树,独上高楼,望尽天涯路'。此第一境也。'衣带渐宽终不悔,为伊消得人憔悴'。此第二境也。'众里寻他千百度,回头蓦见,那人正在,灯火阑珊处'。此第三境也。"静安先生第一境写的是预期。第二境写的是勤奋。第三境写的是成功。其中没有写天资和机遇。我不敢说,这是他的疏漏,因为写的角度不同。但是,我认为,补上天资与机遇,似更为全面。我希望,大家都能拿出"衣带渐宽终不悔"的精神来从事做学问或干事业,这是成功的必由之路。

二〇〇〇年一月七日

知足知不足

曾见冰心老人为别人题座右铭:"知足知不足,有为有不为。"言简意赅,寻味无穷。特写短文两篇,稍加诠释。先讲知足知不足。

中国有一句老话:"知足常乐。"为大家所遵奉。什么叫"知足"呢?还是先查一下字典吧。《现代汉语词典》说:"知足满足于已经得到的(指生活、愿望等)。"如果每个人都能满足于已经得到的东西,则社会必能安定,天下必能太平,这个道理是显而易见的。可是社会上总会有一些人不安分守己,癞蛤蟆想吃天鹅肉。这样的人往往要栽大跟头的。对他们来说,"知足常乐"这句话就成了灵丹妙药。

但是,知足或者不知足也要分场合的。在旧社会,穷人吃草根树皮,阔人吃燕窝鱼翅。在这样的场合下,你劝穷人知足,能劝得动吗?正相反,应当鼓励他们不能知足,要起来斗争。这样的不知足是正当的,是有重大意义的,它能伸张社会正义,能推动人类社会前进。

除了场合以外,知足还有一个分的问题。什么叫分?笼统言之,就是适当的限度。人们常说的"安分""非分"等,指的就是限度。这个限度也是极难掌握的,是因人而异、因地而异的。勉强找一个标准的话,那就是"约定俗成"。我想,冰心老人之所以写这一句话,其意不过是劝人少存非分之想而已。至于知不足,在汉文中虽然字面上相同,其含义则有差别。

这里所谓"不足",指的是"不足之处","不够完美的地方"。这句话同"自知之明"有联系。

名家作品精选

自古以来，中国就有一句老话："人贵有自知之明。"这一句话暗示给我们，有自知之明并不容易，否则这一句话就用不着说了。事实上也确实如此。就拿现在来说，我所见到的人，大都自我感觉良好。专以学界而论，有的人并没有读几本书，却不知天高地厚，以天才自居，靠自己一点小聪明——这能算得上聪明吗？——狂傲恣睢，骂尽天下一切文人，大有用一管毛锥横扫六合之概，令明眼人感到既可笑，又可怜。这种人往往没有什么出息。因为，又有一句中国老话："学如逆水行舟，不进则退。"还有一句中国老话："学海无涯。"说的都是真理。但在这些人眼中，他们已经穷了学海之源，往前再没有路了，进步是没有必要的。他们除了自我欣赏之外，还能有什么出息呢？

古代希腊人也认为自知之明是可贵的，所以语重心长地说出了："要了解你自己！"中国同希腊相距万里，可竟说了几乎是一模一样的话，可见这些话是普遍的真理。中外几千年的思想史和科学史，也都证明了一个事实：只有知不足的人才能为人类文化做出贡献。

二〇〇一年二月二十一日

有为有不为

"为",就是"做"。应该做的事,必须去做,这就是"有为"。不应该做的事必不能做,这就是"有不为"。

在这里,关键是"应该"二字。什么叫"应该"呢?这有点像仁义的"义"字。韩愈给"义"字下的定义是"行而宜之之谓义"。"义"就是"宜",而"宜"就是"合适",也就是"应该",但问题仍然没有解决。要想从哲学上,从伦理学上,说清楚这个问题,恐怕要写上一篇长篇论文,甚至一部大书。我没有这个能力,也认为根本无此必要。我觉得,只要诉诸一般人都能够有的良知良能,就能分辨清是非善恶了,就能知道什么事应该做,什么事不应该做了。

中国古人说:"勿以善小而不为,勿以恶小而为之。"可见善恶是有大小之别的,应该不应该也是有大小之别的,并不是都在一个水平上。什么叫大,什么叫小呢?这里也用不着烦琐的论证,只需动一动脑筋,睁开眼睛看一看社会,也就够了。

小恶、小善,在日常生活中随时可见,比如,在公共汽车上给老人和病人让座,能让,算是小善;不能让,也只能算是小恶,够不上大逆不道。然而,从那些一看到有老人或病人上车就立即装出闭目养神的样子的人身上,不也能由小见大看出了社会道德的水平吗?

至于大善大恶,目前社会中也可以看到,但在历史上却看得更清楚。比如宋代的文天祥。他为元军所虏。如果他想活下去,屈膝投敌就行了,不但能活,而且还能有大官做,最多是在身后被列入

名家作品精选

"贰臣传","身后是非谁管得",管那么多干吗呀。然而他却高赋《正气歌》,从容就义,留下英名万古传,至今还在激励着我们全国人民的爱国热情。

通过上面举的一个小恶的例子和一个大善的例子,我们大概对大小善和大小恶能够得到一个笼统的概念了。凡是对国家有利,对人民有利,对人类发展前途有利的事情就是大善,反之就是大恶。凡是对处理人际关系有利,对保持社会安定团结有利的事情可以称之为小善,反之就是小恶。大小之间有时难以区别,这只不过是一个大体的轮廓而已。

大小善和大小恶有时候是有联系的。俗话说:"千里之堤,溃于蚁穴。"拿眼前常常提到的贪污行为而论,往往是先贪污少量的财物,心里还有点打鼓。但是,一旦得逞,尝到甜头,又没被人发现,于是胆子越来越大,贪污的数量也越来越多,终至于:一发而不可收拾,最后受到法律的制裁,悔之晚矣。也有个别的识时务者,迷途知返,就是所谓浪子回头者,然而难矣哉!

我的希望很简单,我希望每个人都能有为有不为。一旦"为"错了,就毅然回头。

二〇〇一年二月二十三日

论朋友

人类是社会动物。一个人在社会中不可能没有朋友。任何人的一生都是一场搏斗。在这一场搏斗中，如果没有朋友，则形单影只，鲜有不失败者。如果有了朋友，则众志成城，鲜有不胜利者。

因此，在人类几千年的历史上，任何国家，任何社会，没有不重视交友之道的，而中国尤甚。在宗法伦理色彩极强的中国社会中，朋友被尊为五伦之一，曰"朋友有信"。我又记得什么书中说："朋友，以义合者也。""信""义"含义大概有相通之处。后世多以"义"字来要求朋友关系，比如《三国演义》"桃园三结义"之类就是。

《说文》对"朋"字的解释是"凤飞，群鸟从以万数，故以为朋党字"。"凤"和"朋"大概只有轻唇音重唇音之别。对"友"的解释是"同志为友"。意思非常清楚。中国古代，肯定也有"朋友"二字连用的，比如《孟子》。《论语》"有朋自远方来，不亦说乎！"却只用一个"朋"字。不知从什么时候起，"朋友"才经常连用起来。

在中国几千年的历史上，重视友谊的故事不可胜数。最著名的是管鲍之交，钟子期和伯牙的故事，等等。刘、关、张三结义更是有口皆碑。一直到今天，我们还讲究"哥儿们义气"，发展到最高程度，就是"为朋友两肋插刀"。只要不是结党营私，我们是非常重视交朋友的。我们认为，中国古代把朋友归入五伦是有道理的。

我们现在看一看欧洲人对友谊的看法。欧洲典籍数量虽然远远比不上中国，但是，称之为汗牛充栋也是当之无愧的。我没有能力

来旁征博引,只能根据我比较熟悉的一部书来引证一些材料,这就是法国著名的《蒙田随笔》。

《蒙田随笔》上卷,第28章,是一篇叫作《论友谊》的随笔。其中有几句话:

> 我们喜欢交友胜过其他一切,这可能是我们本性所使然。亚里士多德说,好的立法者对友谊比对公正更关心。

寥寥几句,充分说明西方对友谊之重视。蒙田接着说:

> 自古就有四种友谊:血缘的、社交的、待客的和男女情爱的。

这使我立即想到,中西对友谊含义的理解是不相同的。根据中国的标准,"血缘的"不属于友谊,而属于亲情。"男女情爱的"也不属于友谊,而属于爱情。对此,蒙田有长篇累牍的解释,我无法一一征引。我只举他对爱情的几句话:

> 爱情一旦进入友谊阶段,也就是说,进入意愿相投的阶段,它就会衰落和消逝。爱情是以身体的快感为目的,一旦享有了,就不复存在。相反,友谊越被人向往,就越被人享有,友谊只是在获得以后才会升华、增长和发展,因为它是精神上的,心灵会随之净化。

这一段话,很值得我们仔细推敲、品味。

一九九九年十月二十六日

谈 孝

孝，这个概念和行为，在世界上许多国家中都是有的，而在中国尤为突出。中国社会，几千年以来就是一个宗法伦理色彩非常浓的社会，为世界上任何国家所不及。

中国人民一向视孝为最高美德。嘴里常说的，书上常讲的三纲五常，又是什么三纲六纪，哪里也不缺少父子这一纲。具体地应该说"父慈子孝"是一个对等的关系。后来不知道是怎么一来，只强调"子孝"，而淡化了"父慈"，甚至变成了"天下无不是的父母"。古书上说，"身体发肤，受之父母"，一个人的身体是父母给的，父母如果愿意收回去，也是可以允许的了。

历代有不少皇帝昭告人民"以孝治天下"，自己还装模作样，尽量露出一副孝子的形象。尽管中国历史上也并不缺少为了争夺王位导致儿子弑父的记载。野史中这类记载就更多。但那是天子的事，老百姓则是绝对不能允许的。如果发生儿女杀父母的事，皇帝必赫然震怒，处儿女以极刑中的极刑：万剐凌迟。在中国流传时间极长而又极广的所谓"教孝"中，就有一些提倡愚孝的故事，比如王祥卧冰、割股疗疾等等都是迷信色彩极浓的故事，产生了不良的影响。

但是中华民族毕竟是一个极富于理性的民族。就在已经被视为经典的《孝经·谏诤章》中，我们可以读到下列的话：

> 昔者天子有诤臣七人，虽无道，不失其天下；诸侯有诤臣五人，虽无道，不失其国，大夫有诤臣三人，虽无道，不失其家；士有诤友，则身不离于令名；父有诤子，则身不陷于不义。

故当不义，则子不可以不诤于父，臣不可以不诤于君；故当不义，则诤之，从父之令，又焉得为孝乎？

这话说得多么好呀，多么合情合理呀！这与"天下无不是的父母"这一句话形成了鲜明的对立。后者只能归入愚孝一类，是不足取的。

到了今天，我们应该怎样对待孝呢？我们还要不要提倡孝道呢？据我个人的观察，在时代变革的大潮中，孝的概念确实已经淡化了。不赡养老父老母，甚至虐待他们的事情，时有所闻。我认为，这是不应该的，是影响社会安定团结的消极因素。我们当然不能再提倡愚孝，但是，小时候父母抚养子女，没有这种抚养，儿女是活不下来的。父母年老了，子女来赡养，就不说是报恩吧，也是合乎人情的。如果多数子女不这样做，我们的国家和社会能负担起这个任务来吗？这对我们迫切要求的安定团结是极为不利的。这一点简单的道理，希望当今为子女者三思。

一九九九年五月十四日

老年谈老

老年谈老,就在眼前;然而谈何容易!

原因何在呢?原因就在,自己有时候承认老,有时候又不承认,真不知道从何处谈起。

记得很多年以前,自己还不到六十岁的时候,有人称我为"季老",心中颇有反感,应之逆耳,不应又不礼貌,左右两难,极为尴尬。然而曾几何时,在不知不觉中,渐渐地听得入耳了,有时甚至还有点甜蜜感。自己吃了一惊:原来自己真是老了,而且也承认老了。至于这个大转变是从什么时候开始的,自己有点茫然懵然,我正在推敲而且研究。

不管怎样,一个人承认老是并不容易的。我的一位九十岁出头的老师有一天对我说,他还不觉得老,其他可知了。我认为,在这里关键是一个"渐"字。若干年前,我读过丰子恺先生一篇含有浓厚哲理的散文,讲的就是这个"渐"字。这个字有大神通力,它在人生中的作用绝不能低估。人们有了忧愁痛苦,如果不渐渐地淡化,则一定会活不下去的。人们逢到极大的喜事,如果不渐渐地恢复平静,则必然会忘乎所以,高兴得发狂。人们进入老境,也是逐渐感觉到的。能够感觉到老,其妙无穷。人们渐渐地觉得老了,从积极方面来讲,它能够提醒你:一个人的岁月绝不是取之不尽用之不竭的,应该抓紧时间,把想做的事情做完、做好,免得无常一到,后悔无及。从消极方面来讲,一想到自己的年龄,那些血气方刚时干的勾当就不应该再去硬干。个别喜欢争名于朝、争利于市的人,或许也能收敛一点。老之为用大矣哉!

名家作品精选

我自己是怎样对待老年的呢?说来也颇为简单。我虽年届耄耋,内部零件也并不都非常健全;但是我处之泰然。我认为,人上了年纪,有点这样那样的病,是合乎自然规律的,用不着大惊小怪。如果年老了,硬是一点病都没有,人人活上二三百岁甚至更长的时间,那么今年狂呼"老龄社会"者,恐怕连嗓子也会喊哑,而且吓得浑身发抖,连地球也会被压塌的。我不想做长生的梦。我对老年,甚至对人生的态度是道家的。我信奉陶渊明的两句诗:

纵浪大化中
不喜亦不惧

这就是我对待老年的态度。

看到我已经有了一把子年纪,好多人都问我:有没有什么长寿秘诀。我的答复是:我的秘诀就是没有秘诀,或者不要秘诀。我常常看到有一些相信秘诀的人,禁忌多如牛毛。这也不敢吃,那也不敢尝,比如,吃鸡蛋只吃蛋清,不吃蛋黄,因为据说蛋黄胆固醇高;动物内脏决不入口,同样因为胆固醇高。有的人吃一个苹果要消三次毒,然后削皮;削皮用的刀子还要消毒,不在话下;削了皮以后,还要消一次毒,此时苹果已经毫无苹果味道,只剩下消毒药水味了。从前有一位化学系的教授,吃饭要仔细计算卡路里的数量,再计算维生素的数量,吃一顿饭用的数学公式之多等于一次实验。结果怎样呢?结果每月饭费超过别人十倍,而人却瘦成一只干巴鸡。一个人到了这个地步,还有什么人生之乐呢?如果再戴上放大百倍的显微镜眼镜,则所见者无非细菌,试问他还能活下去吗?

至于我自己呢,我绝不这样做,我一无时间,二无兴趣。凡是我觉得好吃的东西我就吃,不好吃的我就不吃,或者少吃,卡路里维生素统统见鬼去吧!心里没有负担,胃口自然就好,吃进去的东西都能很好地消化。再辅之以腿勤、手勤、脑勤,自然百病不生了。脑勤我认为尤其重要。如果非要让我讲出一个秘诀不行的话,那么我的秘诀就是：千万不要让脑筋懒惰，脑筋要永远不停地思考问题。

我已年届耄耋，但是，专就北京大学而论，倚老卖老，我还没有资格。在教授中，按年龄排队，我恐怕还要排到二十多位以后。我幻想眼前有一个按年龄顺序排列的向八宝山进军的北大教授队伍，我后面的人当然很多。但是向前看，我还算不上排头，心里颇得安慰，并不着急。可是偏有一些排在我后面的比我年轻的人，风风火火，抢在我前面，越过排头，登上山去。我心里实在非常惋惜，又有点怪他们。今天我国的平均寿命已经超过七十岁，比1949年前增加了一倍，你们正在精力旺盛时期，为国效力，正是好时机，为什么非要抢先登山不行呢？这我无法阻拦，恐怕也非本人所愿。不过我已下定决心，绝不抢先加塞。

不抢先加塞活下去目的何在呢？要干些什么事呢？我一向有一个自己认为是正确的看法：人吃饭是为了活着，但活着却不是为了吃饭。到了晚年，更是如此。我还有一些工作要做，这些工作对人民对祖国都还是有利的，不管这个"利"是大是小。我要把这些工作做完，同时还要再给国家培养一些人才。我仍然要老老实实干活，清清白白做人；决不干对不起祖国和人民的事；要尽量多为别人着想少考虑自己的得失。人过了八十，金钱富贵等同浮云，要多为下一代操心，少考虑个人名利，写文章决不剽窃抄袭，欺世盗名。等到非走不行的时候，就顺其自然，坦然离去，无愧于个人良心，则吾愿足矣。

要说的话已经说完，但是我还想借这个机会发点牢骚。我在上面提到"老龄社会"这个词儿，这个概念我是懂得的，有一些措施我也是赞成的。什么干部年轻化，教师年轻化，我都举双手赞成。但是我对报纸上天天大声叫嚷"老龄社会"，却有极大的反感。好像人一过六十就成了社会的包袱，成了阻碍社会进步的绊脚石，我看有点危言耸听，不知道用意何在。我自己已是老人，我也观察过许多别的老人。他们中游手好闲者有之，躺在医院里不能动的有之，天天提鸟笼持钓竿者有之，如此等等，不一而足。但这只是少数，

并不是老人的全部。还有不少老人虽然已经寿登耄耋，年逾期颐，向着百寿甚至茶寿进军，但仍然勤勤恳恳，焚膏继晷，兀兀穷年，难道这样一些人也算是社会的包袱吗？我倒不一定赞成"姜是老的辣"这样一句话。年轻人朝气蓬勃，是我们未来希望之所在，让他们登上要路津，是完全必要的。但是对老年人也不必天天絮絮叨叨，耳提面命："你们已经老了！你们已经不行了！对老龄社会的形成你们不能辞其咎呀！"这样做有什么用处呢？随着生活的日益改善，人们的平均寿命还要提高，将来老年人在社会中所占的比例还要提高。即使你认为这是一件坏事，你也没有法子改变。听说从前钱玄同先生主张，人过四十一律枪毙。这只是愤激之辞，有人作诗讽刺他自己也活过了四十而照样活下去。我们有人老是为社会老龄化担忧，难道能把六十岁以上的人统统赐自尽吗？老龄化同人口多不是一码事。担心人口爆炸，用计划生育的办法就能制止。老龄化是自然趋势，而且无法制止。既然无法制止，就不必瞎嚷，这是徒劳无益的。我总怀疑，"老龄化"这玩意儿也是从外国进口的舶来品。西方人有同我们不同的伦理观念，我们大可不必东施效颦。质诸高明，以为如何？

牢骚发完，文章告终，过激之处，万望包容。

一九九一年七月十五日

八十述怀

我从来没有想到,我能活到八十岁;如今竟然活到了八十岁,然而又一点也没有八十岁的感觉。岂非咄咄怪事!

我向无大志,包括自己活的年龄在内。我的父母都没有活过五十,因此,我自己的原定计划是活到五十。这样已经超过了父母,很不错了。不知怎么一来,宛如一场春梦,我活到了五十岁。那时正值所谓三年困难时期。我流年不利,颇挨了一阵子饿。但是,我是"曾经沧海难为水",在第二次世界大战时,我正在德国,我经受了而今难以想象的饥饿的考验,以致失去了饱的感觉。我们那一点灾害,同德国比起来,真如小巫见大巫;我从而顺利地度过了那一场灾难,而且我当时的精神面貌是我一生最好的时期,一点苦也没有感觉到,于不知不觉中冲破了我原定的年龄计划,度过了五十岁大关。

五十一过,又仿佛一场春梦似的,一下子就到了古稀之年,不容我反思,不容我踟蹰。其间跨越了一个"十年浩劫"。我当然是在劫难逃,被送进牛棚。我现在不知道应当感谢哪一路神灵:佛祖、上帝、安拉:由于一个万分偶然的机缘,我没有走上绝路,活下来了。活下来了,我不但没有感到特别高兴,反而时有悔愧之感在咬我的心。活下来了,也许还是有点好处的。我一生写作翻译的高潮,恰恰出现在这个期间。原因并不神秘:我获得了余裕和时间。在"浩劫"期间,我被打得一佛出世,二佛升天。后来不打不骂了,我却变成了"不可接触者"。在很长时间内,我被分配挖大粪,看门房,守电话,发信件。没有以前的会议,没有以前的发言。没有人

敢来找我，很少人有勇气同我谈上几句话。一两年内，没收到一封信。我服从任何人的调遣与指挥。只敢规规矩矩，不敢乱说乱动。然而我的脑筋还在，我的思想还在，我的感情还在，我的理智还在。我不甘心成为行尸走肉，我必须干点事情。二百多万字的印度大史诗《罗摩衍那》，就是在这时候译完的。"雪夜闭门写禁文"，自谓此乐不减羲皇上人。

又仿佛是一场缥缈的春梦，一下子就活到了今天，行年八十矣，是古人称之为耄耋之年了。倒退二三十年，我这个在寿命上胸无大志的人，偶尔也想到耄耋之年的情况：手拄拐杖，白须飘胸，步履维艰，老态龙钟。自谓这种事情与自己无关，所以想得不深也不多。哪里知道，自己今天就到了这个年龄了。今天是新年元旦。从夜里零时起，自己已是不折不扣的八十老翁了。然而这老景却真如古人诗中所说的"青霭入看无"，我看不到什么老景。看一看自己的身体，平平常常，同过去一样。看一看周围的环境，平平常常，同过去一样。金色的朝阳从窗子里流了进来，平平常常，同过去一样。楼前的白杨，确实粗了一点，但看上去也是平平常常，同过去一样。时令正是冬天，叶子落尽了；但是我相信，它们正蜷缩在土里，做着春天的梦。水塘里的荷花只剩下残叶，"留得残荷听雨声"，现在雨没有了，上面只有白皑皑的残雪。我相信，荷花们也蜷缩在淤泥中，做着春天的梦。总之，我还是我，依然故我；周围的一切也依然是过去的一切……

我是不是也在做着春天的梦呢？我想，是的。我现在也处在严寒中，我也梦着春天的到来。我相信英国诗人雪莱的两句话："既然冬天已经到了，春天还会远吗？"我梦着楼前的白杨重新长出了浓密的绿叶；我梦着池塘里的荷花重新冒出了淡绿的大叶子；我梦着春天又回到了大地上。

可是我万万没想到，"八十"这个数目字竟有这样大的威力，一种神秘的威力。"自己已经八十岁了！"我吃惊地暗自思忖。它逼迫着我向前看一看，又回头看一看。向前看，灰蒙蒙一团，路不清楚，但也不是很长。确实没有什么好看的地方。不看也罢。

而回头看呢，则在灰蒙蒙的一团中，清晰地看到了一条路，路极长，是我一步一步地走过来的，这条路的顶端是在清平县的官庄。我看到了一片灰黄的土房，中间闪着苇塘里的水光，还有我大奶奶和母亲的面影。这条路延伸出去，我看到了泉城的大明湖。这条路又延伸出去，我看到了水木清华，接着又看到德国小城哥廷根斑斓的秋色，上面飘动着我那母亲似的女房东和祖父似的老教授的面影。路陡然又从万里之外折回到神州大地，我看到了红楼，看到了燕园的湖光塔影。令人泄气而且大煞风景的是，我竟又看到了牛棚的牢头禁子那一副牛头马面似的狞恶的面孔。再看下去，路就缩住了，一直缩到我的脚下。

在这一条十分漫长的路上，我走过阳关大道，也走过独木小桥。路旁有深山大泽，也有平坡宜人；有杏花春雨，也有塞北秋风；有山重水复，也有柳暗花明；有迷途知返，也有绝处逢生。路太长了，时间太长了，影子太多了，回忆太重了。我真正感觉到，我负担不了，也忍受不了，我想摆脱掉这一切，还我一个自由自在身。

回头看既然这样沉重，能不能向前看呢？我上面已经说到，向前看，路不是很长，没有什么好看的地方。我现在正像鲁迅的散文诗《过客》中的那一个过客。他不知道是从什么地方走来的，终于走到了老翁和小女孩的土屋前面，讨了点水喝。老翁看他已经疲惫不堪，劝他休息一下。他说："从我还能记得的时候起，我就在这么走，要走到一个地方去，这地方就在面前。我单记得走了许多路，现在来到这里了。我接着就要走向那边去……况且还有声音常在前面催促我，叫唤我，使我息不下。"那边，西边是什么地方呢？老人说："前面，是坟。"小女孩说："不，不，不的。那里有许多野百合，野蔷薇，我常常去玩，去看他们的。"

我理解这个过客的心情，我自己也是一个过客。但是却从来没有什么声音催着我走，而是同世界上任何人一样，我是非走不行的，不用催促，也是非走不行的。走到什么地方去呢？走到西边的坟那

里，这是一切人的归宿。我记得屠格涅夫的一首散文诗里，也讲了这个意思。我并不怕坟，只是在走了这么长的路以后，我真想停下来休息片刻。然而我不能，不管你愿意不愿意，反正是非走不行。聊以自慰的是，我同那个老翁还不一样，有的地方颇像那个小女孩，我既看到了坟，也看到野百合和野蔷薇。

我面前还有多少路呢？我说不出，也没有仔细想过。冯友兰先生说："何止于米？相期以茶。""米"是八十八岁，"茶"是一百零八岁。我没有这样的雄心壮志，我是"相期以米"。这算不算是立大志呢？我是没有大志的人，我觉得这已经算是大志了。我从前对穷通寿夭也是颇有一些想法的。"十年浩劫"以后，我成了陶渊明的志同道合者。他的一首诗，我很欣赏：

纵浪大化中，
不喜亦不惧。
应尽便须尽，
无复独多虑。

我现在就是抱着这种精神，昂然走上前去。只要有可能，我一定做一些对别人有益的事，绝不想成为行尸走肉。我知道，未来的路也不会比过去的更笔直，更平坦，但是我并不恐惧。我眼前还闪动着野百合和野蔷薇的影子。

一九九一年一月一日

九十述怀

杜甫诗："人生七十古来稀。"对旧社会来说，这是完全正确的，因为它符合实际情况。但是，到了今天，老百姓却创造了三句顺口溜："七十小弟弟，八十多来兮，九十不稀奇。"这也是完全正确的，因为它符合实际情况。

但是，对我来说，却另有一番纠葛。我行年九十矣，是不是感到不稀奇呢？答案是：不是，又是。不是者，我没有感到不稀奇，而是感到稀奇，非常稀奇。我曾在很多地方都说过，我在任何方面都是一个没有雄心壮志的人，我不会说大话，不敢说大话，在年龄方面也一样。我的第一本账只计划活四十岁到五十岁。因为我的父母都只活了四十多岁，遵照遗传的规律，遵照传统伦理道德，我不能也不应活得超过了父母。我又哪里知道，仿佛一转瞬间，我竟活过了从心所欲不逾矩之年，又进入了耄耋的境界，要向期颐进军了。这样一来，我能不感到稀奇吗？

但是，为什么又感到不稀奇呢？从目前的身体情况来看，除了眼睛和耳朵有点不算太大的问题和腿脚不太灵便外，自我感觉还是良好的，写一篇一两千字的文章，倚马可待。待人接物，应对进退，还是"难得糊涂"的。这一切都同十年前，或者更长的时间以前，没有什么两样。李太白诗："高堂明镜悲白发。"

我不但发已全白（有人告诉我，又有黑发长出），而且秃了顶。这一切也都是事实，可惜我不是电影明星，一年照不了两次镜子，那一切我都不视不见。在潜意识中，自己还以为是"朝如青丝"哩。对我这样无知无识、麻木不仁的人，连上帝也没有办法。在这样的

情况下,我怎么能不感到不稀奇呢?

但是,我自己又觉得,我这种精神状态之所以能够产生,不是没有根据的。我国现行的退休制度,教授年龄是六十岁到七十岁。可是,就我个人而论,在学术研究上,我的冲刺起点是在八十岁以后。开了几十年的会,经过了不知道多少次政治运动,做过不知道多少次自我检查,也不知道多少次对别人进行批判,最后又经历了"十年浩劫","对酒当歌,人生几何?"我自己的一生就是这样白白地消磨过去了。如果不是造化小儿对我垂青,制止了我实行自己年龄计划的话,在我八十岁以前(这也算是高寿了)就"遽归道山",我留给子孙后代的东西恐怕是不会多的。不多也不一定就是坏事。留下一些不痛不痒、灾祸梨枣的所谓著述,对任何人都没有好处。但是,对我自己来说,恐怕就要"另案处理"了。

在从八十岁到九十岁这个十年内,在我冲刺开始以后,颇有一些值得纪念的甜蜜的回忆。在撰写我一生最长的一部长达八十万字的著作《糖史》的过程中,颇有一些情节值得回忆,值得玩味。在长达两年的时间内,我每天跑一趟大图书馆,风雨无阻,寒暑无碍。燕园风光旖旎,四时景物不同。春天姹紫嫣红,夏天荷香盈塘,秋天红染霜叶,冬天六出蔽空。称之为人间仙境,也不为过。然而,在这两年中,我几乎天天都在这样瑰丽的风光中行走。可是我都视而不见,甚至不视不见。未名湖的涟漪,博雅塔的倒影,被外人视为奇观的胜景,也未能逃过我的漠然,懵然,无动于衷。我心中想到的只是大图书馆中的盈室满架的图书,鼻子里闻到的只有那里的书香。

《糖史》的写作完成以后,我又把阵地从大图书馆移到家中来。运筹于斗室之中,决战于几张桌子之上。我研究的对象变成了吐火罗文A方言的《弥勒会见记剧本》。这也不是一颗容易咬的核桃,非用上全力不行。最大的困难在于缺乏资料,而且多是国外的资料。没有办法,只有时不时地向海外求援。现在虽然号称为信息时代,可是我要的消息多是刁钻古怪的东西,一时难以搜寻,我只有耐着性子恭候。舞笔弄墨的朋友,大概都能体会到,当一篇文章正在进行写作时,忽然断了电,你心中真如火烧油浇,然而却毫无办法,只盼喜从天降了,只能听天由命了。此时燕园旖旎的风光,对于我似有似无,心里想到的,切盼的只有海外的来信。如此又熬了一年多,《弥勒会见记剧本》英译本终于在德国出版了。

两部著作完成以后,我平生大愿算是告一段落。痛定思痛,蓦地想到了,自己已是望九之年了。这样的岁数,古今中外的读书人能达到的只有极少数。我自己竟能置身其中,岂不大可喜哉!

我想停下来休息片刻,以利再战。这时就想到,我还有一个家。在一般人心目中,家是停泊休息的最好的港湾。我的家怎样呢?直白地说,我的家就我一个孤家寡人,我就是家,我一个人吃饱了,全家不饿。这样一来,我应该感觉很孤独了吧。然而并不。我的家庭"成员"实际上并不止我一个"人"。我还有四只极为活泼可爱的,一转眼就偷吃东西的,从我家乡山东临清带来的白色波斯猫,眼睛一黄一蓝。它们一点礼节都没有,一点规矩都不懂,时不时地爬上我的脖子,为所欲为,大胆放肆。有一只还专在我的裤腿上撒尿。这一切我不但不介意,而且顾而乐之,让猫们的自由主义恶性发展。

我的家庭"成员"还不止这样多,我还养了两只山大小校友张衡送给我的乌龟。乌龟这玩意儿,现在名声不算太好;但在古代却是长寿的象征。有些人的名字中也使用"龟"字,唐代就有李龟年、陆龟蒙,等等。龟们的智商大概低于猫们,它们绝不会从水中爬出来爬上我的肩头。但是,龟们也自有龟之乐,当我向它喂食时,它们伸出了脖子,一口吞下一粒,它们显然是愉快的。可惜我遇不到惠施,它绝不会同我争辩,我何以知道龟之乐。

我的家庭"成员"还没有到此为止,我还饲养了五只大甲鱼。甲鱼,在一般老百姓嘴里叫"王八",是一个十分不光彩的名称,人们讳言之。然而我却堂而皇之地养在大瓷缸内,一视同仁,毫无歧视之心。是不是我神经出了毛病?用不着请医生去检查,我神经十

名家作品精选

分正常。我认为,甲鱼同其他动物一样有生存的权利。称之为王八,是人类对它的诬蔑,是向它头上泼脏水。可惜甲鱼无知,不会到世界最高法庭上去状告人类,还要要求赔偿名誉费若干美元,而且要登报声明。我个人觉得,人类在新世纪,新千年中最重要的任务是处理好与大自然的关系。恩格斯已经警告过我们:"不要过分陶醉于我们对自然界的胜利。对每一次这样的胜利,自然界都报复了我们。"一百多年来的历史事实,日益证明了恩格斯警告之正确与准确。在新世纪中,人类首先必须改恶向善,改掉乱吃其他动物的恶习。人类必须遵守宋代大儒张载的话,"民吾同胞,物吾与也",把甲鱼也看成是自己的伙伴,把大自然看成是自己的朋友,而不是征服的对象。这样一来,人类庶几能有美妙光辉的前途。至于对我自己,也许有人认为我是《世说新语》中的人物,放诞不经。如果真正有的话,那就,那就——由它去吧。

再继续谈我的家和我自己。

我在"十年浩劫"中,自己跳出来反对那位倒行逆施的"老佛爷",被打倒在地,被戴上了无数顶莫须有的帽子,天天被打,被骂。最初也只觉得滑稽可笑。但"谎言说上一千遍,就变成了真理",最后连我自己都怀疑起来了:"此身合是坏人未?泪眼迷离问苍天。"其实我并没有那么坏,但在许多人眼中,我已经成了一个"不可接触者"。

然而,世事多变,人间正道。不知道是怎么一来,我竟转身一变成了一个"极可接触者"。我常以知了自比。知了的幼虫最初藏在地下,黄昏时爬上树干,天一明就脱掉了旧壳,长出了翅膀,长鸣高枝,成了极富诗意的虫类,引得诗人"倚杖柴门外,临风听暮蝉"了。我现在就是一只长鸣高枝的蝉,名声四被,头上的桂冠比"文革"中头上戴的高帽子还要高出很多,有时候我自己都觉得脸红。其实我自己深知,我并没有那么好。然而,我这样发自肺腑的话,别人是不会相信的。这样一来,我虽孤家寡人,其实家里每天都是热闹非凡。有一位多年的老同事,天天到我家里来"打工",处理我的杂务，照顾我的生活，最重要的事情是给我读报，读信，因为我眼睛不好。还有，就是同不断打电话来或者亲自登门来的自称是我的"崇拜者"的人们打交道。学校领导因为觉得我年纪已大，不能再招待那么多的来访者，在我门上贴出了通告，想制约一下来访者的袭来，但用处不大，许多客人都视而不见，照样敲门不误。有少数人竟在门外荷塘边上等上几个钟头。除了来访者打电话者外，还有扛着沉重的录像机而来的电视台的导演和记者，以及每天都收到的数量颇大的信件和刊物。有一些年轻的大中学生，把我看成了有求必应的土地爷，或者能预言先知的季铁嘴，向我请求这请求那，向我倾诉对自己父母都不肯透露的心中的苦闷。这些都要我那位"打工"的老同事来处理，我那位打工者此时就成了拦驾大使。想尽花样，费尽唇舌，说服那些想来采访，想来拍电视的好心和热心又诚心的朋友们，请他们少安毋躁。这是极为繁重而困难的工作，我能深切体会。其忙碌困难的情况，我是能理解的。

最让我高兴的是，我结交了不少新朋友。他们都是著名的：书法家、画家、诗人、作家、教授。我们彼此之间，除了真挚的感情和友谊之外，绝无所求于对方。我是相信缘分的，"有缘千里来相会，无缘对面不相识"，缘分是说不明道不白的东西，但又确实存在。我相信，我同朋友之间就是有缘分的。我们一见如故，无话不谈。没见面时，总惦记着见面的时间；既见面则如鱼得水，心旷神怡；分手后又是朝思暮想，忆念难忘。对我来说，他们不是亲属，胜似亲属。有人说："人生得一知己足矣。"我得到的却不只是一个知己，而是一群知己。有人说我活得非常滋润。此情此景，岂是"滋润"二字可以了得！

我是一个呆板保守的人，秉性固执。几十年养成的习惯，我绝不改变。一身卡其布的中山装，国内外不变，季节变化不变，别人认为是老顽固，我则自称是"博物馆的人物"，以示"抵抗"，后发制人。生活习惯也绝不改变。四五十年来养成了早起的习惯，每天早晨四点半起床，前后差不了五分钟。古人说"黎明即起"，对我来

说，这话夏天是适合的；冬天则是在黎明之前几个小时，我就起来了。我五点吃早点，可以说是先天下之早点而早点。吃完立即工作。我的工作主要是爬格子。几十年来，我已经爬出了上千万的字。这些东西都值得爬吗？我认为是值得的。我爬出的东西不见得都是精金粹玉，都是甘露醍醐，吃了能让人升天成仙；但是其中绝没有毒药，绝没有假冒伪劣，读了以后至少能让人获得点享受，能让人爱国，爱乡，爱人类，爱自然，爱儿童，爱一切美好的东西。总之一句话，能让人在精神境界中有所收益。我常常自己警告说：人吃饭是为了活着，但活着绝不是为了吃饭。人的一生是短暂的，决不能白白把生命浪费掉。如果我有一天工作没有什么收获，晚上躺在床上就疚愧难安，认为是慢性自杀。爬格子有没有名利思想呢？坦白地说，过去是有的。可是到了今天名利对我都没有什么用处了，我之所以仍然爬，是出于惯性，其他冠冕堂皇的话，我说不出。"爬格不知老已至，名利于我如浮云"，或可能道出我现在的心情。

你想到过死没有呢？我仿佛听到有人在问。好，这话正问到节骨眼上。是的，我想到过死，过去也曾想到死，现在想得更多而已。在"十年浩劫"中，在一九六七年，一个千钧一发般的小插曲使我避免了走上"自绝于人民的"道路。从那以后，我认为，我已经死过一次，多活一天，都是赚的，到现在已经三十多年了，我真赚了个满堂满贯，真成为一个特殊的大富翁了。但人总是要死的，在这方面，谁也没有特权，没有豁免权。虽然常言道："黄泉路上无老少"；但是，老年人毕竟有优先权。燕园是一个出老寿星的宝地。我虽年届九旬，但按照年龄顺序排队，我仍落在十几名之后。我曾私自发下宏愿大誓：在向八宝山的攀登中，我一定按照年龄顺序鱼贯而登，决不抢班夺权，硬去加塞。至于事实究竟如何，那就请听下回分解了。

既然已经死过一次，多少年来，我总以为自己已经参悟了人生。我常拿陶渊明的四句诗当作座右铭："纵浪大化中，不喜亦不惧，应尽便须尽，无复独多虑。"现在才逐渐发现，我自己并没能完全做到。常常想到死，就是一个证明，我有时幻想，自己为什么不能像朋友送给我摆在桌上的奇石那样，自己没有生命，但也绝不会有死呢？我有时候也幻想：能不能让造物主勒住时间前进的步伐，让太阳和月亮永远明亮，地球上一切生物都停住不动，不老呢？哪怕是停上十年八年呢？大家千万不要误会，认为我怕死怕得要命。绝不是那样。我早就认识到，永远变动，永不停息，是宇宙的根本规律，要求不变是荒唐的。万物方生方死，是至理名言。江文通《恨赋》中说："自古皆有死，莫不饮恨而吞声。"那是没有见地的庸人之举，我虽庸陋，水平还不会那样低。即使我做不到热烈欢迎大限之来临，我也绝不会饮恨吞声。

但是，人类是心中充满了矛盾的动物，其他动物没有思想，也就不会有这样多的矛盾。我忝列人类的一分子，心里面的矛盾总是免不了的。我现在是一方面眷恋人生，一方面却又觉得，自己活得实在太辛苦了，我想休息一下了。我向往庄子的话："大块载我以形，劳我以生。"大家千万不要误会，以为我就要自杀。自杀那玩意儿我绝不会再干了。在别人眼中，我现在活得真是非常非常惬意了。不虞之誉，纷至沓来；求全之毁，几乎绝迹。我所到之处，见到的只有笑脸，感到的只有温暖。时时如坐春风，处处如沐春雨，人生至此，实在是真应该满足了。然而，实际情况却并不完全这样惬意。古人说："不如意事常八九。"这话对我现在来说也是适用的。我时不时地总会碰到一些令人不愉快的事情，让自己的心情半天难以平静。即使在春风得意中，我也有自己的苦恼。我明明是一头瘦骨嶙峋的老牛，却有时被认成是日产鲜奶千磅的硕大的肥牛。已经挤出了奶水五百磅，还求索不止，认为我打了埋伏。其中情味，实难向外人道也。这逼得我不能不想到休息。

我现在不时想到，自己活得太长了，快到一个世纪了。九十年前，山东临清一个既穷又小的官庄出生了一个野小子，竟走出了官庄，走出了临清，走到了济南，走到了北京，走到了德国；后来又走遍了几个大洲，几十个国家。如果把我的足迹画成一条长线的话，

这条长线能绕地球几周。我看过埃及的金字塔，看过两河流域的古文化遗址，看过印度的泰姬陵，看过非洲的撒哈拉大沙漠，以及国内外的许多名山大川。我曾住过总统府之类的豪华宾馆，会见过许多总统、总理一级的人物，在流俗人的眼中，真可谓极风光之能事了。然而，我走过的漫长的道路并不总是铺着玫瑰花的，有时也荆棘丛生。我经过山重水复，也经过柳暗花明；走过阳关大道，也走过独木小桥。我曾到阎王爷那里去报到，没有被接纳。终于曲曲折折，颠颠簸簸，坎坎坷坷，磕磕碰碰，走到了今天。现在就坐在燕园朗润园中一个玻璃窗下，写着《九十述怀》。窗外已是寒冬。荷塘里在夏天接天映日的荷花，只剩下干枯的残叶在寒风中摇曳。玉兰花也只留下光秃秃的枝干在那里苦撑。但是，我知道，我仿佛看到荷花蜷曲在冰下淤泥里做着春天的梦；玉兰花则在枝头梦着"春意闹"。它们都在活着，只是暂时地休息，养精蓄锐，好在明年新世纪、新千年中开出更多更艳丽的花朵。

我自己当然也在活着。可是我活得太久了，活得太累了。歌德暮年在一首著名的小诗中想到休息。我也真想休息一下了。但是，这是绝对不可能的。我就像鲁迅笔下的那一位"过客"那样，我的任务就是向前走，向前走。前方是什么地方呢？老翁看到的是坟墓，小女孩看到的是野百合花。我写《八十述怀》时，看到的是野百合花多于坟墓，今天则倒了一个个儿，坟墓多而野百合花少了。不管怎样，反正我是非走上前去不行的，不管是坟墓，还是野百合花，都不能阻挡我的步伐。冯友兰先生的"何止于米"，我已经越过了"米"的阶段。下一步就是"相期以茶"了。我觉得，我目前的选择只有眼前这一条路，这一条路并不遥远。等到我十年后再写《百岁述怀》的时候，那就离"茶"不远了。

二〇〇〇年十二月二十日

九三述怀

前几天，在医院里过了一个生日，心里颇为高兴；但猛然一惊：自己已经又增加了一岁，现在是九十三岁了。

在五十多年前，当我处在四十岁阶段的时候，九十三这个数字好像是一个天文数字，可望而不可即。我当时的想法是：我大概只能活到四五十岁。因为我的父母都没有超过这个年龄，由于 X 基因或 Y 基因的缘故，我决不能超过这个界限的。

然而人生真如电光石火，一转瞬间已经到了九十三岁。只有在医院里输液的时候感到时间过得特别慢以外，其余的时间则让我感到快得无法追踪。

近两年来，运交华盖，疾病缠身，多半是住在医院中。医院里的生活，简单而又烦琐。我是因一种病到医院里来的。入院以后，又患上了其他的病。在我入院前后所患的几种病中最让人讨厌的是天疱疮。手上起泡出水，连指甲盖下面都充满了水，是一种颇为危险的病。从手上向臂上发展，发展到一定的程度，就有性命危险。来到 301 医院，经李恒进大夫诊治，药到病除，真正是妙手回春。后来又患上了几种别的病。有一种是前者的发展，改变了地方，改变了形式，长在了右脚上，黑黢黢脏兮兮的一团，大概有一斤多重。我自己看了都恶心。有时候简直想把右脚砍掉，看你这些丑类到何处去藏身！幸亏老院长牟善初的秘书周大夫不知从哪里弄到了一种平常的药膏，抹上，立竿见影，脏东西除掉了。为了对付这一堆脏东西，301 医院曾组织过三次专家会诊，可见院领导对此事之重视。

你想到了死没有？想到过的，而且不止一次。不这样也是不可

名家作品精选

能的。人类是生物的一种。凡是生物,莫不好生而恶死,包括植物在内,一概如此。人们常说:好死不如赖活着。江淹《恨赋》中说:"自古皆有死,莫不饮恨而吞声。"我基本上也不能脱这个俗。但是,我有我的特殊经历,因此,我有我的生死观。我在"十年浩劫"中,实际上已经死过一次。在《牛棚杂忆》中对此事有详细的叙述。我在这里不再重复。现在回忆起来,让我吃惊的是,临死前心情竟是那样平静,那样和谐。什么"饮恨",什么"吞声",根本不沾边儿。有了这样的独特的经历,即使再想到死,一点恐惧之感也没有了。

总起来说,我的人生观是顺其自然,有点接近道家。我生平信奉陶渊明的四句诗:"纵浪大化中,不喜亦不惧。应尽便须尽,无复独多虑。"在这里一个关键的字是"应"。谁来决定"应""不应"呢?一个人自己,除了自杀以外,是无权决定的。因此,我觉得,对个人的生死大事不必过分考虑。

我最近又发明了一个公式:无论什么人,不管是男是女,不管是外国人还是中国人,也不管是处在什么年龄阶段,同阎王爷都是等距离的。中国有两句俗话:"阎王叫你三更死,不能留人到五更。"这都说明,人们对自己的生死大事是没有多少主动权的。但是,只要活着,就要活得像个人样子。尽量多干一些好事,千万不要去干坏事。

人们对自己的生命也并不是一点主观能动性都没有的。人们不都在争取长寿吗?在林林总总的民族之林中,中国人是最注重长寿,甚至长生的。在过去几千年的历史上,我们创造了很多长寿甚至长生的故事。什么"王子去求仙,丹成入九天。山中方七日,世上几千年"。这实在没有什么意义。一些历史上的皇帝,甚至英明之主,为了争取长生,"为药所误"。唐太宗就是一个好例子。

中国古代文人对追求长生有自己的表达方式。苏东坡词:"谁道人生无再少?门前流水尚能西。休将白发唱黄鸡。"在这里出现"再少"这个词儿。肉体上的再少,是不可能的。时间不能倒转的。我的理解是,如果老年人能做出像少年的工作,这就算是"再少"了。

我现在算不算是"再少",我自己不敢说。反正我从来不敢懈怠,从来不倚老卖老。我现在既向后看,回忆过去的九十年;也向前看,看到的不是八宝山而是活过一百岁。眼前就有我的好榜样。上海的巴金,长我七岁;北京的臧克家,长我六岁,都仍然健在。他们的健在给了我信心,给了我勇气,也给了我灵感。我想同他们竞赛,我们都会活到一百多岁的。

但是,我并不是为活着而活着。活着不是我的目的,而是我的手段。前辈学人陈翰笙先生,当他一百岁时人们为他在人民大会堂祝寿的时候,他眼睛已经失明多年,身体也不见得怎么好。可是,请他讲话的时候,他第一句话就是:"我要工作。"全堂为之振奋不已。

我觉得,中国人民在过去几千年的历史上成就了许多美德,其中一条是"鞠躬尽瘁,死而后已"。(出自《三国志·蜀志·诸葛亮传》)这能代表我们中华民族伟大的一个方面。在几千年的历史上起着作用,至今不衰。

在历史上,我们的先人对人生还有一些细致入微而又切中要害的感悟。我举一个例子。多少年来,社会上流传着两句话:不如意事常八九,能与人言无二三。根据我们每一个人的亲身体会,这两句话是完全没有错的。在我们的生活中,在我们的社会交往中,尽管有不少令人愉快的如意的事情,但也不乏不愉快不如意的事情。年年如此,月月如此,天天如此。这个平凡的真理也不是最近才发现的。宋代的伟大词人辛稼轩就曾写道:"肘后俄生柳,叹人生,不如意事,十常八九。"这颇能道出古今人人心中都会有的想法。我们老年人对此更应该加强警惕。因为不如意事有的是人招惹出来的。老年人,由于生理的制约,手和脑都会不太灵光,招惹不如意事的机会会更多一些。我原来的原则是随遇而安,近来我又提高了一步:知足常乐,能忍自安。境界显然提高了一步。

写到这里,我想写一个看来与我的主题无关而实际有关的问题:

中西高级知识分子比较研究。所谓高级知识分子,无非是教授、研究员、著名的艺术家——画家、音乐家、歌唱家、演员,等等。这个题目,在过去似乎还没有人研究过。我个人经过比较长期的思考,觉得其间当然有共性,都是知识分子嘛;但是区别也极大。简短直说,西方高级知识分子大多数是自了汉,就是只管自己那一亩三分地里的事情,有点像过去中国老农那一种"老婆、孩子、热炕头,外加二亩地、一头牛"的样子。只要不发生战争,他们的工资没有问题,可以安心治学,因此成果显著地比我们多。他们也不像我们几乎天天开会,天天在运动中。我们的高知继承了中国自古以来知识分子(士)的传统,家事、国事、天下事,事事关心。中国古代的皇帝们最恨知识分子这种毛病。他们希望士们都能夹起尾巴做人。知识分子偏不听话,于是在中国历史上,所谓"文字狱"这种玩意儿就特别多。很多皇帝都搞文字狱。到了清朝,又加上了个民族问题。于是文字狱更特别多。

最后,我还必须谈一谈服老与不服老的辩证关系。所谓服老,就是,一个老人必须承认客观现实。自己老了,就要老实承认。过去能做到的事情,现在做不到了,就不要勉强去做。但是,如果完完全全让老给吓住,什么事情都不做,这无异于坐而待毙,是极不可取的行为。人们的主观能动性的能量是颇为可观的。真正把主观能动性发挥出来,就能产生一种不服老的力量。正确处理服老与不服老的关系并不容易。二者之间的关系有点恍兮惚兮,其中有物。但是,这个物是什么,我却说不清楚。领悟之妙,在于一心。普天下善男信女们会想出办法的。

我已经写了不少。为什么写这样多呢?因为我感觉到,我们的生活环境和生活条件,日益改善,将来老年人会越来越多。我现在把自己的一点经历写了出来,供老人们参考。

千言万语,不过是一句话:我们老年人不要一下子躺在老字上,无所事事,我们的活动天地还是够大的。

有道是:

走过独木桥,
跳过火焰山。
豪情依然在,
含笑颂九三!

二〇〇三年八月十八日于 301 医院

九十五岁初度

又碰到了一个生日。一副常见的对联的上联是:"天增岁月人增寿。"我又增了一年寿。庄子说:万物方生方死。从这个观点上来看,我又死了一年,向死亡接近了一年。

不管怎么说,从表面上来看,我反正是增长了一岁,今年算是九十五岁了。

在增寿的过程中,自己在领悟、理解等方面有没有进步呢?

仔细算,还是有的。去年还有一点叹时光之流逝的哀感,今年则完全没有了。这种哀感在人们中是最常见的。然而也是最愚蠢的。"人间正道是沧桑。"

时光流逝,是万古不易之理。人类,以及一切生物,是毫无办法的。夫"天地者,万物之逆旅;光阴者,百代之过客。"对于这种现象,最好的办法是听之任之,用不着什么哀叹。

我现在集中精力考虑的一个问题是:如何避免"当时只道是寻常"的这种尴尬情况。"当时"是指过去的某一个时间。"现在",过一些时候也会成为"当时"的。这样一来,我们就会永远有这样的哀叹。我认为,我们必须从事实上,也可以说是从理论上考察和理解这个问题。我想谈两个问题,第一个是如何生活?第二个是如何回忆生活?

先谈第一个问题。

一般人的生活,几乎普遍有一个现象,就是倥偬。用习惯的说法就是匆匆忙忙。五四运动以后,我在济南读到了俞平伯先生的一篇文章。文中引用了他夫人的话:"从今以后,我们要仔仔细细过日子了。"言外之意就是嫌眼前日子过得不够仔细,也许就是日子过得太匆匆的意思。怎样才叫仔仔细细呢?俞先生夫妇都没有解释,至今还是个谜。我现在不揣冒昧,加以解释。所谓仔仔细细就是:多一些典雅,少一些粗暴;多一些温柔,少一些莽撞;总之,多一些人性,少一些兽性;如此而已。

至于如何回忆生活,首先必须指出:这是古今中外一个常见的现象。一个人,不管活得多长多短,一生中总难免有什么难以忘怀的事情。这倒不一定都是喜庆的事情,比如洞房花烛夜,金榜题名时之类。这固然使人终生难忘。反过来,像夜走麦城这样的事,如果关羽能够活下来,他也不会忘记的。

总之,我认为,回想一些俱往矣类的事情,总会有点好处。回想喜庆的事情,能使人增加生活的情趣,提高向前进的勇气。回忆倒霉的事情,能使人引以为鉴,不致再蹈覆辙。

现在,我在这里,必须谈一个无论如何也绕不过去的问题:死亡问题。我已经活了九十五年。无论如何也必须承认这是高龄。但是,在另一方面,它离开死亡也不会太远了。

一谈到死亡,没有人不厌恶的。我虽然还不知道,死亡究竟是什么样子,我也并不喜欢它。

写到这里,我想加上一段非无意义的问话。对于寿命的态度,东西方是颇不相同的。中国人重寿,自古已然。汉瓦当文延年益寿,可见汉代的情况。人名李龟年之类,也表示了长寿的愿望。从长寿再进一步,就是长生不老。李义山诗:"嫦娥应悔窃灵药,碧海青天夜夜心。"灵药当即不死之药。这也是一些人,包括几个所谓英主在内,所追求的境界。汉武帝就是一个狂热的长生不老的追求者。精明如唐太宗者,竟也为了追求长生不老而服食玉石散之类的矿物,结果是中毒而死。

上述情况,在西方是找不到的。没有哪一个西方的皇帝或国王会追求长生不老。他们认为,这是无稽之谈,不屑一顾。

我虽然是中国人,长期在中国传统文化熏陶下成长起来的;但是,

在寿与长生不老的问题上,我却倾向西方的看法。中国民间传说中有不少长生不老的故事,这些东西侵入正规文学中,带来了不少的逸趣,但始终成不了正果。换句话说,就是,中国人并不看重这些东西。

中国人是讲求实际的民族。人一生中,实际的东西是不少的。其中最突出的一个东西就是死亡。人们都厌恶它,但是却无能为力。

上文中我已经涉及死亡问题,现在再谈一谈。一个九十五岁的老人,若不想到死亡,那才是天下之怪事。我认为,重要的事情,不是想到死亡,而是怎样理解死亡。世界上,包括人类在内,林林总总,生物无虑上千上万。生物的关键就在于生,死亡是生的对立面,是生的大敌。既然是大敌,为什么不铲除之而后快呢?铲除不了的。有生必有死,是人类进化的规律。是一切生物的规律,是谁也违背不了的。

对像死亡这样的谁也违背不了的灾难,最有用的办法是先承认它,不去同它对着干,然后整理自己的思想感情。我多年以来就有一个座右铭:"纵浪大化中,不喜亦不惧。应尽便须尽,无复独多虑。"是陶渊明的一首诗。"该死就去死,不必多嘀咕。"多么干脆利落!我目前的思想感情也还没有超过这个阶段。江淹《恨赋》最后一句话是:"自古皆有死,莫不饮恨而吞声。"我相信,在我上面说的那些话的指引下,我一不饮恨,二不吞声。我只是顺其自然,随遇而安。

我也不信什么轮回转世。我不相信,人们肉体中还有一个灵魂。在人们的躯体还没有解体的时候灵魂起什么作用,自古以来,就没有人说得清楚。我想相信,也不可能。

对你目前的九十五岁高龄有什么想法?我既不高兴,也不厌恶。这本来是无意中得来的东西,应该让它发挥作用。比如说,我一辈子舞笔弄墨,现在为什么不能利用我这一支笔杆子来鼓吹升平,增强和谐呢?现在我们的国家是政通人和海晏河清。可以歌颂的东西真是太多太多了。歌颂这些美好的事物,九十五年是不够的。因此,我希望活下去。岂止于此,相期以茶。

二〇〇六年八月八日

国学漫谈

《国学，在燕园又悄然兴起》一文在国内外一部分人中引起了轰动。据我个人看到的国内一些报纸和香港的报纸，据我收到的一些读者来信看，读者们是热诚赞成文章的精神的。

想要具体的例证，那可以说是俯拾即是。前不久，我曾就东方文化和国学作过一次报告。一位青年同志写了一篇"侧记"，叙述这一次报告的情况，读者如有兴趣，可以参阅。我因为是当事人，有独特的感触，所以不避啰唆之嫌，在这里对那天的情况再讲上几句。

那是一个阴雨连绵的晚间，天气已颇有寒意。报告定在晚上7时。我毫无自信，事先劝同学们找一个不太大的教室，能容下一百人就行了。我是有私心的，害怕人少，讲者孑然坐在讲台上，面子不好看。然而他们坚持找电教大楼的报告大厅，能容下四百人。完全出我意料，不但座无虚席，而且还有不少人站在那里，或坐在台阶上，都在静静地谛听，整个大厅里鸦雀无声。我这个年届耄耋的世故老人，内心里十分激动，眼泪在眼睛里打转。据说，有人5点半就去占了座位。面对这样一群英姿勃发的青年，我心里一阵阵热浪翻滚，笔墨语言都是形容不出来的。

海外不是有一些人纷纷扬扬，说北大学生不念书，很难对付吗？上面这现象又怎样解释呢？

人世间有果必有因。上面说的这种情况也必有其原因。我经过思考，想用两句话来回答：顺乎人心，应乎潮流。

我们中华民族拥有五千年的光辉灿烂的文化，对人类做出了卓越的贡献。很难想象，世界上如果缺少了中华文化会是一个什么样

子。前几年,弘扬中华优秀文化的号召一经提出,立即受到了国内外炎黄子孙的热烈拥护。原因何在呢?这个号召说到了人们的心坎上。弘扬什么呢?怎样来弘扬呢?这就需要认真地研究。我们的文化五色杂陈,头绪万端。我们要像韩愈说的那样:"沉浸酞郁,含英咀华。"经过这样细细品味、认真分析的工作,把其中的精华寻找出来,然后结合具体情况,从而发扬光大之,期有利于中国人民和世界人民的前进与发展。"国学"就是专门做这件工作的一门学问。旧版《辞源》上说:国学,一国所固有之学术也。话虽简短朴实,然而却说到了点子上。七八十年以来,这个名词已为大家所接受。除了"脑袋里有一只鸟"的人(借用德国现成的话),大概不会再就这个名词吹毛求疵。如果有人有兴趣有工夫去探讨这个词儿的来源,那是他自己的事,我无权反对。

国学绝不是"发思古之幽情"。表面上它是研究过去的文化的,因此过去有一些学者使用"国故"这样一个词儿。但是,实际上,它既与过去有密切联系,又与现在甚至将来有密切联系。现在我们不是都谈建设有中国特色的社会主义吗?什么叫"特色"?特色表现在什么地方?我曾反复思考过这个问题。我觉得,科技对我们国家建设来说,对发展生产力来说,是非常重要的,万万不能缺少的。但是,科技却很难表现出什么特色。你就是在原子能、电脑、宇宙飞船等等尖端科技方面,有突出的成就,超过了世界先进国家,同其他国家比较起来,也只能是程度的差别,是水平的差别,谈不到什么特色。我姑且称这些东西为"硬件"。硬件的本质都是一样的,没有什么特色可言。

特色最容易表现在精神文化方面,我姑且称之为"软件",哲学、宗教、文学、艺术、伦理、道德、经营、管理等等都属于这个范畴。这些东西也是能够交流的,所谓"固有"并不排除交流,这个道理属于常识范围。以上这些学问基本上都保留在我们所说的"国学"中。其中有不少的东西可以说是中华文化、中华智慧的结晶,直至今日,不但对中国人发挥影响,它的光辉也照到了国外去。

最近听一位国家教委的领导说，他在新德里时亲耳听到印度总统引用中国《管子》关于"十年树木，百年树人"的话。在巴基斯坦他也听到巴基斯坦总理引用中国古书中的话。足证中华智慧已深入世界人民之心。这是我们中国人应该感到骄傲的。所有这一些中国智慧都明白无误地表露了中国的特色。它产生于中国的过去，却影响了中国和世界的今天，连将来也会受到影响。事实已经证明，连外国人都会承认这一点的。

国学的作用还不就到此为止，它还能激发我们整个中华民族的爱国热情。"爱国主义"是一个好词儿，没有听到有人反对过。但是，我总觉得，爱国主义有真伪之分。在历史上，被压迫被侵略的民族，为了自己的生存与尊严，不惜洒热血、抛头颅，奋抗顽敌，伸张正义。这是真爱国主义。反之，压迫别人侵略别人的民族，有时候也高呼爱国主义，然而却不惜灭绝别的民族。这样的"爱国主义"是欺骗自己人民的口号，是蒙蔽别国人民的幌子。它实际上是极端民族沙文主义的遮羞布。例子不用举太远的，近代的德、意、日法西斯主义就是这一类货色。这是伪爱国主义。

中国的爱国主义怎样呢？它在主体上是属于真爱国主义范畴的。有历史为证，不管我们在漫长的封建时期内，"天朝大国"的口号喊得多么响，事实上我国始终有外来的侵略者，主要来自北方，先后有匈奴、突厥、辽、金、蒙、满，等等。今天，这些民族基本上都成了中华民族的组成部分；但在当时只能说是敌对者，我们不能否定历史的本来面目。在历史上，连一些雄才大略的开国君主也难以逃避耻辱。刘邦曾被困于平城，李渊曾称臣于突厥，这是最明显的例子。我们也不能说，中国过去没有主动地侵略别人过，这情况也是有过的，但不是主流，主流是中国始终受到外来的威胁。正是由于这个原因，我们中国人民敬仰、歌颂许多爱国者，岳飞、文天祥、史可法等等都是。一直到今天，爱国主义，真正的爱国主义，始终左右我们民族的心灵。我常说，北京大学的优良传统之一，就是爱国主义，我这说法得到了许多人的赞同。探讨和分析中国爱国主义

的来龙去脉,弘扬爱国主义思想,激发爱国主义热情,是我们今天"国学"的重要任务,国学的任务可能还可以举出一些来,以上三大项,我认为,已充分说明其重要性了。我上面说到"顺乎人心,应乎潮流"。我现在所谈的就是"人心",就是"潮流"。我没有可能对所有的人都调查一番。我所说的"人心",可能有点局限。但是,一滴水中可以见宇宙,从燕园来推测全国,不见得没有基础。我最近颇接触了一些青年学生。我发现,他们是很肯动脑筋的一代新人。有几个人告诉我,他们感到迷惘。这并不是坏事,这说明他们正在那里寻觅祛除迷惘的东西,正在那里动脑筋。他们成立了许多社团,有的名称极怪,什么"吠陀",什么禅学,这一类名词都用上了。也许正在燕园悄然兴起的"国学",正投了他们之所好,顺了他们的心。否则怎样来解释我在本文开头时说的那种情况呢?中国古话说:"得道多助,失道寡助",顺应人心和潮流的就是"道"。

但是,正如对人世间的万事万物一样,对国学也有不同的看法。提倡国学要有点勇气,这话是我说出来的。在我心中主要指的是以"十年浩劫"为代表的那一股极左思潮。我可万万没有想到,今天半路上竟杀出来了一个程咬金,在小报上写文章嘲讽国学研究,大扣帽子。不知国学究竟于他何害,我百思不得其解。无独有偶,北师大古籍研究所编纂《全元文》,按说这工作有百利而无一弊,然而竟也有人想全面否定。我觉得,有这些不同意见也无妨。国学,弘扬中华优秀文化,既然是顺乎人心、应乎潮流的事业,必然会发展下去的。

一九九三年十二月二十四日

略说中国传统文化及其特点

说在中国传统文化的宝库中,中国传统道德是最重要的一部分内容,这话完全正确。因为从世界各国来看,像中国这样几千年如一日重视伦理道德的还没有第二个国家。什么叫作中国传统道德?或者说中国传统道德有哪些内容呢?这个问题很复杂,每个人的回答都可能不一样。我讲讲自己的看法,我想这里面起码应包括这么几部分内容。

第一,正如我的老师——清华大学陈寅恪教授曾经说过的《白虎通》当中的"三纲六纪"是中国文化的精华。什么叫"三纲"呢?就是君臣、父子、夫妇。他讲的当然是君为臣纲,父为子纲,夫为妻纲。这里边有糟粕,如夫妻应该是平等的,怎么男人成了女人的纲了呢?这个我们先不讲它。"六纪",一是诸父,就是父亲的兄弟姊妹;二是兄弟;三是族人;四是诸舅,就是母亲家的人;五是师长;六是朋友。他说,这"三纲六纪"是中国文化的中心,我看他的话很有道理。因为人类自有社会以来,必然要有一种规则来维系,不然的话社会就会乱七八糟。现在马路上为什么要有交通警?为什么要有红绿灯?这就是一种规则,一种规章制度,要求大家都来遵守,这样社会生活才能进行。要是没有这些规则,社会生活就不能进行。《白虎通》的"三纲六纪",把当时社会所有的人际关系都规定了。

第二,我们的文化还有一个提法,是我们的特点,就是"格、致、正、诚、修、齐、治、平"。意思就是格物、致知、正心、诚意、修身、齐家、治国、平天下八个步骤。先从自己开始格物,就

是了解事物，了解以后致知，把规律找出来，正心、诚意就不用讲了，修身就是修自己，然后齐家，把家治好，然后再治国，治国以后是平天下。就是从个人内心一直到天下。那么，什么叫国，什么叫天下呢？在周代来讲，像齐国、燕国、郑国等国是国，天下则指整个周代的中国。现在像中国、日本叫国，天下就是世界。个人要从内心出发，正心、诚意，一直推到治国、平天下。这套系统的步骤，属于伦理道德范畴，也属于政治范畴，是其他任何国家所没有的。

第三，"礼义廉耻，国之四维"。就是说，礼义廉耻是国家的四个支柱。除了这个提法外，古人还提出了"孝悌忠信，礼义廉耻"等说法，意思都差不多。

上述三个方面是古代伦理道德最先最主要的内容。懂得了这三个方面的内容，大体就了解了中国伦理道德最基本的内容。我们的道德伦理又全面又有体系，其他的内容当然就多了，需要写一部中国伦理学史来阐述。

中国传统道德是中国传统文化当中最精华的内容，它在世界人类文明遗产中的特殊性非常之明显。为什么这么说呢？因为世界上任何国家，从古希腊一直到古印度，尽管每个国家都有自己的道德规范，每个民族都有自己的道德规范，可是内容这么全面、年代这么久远、涉及面这么广泛的道德规范，在全世界来看，中国是唯一的。现在中国周围这些国家，像日本、韩国、越南等，有一个名词叫汉文化圈，属于汉文化圈的国家基本上都受我国的影响。

我们一向讲中国是四大文明古国之一。现在我们的考古发现越多，就越证明我们的历史长久。随着考古学的不断进步，我估计将来考古发现不但有夏、有禹，一定还会有更古的尧、舜，还要往上发展。总而言之，我的看法是考古发现越多，我们的历史越长。这是从形成的历史时间看。

那么从具体内容上看，我们民族的特点就更明显了。

比如"孝"这个概念，"三纲五常"里面都有。除了中国以外，全世界各国都没有这么具体。何以证之呢？可以看一看欧洲现在社会的情况跟我们作比较。当然现在青年人也不像以前那样愚忠愚孝，"割肉疗母"我们也不提倡，可是就拿眼前来讲，我们中国的青年人还比世界各国的要孝得多，虽然程度不如以前了。我是研究语言的，有件事情很有意思：把"孝"这个词翻译为英语，用一个词翻译不出来，得用两个词。什么原因呢？因为虽然不能说外国没有孝，但是孝并非作为一个很重要的概念，所以译过去就得用两个词。英文里面两个什么词呢？就是儿女的"虔诚"与"尊敬"，而在中文中，光一个孝就够了。这就说明"孝"这个词有中国的特点。

我认为中国伦理道德中有两点值得提倡，第一点是讲气节、骨气。一个人要有骨头。我们现在不是还讲解放军硬骨头六连吗？文章也讲风骨。骨头本来是讲一种生理的东西，用到人身上，就是指人要讲气节。孟子就讲："富贵不能淫，贫贱不能移，威武不能屈，此之谓大丈夫。"富贵我们也不怕，贫贱我们也不怕，威武我们也不怕，这在别的国家是没有的。就是说作为一个人，我有我的人格，顶天立地，不管你多大的官，多么有钱，你做得不对我照样不买你的账。例子很多。《三国演义》里有个祢衡敢骂曹操，不怕他能杀人。近代的章太炎，他就敢在袁世凯住进中南海称帝时，到中南海新华门前骂袁称帝。这种骨气别的国家也不提倡。"骨气"这个词也不好译，翻成英文也得用两个词：道德的"反抗的力量"或者"不屈不挠的力量"，我们用一个"气节""骨气"，多么简洁明了。我们中国的小说中，随便看看，都有像祢衡这样的人。我们为什么崇拜包公？就是因为他威武不能屈。皇帝掌握生杀大权，但皇帝做错了，包公照样不买账；达官显贵虽然有钱有势，包公也照样不买账。这种品行外国是不提倡的。

我常对年轻人讲，不仅在国内要有人格，不能一见钱就什么都不讲了，出国也要有国格，不能忘记自己是中国人，不能忘记国格。

第二点是爱国主义。世界上真正提倡爱国主义的是中国。比如苏武北海牧羊而气节不改的故事，连小孩都知道。写《满江红》的

抗金英雄岳飞，他的爱国精神更是历代传颂，后人在杭州西湖边专给他盖了一座庙。又如文天祥，谁都知道他的名言"人生自古谁无死，留取丹心照汗青"，全国都有他的祠堂。近代、现代的爱国英雄也多得很，如抗日战争中的张自忠、佟麟阁，等等。

当然，我们讲爱国主义要分场合，例如，抗日战争里，我们中国喊爱国主义是好词，因为我们是正义的，是被侵略、被压迫的。压迫别人、侵略别人、屠杀别人的"爱国主义"是假的，是军国主义、法西斯。所以我们讲爱国主义要讲两点：一是我们决不侵略别人，二是我们决不让别人侵略。这样爱国主义就与国际主义、与气节联系上了。

关于中国传统道德在世界文明史中的地位问题，我想最好先举例来说明。大家都知道《歌德谈话录》这本书，在1827年1月31日歌德与爱克曼的谈话录中，歌德说，我今天看了一本中国的书：《好逑传》。中国人了不起，在中国人眼中，人跟宇宙合二为一（这是我这几年宣传的人与大自然和谐），男女谈情说爱，相互彬彬有礼，那么和谐、和睦，这个境界我们西方没有。可以说，《好逑传》在中国文学史上最多与《今古奇观》处在一个水平上，甚至中国文学史也不会写它。可是传到欧洲，当时欧洲文化的第一代表人歌德却大加赞美。但他是有根据的。虽然我国这类才子佳人题材的小说有些理想化，像《西厢记》，但是在当时的西方文化泰斗看来，起码中国作者心中的境界是很高的。歌德指出的这一点不是很值得我们回味吗？我认为，从世界文化的发展趋向看，中国文化包括中国道德的精华，在二十一世纪会在人类精神文明的发展中，发挥更重要的作用。这是我所期望的。

从宏观上看中国文化

最近几年,在全国范围内,掀起了一股"文化热"的高潮。这是完全可以理解的。我们国家的社会主义建设发展到了今天这个地步,在接受几十年来的经验和教训的基础上,大家都认识到,文化建设的任务已经提到议事日程上来了。我想大家都会同意,人类历史上任何社会,都不能专靠科技来支撑,物质文明与精神文明同步建设。我们今天的社会也绝不能是例外。

在众多的讨论中国传统文化与现代化问题的论文和专著中,有很多很精彩的具有独创性的意见。我从中学习了不少的非常有用的东西。我在这里不详细去叙述。我只有一个感觉,这就是,讨论中国文化,往往就眼前论眼前,从几千年的历史上进行细致深刻的探讨不够,从全世界范围内进行最广阔的宏观探讨更不够。我个人觉得,探讨中国文化问题,不能只局限于我们生活于其中的这几十年、近百年,也不能局限于我们居住于其中的九百六十万平方公里。我们必须上下数千年,纵横数万里,目光远大,胸襟开阔,才能更清楚地看到问题的全貌,而不至于陷入井蛙的地步,不能自拔。总之,我们要从历史上和地理上扩大我们的视野,才能探骊得珠。

我们眼前的情况怎样呢?从十九世纪末叶以来,我们就走了西化的道路。当然,西化的开始还可以更往前追溯,一直追溯到明末清初。但那时规模极小,也没有向西方学习的意识,所以我不采取那个说法,只说从十九世纪末叶开始。从中国社会发展的需要来看,从全世界文化交流的规律来看,这都是不可避免的。近几百年以来,西方文化,也就是资本主义文化,垄断了世界。资本主义统一世界

市场的形成,把世界上一切国家都或先或后地吸收过去。这影响表现在各个方面。不但在政治、经济方面到处都打上了西方的印记,在文学方面也形成了"世界文学",从文学创作的形式上统一了全世界。在科学、技术、哲学、艺术等等方面,莫不皆然。中国从前清末叶到现在,中间经历了许多惊涛骇浪,帝国统治、辛亥革命、洪宪窃国、军阀混战、国民党统治、抗日战争、解放战争,一直到中华人民共和国建立后的社会主义初级阶段,我们西化的程度日趋深入。到了今天,我们的衣、食、住、行,从头到脚,从里到外,试问哪一件没有西化?我们中国固有的东西究竟还留下了多少?我看,除了我们的一部分思想感情以外,我们真可以说是"全盘西化"了。

我并不认为这是一件坏事。我认为,这是一件天大的好事。无论如何,这是一件不可抗御的事。我一不发思古之幽情,二不想效法九斤老太;对中国自然经济的遭到破坏,对中国小手工业生产方式的消失,我并不如丧考妣,惶惶不可终日。我认为,有几千年古老文明的中国,如果还想存在下去,就必须跟上世界潮流,决不能让时代潮流甩在后面。这一点,我想是绝大多数的中国有识之士所共同承认的。

但是,事情还有它的另外一面,它也带来了不良后果。这最突出地表现在一些人的心理上。在1949年前,侨居上海的帝国主义者在公园里竖上木牌,上面写着:"华人与狗不许入内。"这是外来的侵略者对我们中华民族的污辱。这是容易理解的。但是,1949年以后,我们号称已经站起来了,然而崇洋媚外的心理并未消失。古已有之,于今为烈。这是十分令人痛心的事。五十年代曾批判过一阵这种思想,好像也并没有收到预期的效果。到了"十年浩劫",以"四人帮"为首的一帮人,批崇洋媚外,调门最高,态度最"积极"。在国外读过书的知识分子,几乎都被戴上了这顶帽子。然而,实际上真正崇洋媚外的正是"四人帮"及其爪牙自己。现在,"四人帮"垮台已经十多年了,社会上崇洋媚外的风气,有增无减,有时简直令人感到,此风已经病入膏肓。贾桂似的人物到处可见。多么爱国的人士也无法否认这一点。有识之士怒然忧之。这种接近变态的媚外心理,我无论如何也难以理解。凡是外国的东西都好,凡是外国人都值得尊敬,这是一种反常的心理状态。中国烹调享誉世界。有一些外国食品本来并不怎么样,但是,一旦标明是舶来品,立即身价十倍,某一些味觉顿经改造的人们,蜂拥而至,争先恐后。连一些外国朋友都大惑不解,只有频频摇头。

在这样的情况下,要来谈中国文化,真正是戛戛乎难矣哉。在严重地甚至病态地贬低自己文化的氛围中,人们有意无意地抬高西方文化,认为自己一无是处,只有外来的和尚才会念经。这样怎么能够客观而公允地评价中国文化呢?我的意思并不是要说,要评价中国文化,就必须贬低西方文化。西方文化确有它的优越之处。十九世纪后半叶,中国人之所以努力学习西方,是震于西方的船坚炮利。在以后的将近一百年中,我们逐渐发现,西方不仅是船坚炮利,在精神文明和物质文明方面,他们都有许多令人惊异的东西。想振兴中华,必须学习西方,这是毫无疑问的。二十世纪二十年代,就有人提出了"全盘西化"的口号。今天还有不少人有这种提法或者类似的提法。我觉得,提这个口号的人动机是不完全一样的。有的人出于忧国忧民的热忱,其用心良苦,我自谓能充分理解。但也可能有人别有用心。这问题我在这里不详细讨论。我只想指出,人类历史证明,全盘西化(或者任何什么化)理论上讲不通,事实上办不到。但这并不影响我们向西方学习。我们必须向西方学习,今天要学习,明天仍然要学习,这是绝不能改变的。如果我们故步自封,回到老祖宗走过的道路上去,那将是非常危险的。

但是,我始终认为,评价中国文化,探讨向西方文化学习这样的大问题,正如我在上面已经讲过的那样,必须把眼光放远,必须把全人类的历史发展放在眼中,更必须特别重视人类文化交流的历史。只有这样,才能做到公允和客观。我是主张人类文化产生多元论的。人类文化绝不是哪一个国家或民族单独创造出来的。法西斯分子有过这种论调,他们是别有用心的。从人类几千年的历史来看,

民族和国家，不论大小，都或多或少地对人类文化宝库做出了自己的贡献。这恐怕是一个历史事实，是无法否认掉的。同样不可否认的事实是，每一个民族或国家的贡献又不完全一样。有的民族或国家的文化对周围的民族或国家产生了比较大的影响，积之既久，形成了一个文化圈或文化体系。根据我个人的看法，人类自从有历史以来，总共形成了四个大文化圈：古希腊、罗马一直到近代欧美的文化圈、从古希伯来起一直到伊斯兰国家的闪族文化圈、印度文化圈和中国文化圈。在这四个文化圈内各有一个主导的、影响大的文化，同时各个民族或国家又是互相学习的。在各个文化圈之间也是一个互相学习的关系。这种相互学习就是我们平常所说的文化交流。我们可以毫不夸大地说，文化交流促进了人类文化的发展，推动了社会前进。

倘若我们从更大的宏观上来探讨，我们就能发现，这四个文化圈又可以分为两大文化体系：第一个文化圈构成了西方大文化体系；第二、三、四个文化圈构成了东方大文化体系。"东方"在这里既是地理概念，又是政治概念，即所谓第三世界。这两大文化体系之间的关系也是互相学习的关系。仅就目前来看，统治世界的是西方文化。但是从历史上来看，二者的关系是三十年河东，三十年河西。

人类历史上曾出现过许多文化，欧洲史学家早有这个观点，最著名的代表是英国历史学家汤因比。他在他的巨著《历史研究》里，从世界历史全局出发，共发现了 23 个或 26 个文化（汤因比称之为社会或者文明）：西方社会、东正教社会（又可以分为拜占庭和俄罗斯两个东正教）、伊朗社会、阿拉伯社会、印度社会、远东社会（又可以分为中国和朝鲜、日本两部分）、古希腊社会、叙利亚社会、古印度社会、古代中国社会、米诺斯社会、印度河流域社会、苏末社会、赫梯社会、巴比伦社会、埃及社会、安第斯社会、墨西哥社会、尤卡坦社会、玛雅社会、黄河流域古代中国文明以前的商代社会。

汤因比明确反对只有一个社会——西方社会这一种文明统一的理论。他认为这是"误入歧途"，是一个"错误"。虽然世界各地的经济和政治的面貌都已经西化了，其他的社会（文明）大体上仍然维持着本来的面目。文明的河流不止西方这一条。

汤因比在本书的许多地方，另外在自己其他著作，比如《文明经受着考验》（沈辉等译，1988年第1版，浙江人民出版社）中，提出了一个观点：文明发展有四步骤：起源、生长、衰落、解体。在《文明经受着考验》第101页，他提到了德国学者斯宾格勒的名著《西方的没落》，对此书给了很高的评价，也提到了斯宾格勒思想方法的局限性。在《历史研究》的结尾处，第429~430页，他写道：

> 当作者进行他的广泛研究时发现他所搜集到的各种文明大多数显然已经是死亡了的时候，他不得不做出这样的推论：死亡确是每个文明所面对着的一种可能性，作者本身所隶属的文明也不例外。

他对每一个文明都不能万岁的看法是再明确不过的了。

了解了我在上面谈到的这些情况，现在再来看中国文化，我们的眼光就比以前开阔多了。在过去相当长的历史时期内，中国文化对世界文化的发展产生了影响，这是我们的骄傲，这也是一个历史事实。汤因比对此也有所论述，他对中国过去的文化有很好的评价。但是，到了后来，我们为什么忽然不行了呢？为什么现在竟会出现这样崇洋媚外的思想呢？为什么西方某一些人士也瞧不起我们呢？我觉得，在这里，我们自己和西方一些人士，都缺少历史的眼光。我们自己应该避免两个极端：一不能躺在光荣的历史上，成为今天的阿Q；二不能只看目前的情况，成为今天的贾桂。西方人应该力避一个极端，认为中国什么都不行，自己什么都行，自己是天之骄子，从开天辟地以来就是如此，将来也会永远如此。

那么，我们应该怎么办呢？我们东西双方都要从历史和地理两个方面的宏观上来看待中国文化，决不能囿于成见，鼠目寸光，只

见片段,不见全体;只看现在,不看过去,也不看未来。中国文化,在西方人士眼中,并非只有一个看法,只有一种评价。汉唐盛世我不去讲它了,只谈十六、十七世纪以后的情况,也就能给我们许多启发。这一段时间,在中国是从明末到清初,在欧洲约略相当于所谓"启蒙时期"。在这期间,中国一方面开始向西方学习;另一方面,中国的文化也大量西传。关于这个问题,中西双方都有大量的记载,我没有可能,也没有必要一一加以征引。方豪在他的《中西交通史》(华冈出版有限公司,1977年第6版,第5册,《明清之际中西文化交流史》下)中有比较详细而扼要的介绍。我在下面利用他的资料介绍一下在这期间中国文化流向西方的情况。

中国经籍之西传

"四书""五经"在中国历史上有至高无上的权威。如果中国经籍西传,首当其冲的理所当然地就是这些书。明朝万历二十一年(1593年),利玛窦将"四书"译为拉丁文,寄还本国。天启六年(1626年),比人金尼阁将"五经"译为拉丁文,在杭州刊印。到了清朝,殷铎泽与郭纳爵合译《大学》为拉丁文,康熙元年(1662年)刻于建昌。殷氏又将《中庸》译为拉丁文,于康熙六年(1667年)和康熙八年(1669年)分别刻于广州及印度果阿。《论语》之最早译本亦出殷、郭二人之手,亦为拉丁文。康熙二十年(1681年),比教士柏应理返回欧洲。康熙二十六年(1687年)在巴黎发刊其著作《中国之哲学家孔子》。中文标题虽为《西文四书解》,但未译《孟子》,名实实不相符。康熙二十六年(1687年),奥国教士白乃心用意大利文写的《中国杂记》出版。康熙五十年(1711年),布拉格大学图书馆出版卫方济用拉丁文翻译的"四书"及《孝经》《幼学》,1783年至1786年译为法文。卫氏又以拉丁文著《中国哲学》,与上书同时同地刊出。白晋著有拉丁文《易经大意》,未刊。康熙四十年(1701年),白晋自北京致书德国大哲学家莱布尼茨,讨论中国哲学及礼俗。现在梵蒂冈图书馆中尚藏有西士研究《易经》之华文稿本14种，宋君荣曾译《书经》，刘应译《礼记》的一部分。康熙末年，马约瑟节译《书经》《诗经》。康熙四十六年（1707年），马约瑟自建昌府致函欧洲，讨论儒教。雷孝思参加绘制《皇朝一统舆地全图》，对中国古籍亦有研究。傅圣译有《道德经评注》，为拉丁文及法文合译稿本。他又用法文译岪纽。赫苍璧于康熙四十年（1701年）来华，亦曾从事翻译岪纽。

到了雍正乾隆年间，中籍西译继续进行。宋君荣所译之《书经》于乾隆三十五年（1770年）刊于巴黎。他还研究中国经籍之训诂问题。孙璋为后期来华耶稣会神父中最精通汉学者。他所译拉丁文《诗经》附有注解。他又译有《礼记》，稿成未刊。蒋友仁制作圆明园中的喷水池，为人所艳称。他又深通汉籍，用拉丁文译有《书经》《孟子》等书。乾隆时有一个叫钱德明的人，精通满汉文，译有《憾京赋》，并研究我国古乐及石鼓文等，他是西人中最早研究我国苗族及兵学者。乾隆四十年（1775年）在北京著《华民古远考》，列举《易经》《诗经》《书经》《春秋》及《史记》为证。乾隆四十九年（1784年），又在北京刊印《孔子传》，为钱氏著作中之最佳者。此外，他还有《孔门弟子传略》，以乾隆四十九年（1784年）或次年刊于北京。韩国英译有《大学》及《中庸》，又著有《记中国人之孝渤》。韩氏可能是十九世纪前西人研究我国经籍的最后一人。他的本行是生物学。

从明末到乾隆年间，中国经籍之西传，情况大体如上。既然传了过去，必然产生影响。有的影响竟与热心翻译中国经书之耶稣会神父的初衷截然相违。我在下面介绍方豪一段话：

> 介绍中国思想至欧洲者，原为耶稣会士，本在说明彼等发现一最易接受"福音"之园地，以鼓励教士前来中国，并为劝导教徒多为中国教会捐款。不意儒家经书中原理，竟为欧洲哲家取为反对教会之资料。而若辈所介绍之中国康熙年间之安定

局面，使同时期欧洲动荡之政局，相形之下，大见逊色；欧洲人竟以为中国人乃一纯粹有德性之民族，中国成为若辈理想国家，孔子成为欧洲思想界之偶像。

中国俗话说："搬起石头砸自己的脚"，颇与此相类了。

受中国经籍影响的，以法、德两国的哲学家为主，英国稍逊。举其荦荦大者，则有法国大哲学家笛卡尔等。法国百科全书派也深受中国思想之影响。在德国方面，启蒙时期的大哲学家斯宾诺莎、莱布尼茨等，都直接受到了笛卡尔的影响，间接受到中国影响。康德认为，斯宾诺莎的泛神论完全受的是老子的影响。莱布尼茨二十一岁就受到中国影响。后与闵明我、白晋订交，直接接受中国思想。1697年，莱氏的拉丁文著作《中国近事》出版。他在书中说："在实践哲学方面，欧洲人实不如中国人。"有人认为，康德的哲学也受了中国哲学的影响，特别是宋儒理学。

中国经籍西传，不但影响了欧洲哲学，而且也影响了欧洲政治。在德国，莱布尼茨与华尔佛利用中国哲学推动了德国的精神革命。在法国，思想家们则认为中国哲学为无神论、唯物论与自然主义。这三者实为法国大革命之哲学基础。百科全书派全力推动革命的发展。法国大革命实质上是反宗教之哲学革命。法国的启蒙运动，也是以反宗教为开端。形成这种反宗教的气氛者，归根结蒂是中国思想传播的结果。法国大革命前夕，中国趣味在法国以及整个欧洲广泛流行。宫廷与贵族社会为中国趣味所垄断。而宫廷与贵族又是左右法国政治的集团。则中国趣味对法国政治之影响，概可想见了。

百科全书派把反宗教和鼓吹革命的思想注入所撰写的百科全书中。他们与中国文化有深刻的接触。但因认识中国之渠道不同，对中国的意见也有分歧。孟德斯鸠与卢梭谈的多是欧洲旅客的游记等，对中国遂多有鄙薄之论。霍尔巴赫、伏尔泰、波勿尔、魁奈，等等，所读多是耶稣会士之报告或书札，对中国文化多有钦慕之意。孟德斯鸠著《法意》第一卷第一章，给法律下定义，提出"万物自然之理",主张"有理斯有法",完全是宋儒思想。伏尔泰七岁即在耶稣会士主办的学校中受教育,对中国文化无条件地赞赏,在自己的小礼拜堂中,供孔子画像,朝夕礼拜。他认为,孔子所说:"仅为极纯粹之道德,不谈奇迹,不涉玄虚。"他说:"人类智慧不能获得较中国政治更优良之政治组织。"又说:"中国为世界最公正最仁爱之民族。"他还根据《赵氏孤儿》写了一部《中国孤儿》。狄德罗对中国有批评意见,但认为中国文化在各民族之上。卢梭承认中国为文明最高古国,但他认为文明并非幸福之表记,中国虽文明,而不免为异族所侵凌,他是"文明否定论者"。中国思想除了影响了上述的哲学家之外,还影响了所谓政治经济学上的"重农学派"。这一学派以自然法代替上帝的功能。他们倡导"中国化",不遗余力,甚至影响了国王路易十五。英国经济学家亚当·斯密受了法国思想家的影响,在《原富》一书中应用中国材料颇多。

在德国,中国影响同样显著。大文豪歌德是一个突出的代表。哲学家也深受中国思想影响。莱布尼茨、斯宾诺莎,上面已经谈到。其他哲学家,康德、费希特、谢林、黑格尔等,都受了莱布尼茨的影响,也可以说,间接受了中国影响。叔本华哲学中除了有印度成分外,也受了朱子的影响。

中国美术之西传

随着中国哲学思想之西传,中国美术也传入欧洲。欧洲美术史上的洛可可时代约始于1760年,即乾隆二十五年,至十八世纪末而未衰。此时中国美术传入,产生了显著影响。在绘画上重清淡之色彩。在建筑上力避锐角方隅,多用圆角。在文学上则盛行精致的小品。在哲学上采用模棱两可的名词。这与流行于当时的"中国趣味"或"中国风"是分不开的。

中国情趣表现在许多方面,首先是在园林布置方面。欧洲人认为,中国园艺兼有英、法二国之长。他们说,中国园艺匠心独运,崇尚自然，不像欧洲那样整齐呆板。于是中国式的庭园一时流行于欧洲各国，法国、英国、德国等地都出现了中国庭园的模仿物，遗迹至今尚能见到。

中国绘画也传入欧洲，主要是中国的山水画和人物画，在瓷器上表现最为突出。有一些画家也作有中国情趣的绘画，比如孤岛帆影、绿野长桥之类。据说梵高也学过中国泼墨画。

除了绘画之外，中国用具也流行欧洲。轿顶围的质料与颜色，受到中国影响。中国扇子、镜子传入欧洲。十七世纪后半叶，法国能制绸。中国瓷器西传，更不在话下。同时中国瓷器也受到西洋影响。

明末至清朝乾隆年间中国经籍和美术西传的情况大体上就是这个样子。

我现在举一个说明西方人如何看待中国文化的具体的例子。我想举德国最伟大的诗人歌德，他的一生跨越十八、十九两个世纪，是非常关键的时期。他在1827年1月31日同爱克曼谈话时说道：

> （中国传奇）并不像人们所猜想的那样奇怪。中国人在思想、行为和感情方面几乎和我们一样，使我们很快就感到他们是我们的同类人，只是在他们那里一切都比我们这里更明朗，更纯洁，也更合乎道德。在他们那里，一切都是可以理解的，平易近人的，没有强烈的情欲和飞腾动荡的诗兴……他们还有一个特点，人和大自然是生活在一起的。你经常听到金鱼在池子里跳跃，鸟儿在枝头歌唱不停，白天总是阳光灿烂，夜晚也总是月白风清。月亮是经常谈到的，只是月亮不改变自然风景，它和太阳一样明亮。……还有许多典故都涉及道德和礼仪。正是这种在一切方面保持严格的节制，使得中国维持到几千年之久，而且还会长存下去。

这是歌德晚年说的话，他死于1832年。他死后没有过多少年，欧洲对中国的调子就逐渐改变了。据我个人多年的观察与思考，这与发生在1840年的鸦片战争有关。在这以前，中国这个天朝大国，虽然已经有点破绽百出，但仍然摆出一副纸老虎的架势，吓唬别人，欺骗自己。鸦片战争一下子把这只纸老虎戳破，真相暴露于光天化日之下。西方对中国的政治、经济，进而对中国文化逐渐贬低起来。他们没有历史观点，以为从来就是这个样子，中国从来就没有好过。他们自己的老祖宗所说的一些话和所做的一些事，他们也忘了个一干二净。随着他们科学技术的发展，政治、经济的发展，环顾海内，唯我独尊，气焰万丈了。

第一次世界大战给他们敲了一下警钟。他们之中的有识之士开始反思。于是出了像斯宾格勒《西方的没落》这样发人深思的书，可惜好景不长。到了二十年代末三十年代初，法西斯思潮抬头，把西方文化，特别是所谓"北方"文化捧上了天，把其他文化贬得一文不值。中国人在法西斯分子眼中成了劣等民族，更谈不到什么欣赏中国文化了。不久就爆发了第二次世界大战，比第一次大战还要残酷，还要野蛮。这又一次给西方敲了警钟。西方有识之士又一次反思，汤因比可以作为代表。预言已久的第三次世界大战，始终没有爆发。虽然在全球范围内大大小小的战争从未停止过，大家总算是能够和平共处了。到了今天，人类共同的公害，比如人口问题、粮食问题、污染问题、土地问题，等等，一个个被认识得越来越清楚。两个超级大国似乎也认识到，靠武力征服世界的美梦是不现实的，他们似乎也愿意和平共处了。在这样的情况下，人们要怎样来认识西方文明，怎样来认识东方文明——中国文明，怎样来认识文化交流，就非常值得我们注意了。

我在上面提到的英国历史学家汤因比，对中国文化和中国未来的作用有自己的看法。在同日本宗教活动家池田大作的谈话中（荀春生、朱继征、陈国棵译，国际文化出版公司，北京，1985年），他详细阐述了自己的看法。为了把他的观点介绍得明确而翔实起见，我想在这里多引用他的一些话。

名家作品精选

汤因比说：

因此按我的设想，全人类发展到形成单一社会之时，可能就是实现世界统一之日。在原子能时代的今天，这种统一靠武力征服——过去把地球上的广大部分统一起来的传统方法——已经难以做到。同时，我所预见的和平统一，一定是以地理和文化主轴为中心，不断结晶扩大起来的。我预感到这个主轴不在美国、欧洲和苏联，而是在东亚。

由中国、日本、朝鲜、越南组成的东亚，拥有众多的人口。这些民族的活力、勤奋、勇气、聪明，比世界上任何民族都毫不逊色。无论从地理上看，从具有中国文化和佛教这一共同遗产来看，或者从对外来近代西欧文明不得不妥协这一共同课题来看，他们都是联结在一条纽带上的。并且就中国人来说，几千年来，比世界任何民族都成功地把几亿民众，从政治文化上团结起来。他们显示出这种在政治、文化上统一的本领，具有无与伦比的成功经验。这样的统一正是今天世界的绝对要求。中国人和东亚各民族合作，在被人们认为是不可缺少和不可避免的人类统一的过程中，可能要发挥主导作用，其理由就在这里。

如果我的推测没有错误，估计世界的统一将在和平中实现。这正是原子能时代唯一可行的道路。但是，虽说是中华民族，也并不是在任何时代都是和平的。战国时代和古代希腊以及近代欧洲一样，也有过分裂和抗争。然而到汉朝以后，就放弃了战国时代的好战精神。汉朝的开国皇帝刘邦重新完成中国的统一是远在纪元前二〇二年。在这以前，秦始皇的政治统一是靠武力完成的。因此在他死后出现了地方的国家主义复辟这样的反动。汉朝刘邦把中国人的民族感情的平衡，从地方分权主义持久地引向了世界主义。和秦始皇带有蛊惑和专制性的言行相反，他巧妙地运用处世才能完成了这项事业。

> 将来统一世界的人，就要像中国这位第二个取得更大成功的统一者一样，要具有世界主义思想。同时也要有达到最终目的所需的干练才能。世界统一是避免人类集体自杀之路。在这一点上，现在各民族中具有最充分准备的，是两千年来培育了独特思维方法的中华民族。不是在半个旧大陆，而是在人们能够居住或交往的整个地球，必定要实现统一的未来政治家的原始楷模是汉朝的刘邦。这样的政治家是中国人？日本人？还是越南人？或者朝鲜人？

池田说：

> 从两千年来保持统一的历史经验来看，中国有资格成为实现统一世界的新主轴。您这一说法，在考虑今后世界问题时，具有极为重要的启示。

这两位著名的国际活动家，主要是从历史上和政治上谈论了中国的和世界的未来，其中也涉及文化。他们的意见，我觉得非常值得注意。至于我自己是否完全同意他们的意见，那是一个次要的问题。重要的是，在目前我们国内有那么一小撮人，声嘶力竭地想贬低中国，贬低中国文化，贬低中国的一切，在这样的时候，有像汤因比这样的通晓世界历史发展规律的大学者，说出了这样的意见，至少可以使这些人头脑清醒一下。你不是说月亮是外国的圆吗？你们中间不是有人竟认为中国连月亮都没有吗？现在有外国人来说，中国有月亮，中国的月亮也是圆的，而且圆得更美妙了。这一小撮人不是应该好好地反思一下吗？这一些人也许根本不知道汤因比是何许人。但那没有关系。他们最怕外国人，反正汤因比是外国人，这一点是错不了的。对这些人来说，这一点也就够了。我绝非听了外国人说中国月亮圆而飘飘然忘乎所以，把久已垂下的尾巴又翘了起来。中国的月亮也有阴晴圆缺，并不总是亮而圆的。但这是另一

个问题。我们目前当务之急是全面地、实事求是地从最大的宏观上来考虑中国文化在世界上已经起过的作用和将来能够起的作用。在这样的时刻,兼听则明,汤因比和池田大作的意见是值得我们深思的。

  对于人类文明前途的问题,我也曾胡思乱想过一些。我现在想从哲学上或者思想方法上来谈一谈我的想法。西方哲学或者思想方法是分析的,而东方的则是综合的。这两种方法异曲同工,各臻其妙。这已几乎是老生常谈,没有不同的看法。但是,对于分析的前途则恐怕是仁者见仁,智者见智。首先一个问题是:能不能永恒地分析下去?庄子说:"一尺之棰,日取其半,万世不竭。"从理论上和逻辑上来讲,这是毫无问题的。但是,对具体的东西的分析,比如说对原子的分析,能不能越分越细,以致万世不竭呢?西方的自然科学走的就是分析的道路。一直到今天,这一条路是走得通的。现在世界上的物质文明就来源于此。这是事实,不容否认。但是,这一条路是否能永远走下去呢?在这里有两种意见:一种认为可以永远走下去,越分析越小,但永不能穷尽。一种认为不行,分析是有尽头的。我自己赞同后一种意见。至于我为什么赞同后者,我认为,这不是一个理论问题,而是一个实践问题。我自己解释不了,我也不相信别人的解释。只有等将来的实践来解答了。

  我觉得,目前西方的分析已经走得够远了。虽然还不能说已经到了尽头,但是已经露出了强弩之末的端倪。照目前这样子不断地再分析下去,总有一天会走到分析的尽头。那么,怎么办呢?我在上面已经说过,东西两大文化体系的关系从几千年的历史上来看是三十年河东,三十年河西。现在球已经快踢到东方文化的场地上来了。东方的综合可以济西方分析之穷,这就是我的信念。至于济之之方究竟如何,有待于事物(其中包含自然科学)的发展来提供了。

  我从宏观上看中国文化,结果就是这样。希望有识之士共同来讨论。

一九八九年十月二十五日

21世纪：东方文化的时代

人类创造的文明或文化从世界范围来说可分为东方文化和西方文化两大体系，每一个文明或文化都有一个诞生、成长、发展、衰落、消逝的过程，不可能是一成不变的。从人类的全部历史来看，我认为，东方文化和西方文化的关系是：三十年河东，三十年河西。目前流行全世界的西方文化并非历来如此，也绝不可能永远如此，到了21世纪，三十年河西的西方文化将逐步让位于三十年河东的东方文化，人类文化的发展将进入一个新的时期。

为什么我认为到了21世纪西方文化将让位于东方文化呢？我是从东西方文化的基础的最根本的差别在于思维方式不同这一点来考虑的。东方的思维方式、东方文化的特点是综合；西方的思维方式、西方文化的特点是分析。举个最简单的例子，从我们坐的凳子来说，看看太和殿皇帝的宝座，四方光板，左不能靠，右不能靠，后又不能靠，坐久了会很不舒服。再看看西方人坐的凳子，中间一道略为隆起，两边稍凹，这样坐着会很舒服，但要换个姿势就会硌得难受。而我们太和殿的宝座，光板一块，虽然坐久了不舒服，但是用什么姿势坐都可以。从这件小事，可说明东方人的思维和西方人不一样。在西方，从伽利略以来的四百年中，西方的自然科学走的是一条分析的道路，越分越细，现在已经分到层子（夸克），而且有人认为分析还没有到底，还能往下分。东方人则是综合的思维方式，用哲学家的语言说即是西方是一分为二，东方是合二为一。

在这方面，自然科学界和哲学界是有争论的。物质是无限可分的吗？有不少人相信庄子的话："一尺之棰，日取其半，万世不竭。"

果真如此,则西方的分析方法、西方的思维方式、西方的文化就能永远存在下去,越分越琐细以致无穷,西方文化的光芒也就越辉煌。"三十年河东,三十年河西"这一条人类历史发展启示的规律就要被扬弃。但是庄子所说的是一个数学概念,我所说的分析是物理概念,二者不可混同。

国际上对物质是否无限可分也有两派之争。反对物质无限性观点的代表、大科学家海森堡(Heisenberg)认为物质不是永远可分的,最后有个界限,这个界限是夸克,称之为夸克封闭。其理由是夸克虽能被电子对撞机击碎,但击碎后仍是夸克,并未产生出新的物质。国内金吾伦同志著有《物质可分性新论》,也主张夸克封闭。我是同意这种看法的,因为对物质永远可分的这个观点现在无法证实。我认为夸克现在不能封闭,但将来总有一天要封闭的。我们的一切文明、一切文化现象甚至科技不同于西方。即使是数学,看起来应该是东西方没有差别,一加三等于四,而且还有公式,但是前两年我在自然辩证法通讯中,看到中科院数学所吴文俊教授对《九章》一书所写的序言里讲到东方和西方解决数学问题的方法不一样。对数学这个自然科学的基础尚且不一样,何况其他科学?

多年前,我就讲过21世纪是东方的世纪。西方在资本主义发展到帝国主义阶段,自认为是天之骄子,第一次世界大战从1914年打到1918年,基本上是欧洲人打欧洲人,战后二十年代初期,欧洲思想界出现了反思的热潮,他们思考的是为何自认为文化至高无上的欧洲都要自相残杀?看来西方不行了,要看东方。有本风行一时的书叫《欧洲的没落》,说欧洲要垮台、要灭亡,仰望东方。当时中国的《老子》《庄子》非常流行,《老子》德文译本有五六十种。有一位我认识的牙医,既非汉学家,又非文学家,却凭着一本字典、一股傻劲硬是把《老子》翻译了一遍。这说明当时不论是否搞哲学都向东方看齐。第二次世界大战打了六年,死的人比一战还要多。战后,欧洲再次出现一股眼望东方的反思热潮。当时除《老子》《庄子》外,又增加了禅宗、中医、《易经》,还有印度大乘佛教。一位英国的史学家汤因比在他所著的《历史研究》中，把各国民族的历史做了个总结，他认为人类共同创造了23个或26个文明，每个文明或文化都有其诞生、生长、繁荣、衰微、消逝的过程，没有任何一种文明或文化可以贯穿千秋。从他的哲学基础出发得出的结论是西方的文化将来要消灭。至今欧美思想界仍感觉他的反思比较深沉。

我们还可以从20世纪后半期西方兴起的几种新的科学模糊学、混沌学中进一步的说明。模糊学是从模糊数学开始的，以后又有模糊逻辑、模糊语言……就说模糊语言，我们天天开口讲话，从未怀疑过自己的语言是模糊的，但是说天气好，怎么叫好？天气暖，怎么叫暖？长得高，怎么叫高？这件事情好，怎么叫好？都是模糊的。我们可以对这些问题仔细分析、追根到底，但是要讲清楚却很难。混沌学被誉为继爱因斯坦的相对论和普朗克的量子力学之后20世纪科学的第三个伟大的发现。关于混沌学，美国学者格莱克写过一本书《混沌：开创新科学》，此书有汉译本，我国周文斌先生在1990年11月8日《光明日报》写有书评，文中有一段话说："混沌学是关于系统的整体性质的科学，它扭转科学中简化论的倾向，即只从系统的组成零件夸克、染色体或神经元来作分析的倾向，而努力寻求整体，寻求复杂系统的普遍行为。它把相距甚远各方面的科学家带到了一起，使以往的那种分工过细的研究方法发生了戏剧性的倒转，亦使整个数理科学开始改变自己的航向。它揭示了有序与无序的统一，确定性与随机性的统一，是过程的科学而不是状态的科学，是演化学而不是存在的科学。它覆盖面之广，几乎涉及自然科学与社会科学的各个领域。"为什么在20世纪后半期，西方有识之士开创了与西方文化整个背道而驰的模糊学、混沌学呢？这说明他们已经痛感西方分析的思维方式不行了。世上万事万物没有绝对的、百分之百的正确，金无足赤、人无完人，绝对的好、绝对的美是不存在的，一切都是相对的。分析的方法有限度，要把一切都弄得清清楚楚是办不到的。必须改弦更张、另求出路，这样人类文化才能继续向前发展。

我说三十年河东，三十年河西，许多事情就是这样。从整个世纪来看中国文化在世界上占领导地位，这是东方，三十年河东。到明朝末年、西方文化自天主教传入起，至今几百年了，西方资本主义的物质文明给人类带来很大的福利，但另一方面也带来灾难，癌症、艾滋病、淡水资源短缺、环境污染、生态平衡的破坏，等等。这些灾难中任何一个解决不了，人类就难以继续生存。怎么办？人类到了今天，三十年河西要过，我们就像接力赛一样，在西方文化的基础上，接过这一棒，用东方文化的综合思维方式解决这些问题，去除掉这些弊端。所谓综合，就是整体观念、普遍联系这八个字。西方的哲学思维是只见树木不见森林，只从个别细节上穷极分析，而对这些细节之间的联系则缺乏宏观的概括，认为一切事物都是一清如水，而实际情况并非如此。我认为中国的东方的思维方式从整体着眼，从事物之间的联系着眼更合乎辩证法的精神。就像中医治病是全面考虑、多方照顾，一服中药，药分君臣，症治关键，医头痛从脚上下手，较西医的头痛治头、脚痛治脚更合乎辩证法。

总之，我认为，西方形而上学的分析已快走到尽头，而东方的寻求整体的综合必将取而代之。以分析为基础的西方文化也将随之衰微，代之而起的必然是以综合为基础的东方文化。"取代"不是"消灭"，而是在过去几百年来西方文化所达到的水平的基础上，用东方的整体着眼和普遍联系的综合思维方式，以东方文化为主导，吸收西方文化中的精华，把人类文化的发展推向一个更高的阶段。这种取代，在21世纪中就可见分晓。21世纪，东方文化的时代，这是不以人们的主观愿望为转移的客观规律。

西方不亮东方亮

同志们，原来我讲好的是，十个八个人在一起座谈，随便讲点什么。结果，这个架势一摆（指安排季先生坐在台上），非高高在上不行了。在车上我跟他们两位（宋柏年、刘蓓蓓）说讲什么东西，我说希望先听听大家的意见，他们说讲一讲文化什么的和跟你们学院有关系的一些事情。刚才杨院长也说了，不是什么正式的报告。我就根据在车上那个几分钟的灵感，来谈一点我的感想。

大家知道，我并不是搞什么文化思想的，我的出身是搞西洋文学的，后来乱七八糟搞点语言、文化、佛教，科技什么的也涉及了，是杂家，样样通，样样松，不行。要说特点呢，我喜欢胡思乱想。最近也写过几篇文章，是胡思乱想的结果。这胡思乱想有个好处，为什么？因为真正的专家呀，他不敢随便说话。他怕。我不是什么专家，所以我敢说话，就跟打乒乓球一样，我没有心理负担。现在我就讲一点儿我的看法，当然，把所有的想法都讲出来也不可能，占大家太多时间。

第一个就讲他们两位在路上讲到的文化热，眼前我们中国研究文化的一些情况。这个问题不是现在才开始的，大概是几年前吧，提出了弘扬中华民族优秀文化这个口号，得到了全国人民、海外华人华裔甚至不是华人的外国人的赞同。这证明这个口号提得正确。什么原因呢？就是我们弘扬中华民族优秀的文化，这绝对不是什么狭隘的民族主义。因为我们都认为，外国的一些有识之士，也认为我们的优秀文化中间有些东西，不但对中国有利，对世界也有利，所以我们要弘扬。因此，我自己感觉，这口号提出来以后，这爱国

主义和国际主义，完全可以结合起来。有人把国际主义跟爱国主义对立，我感觉到，真正的爱国主义就是国际主义，真正的国际主义就是爱国主义。我们这个口号就具体体现了这个关系。

据说现在全世界给文化下的定义有五百多个，这说明，没法下定义。这个东西啊，我们认为人文科学跟自然科学不一样，有的是最好不下定义，自然科学像"直线是两点间最短的线"，非常简单，非常明了，谁也反对不了。而我认为社会科学不是这样的，所以文化的定义我想最好还是不下。当然，现在好多人写文章，还在非常努力地下定义，这个不过是在五百个定义外再添一个定义，五百零一、五百零二，一点问题也不解决，所以我个人理解的文化就是非常广义的，就是精神方面，物质方面，对人民有好处的，就叫作文化。文化一大部分呢，就保留在古代的典籍里边，五经四书呀，二十四史呀，中国的典籍呀，按照数量来讲，世界第一，这是毫无问题的；按质量来讲，我看也可以说是世界第一。大部分保留在典籍里，当然也有一部分不是保留在典籍里边，比如说长城，长城文化。长城是具体的东西。现在的文化，吃的盐巴也是文化，什么都是文化。这个正确不正确，我也不敢说，我说这是不是太过分了，什么都是文化，虽然这个没什么坏处，说明大家对文化重视。不用说别的，就是从我们古代文献里边，好多话，到今天非常值得我们深思。大家也知道，宋代赵普以半部《论语》治天下，从前年轻的时候我也很怀疑，我说一个人怎么能够以半部《论语》治天下呢？我到了望九之年了，我现在感觉到其实用不着半部《论语》，有几句话就能治天下。例如像大家举的"己所不欲，勿施于人"，这个想法，这句话能办到，我看不仅中国大治，世界也大治，世界和平就有了保证。这一句话就够了。又如"先天下之忧而忧，后天下之乐而乐"，你到了共产主义也无非是这个境界吧。

今天中午我看《大公报》，现在的日本大使，他就讲，"近者悦，远者来"。我后来听说我们国家一个领导人到印度去访问，人家总理就讲这个教育重要，说教育是"十年树木，百年树人"，引的我们中国的。后来这位领导人到了巴基斯坦，他们的总理（女总理）引用的也是中国的话。我不是说古籍里说的话全对，这个不可能的，有精华也有糟粕。这是必然的。可是精华毕竟多于糟粕。像这种话，我不是说别的国家就没有，不能那么说，我也不说我们中华民族是世界上独一无二的。"文化是我们创造的"，这是希特勒的论调，文化不是哪一个民族创造的，是大家共同创造的。我们古代典籍里边，就是片言只字，你只要认真体会，就能对今天有帮助。这种话多极了。《论语》我们都念过，当时念《论语》莫名其妙，后来，1949年后也批判《论语》，真是莫名其妙。现在你想一想呢，这里边有些话确实是那么回事。对我们今天有用。所以林语堂，写了一本书叫《中国的智慧》（The Chinese Wisdom），它就是讲这个，选中国古代典籍里边非常精粹的，叫作中国的智慧。再回到我刚才说的，是弘扬中华民族优秀文化，我说不但对中国有用，对世界也有用。大家都能做到的话，这世界会变好的。当然这种想法就是"乌托邦"，不可能的。不过无论如何，这种智慧代表我们老祖宗对社会的看法，对人生的看法，是非常正确的。

有一次开会，碰到那个萧克将军。大家也知道萧克，他是炎黄文化研究会的执行副会长，他讲中国文化中有精华，当然也有糟粕，他说孔子讲"唯女子与小人之为难养也，近之则不逊，远之则怨"。他说这就是看不起妇女吧，这句话是对的。当时在孔子那个时代，妇女恐怕是地位很低的。不过，我也跟他讲，这句话里边还有一半是对的。说小人那半对的，说妇女是错了，不应该那么讲，后来他也同意。这样我也感觉到，我们弘扬文化，我刚才说，得到全世界，不但是华裔华侨，而且是外国人的赞扬，我是说有识之士，不是一般人，一般的西方人还没到这个水平。

再说我们中国，跟这个有联系的是讲国学。国学嘛，好像是北大带了个头，《人民日报》大家也看了吧，去年有一篇文章，讲国学在燕园悄悄地兴起。实际上国学有一大部分就是讲我们的优秀文化，我们搞国学的目的也不是什么复古主义，跟那个不沾边儿。可现在

呢，大家注意到没有？就是在这方面，要用"文化大革命"的词儿啊，叫作什么呢，叫作"阶级斗争新动向"。现在就是有人这么讲，说搞国学就是对抗马克思主义。这话我最初听说时，大吃一惊，我说国学怎么能对抗马克思主义呢？可是确实有人这么说了，而且有文章，大家要是愿意看的话呢，去年，哪一月忘记了，《哲学研究》上有一篇文章就是这观点。也有人写文章配以漫画来讽刺国学研究。所以，问题就是我们认为正确的，人家不一定认为正确。咱们人文科学就这么复杂。这个问题请同志们注意，这种文章以后还会有，这种讲话以后也会有。我的看法呢，说搞国学就是对抗马克思主义，这根本不沾边儿，应该说是发扬发展马克思主义，这就对头了。不沾边儿，怎么对抗呢，好像是我们一提倡国学就是复古主义。

现在整个的社会，不但中国，而且是全世界，都是西方文化占垄断地位。这是事实，眼前哪里不是西方文化？电灯电话，楼上楼下，就说我们这穿的，从头顶到鞋，全是西方化了。这个西化不是坏事情，问题是怎么对待这个现象。现在，我们学界，你讲那个西化大家没人反对，不管你怎么西化，没人反对；你讲"东化"，就有人大为恼火。这"东化"报纸上没有这个词儿，是我发明的。不用说别的，我记得是1827年，还是清朝，歌德，德国那个大文学家，当时应该说歌德是西方文化的代表人物，他在1827年1月31日，跟爱克曼谈话，讲一个什么问题呢，就讲中国的《好逑传》。《好逑传》这本书，中国最多能够摆在《今古奇观》里边，跟那个同等水平。歌德呢，看了那个翻译，是法文翻译是拉丁文呢，我忘记了，就大为赞美，说中国这个文化了不起。《好逑传》，从这个名字你就能知道，是讲才子佳人的。他讲什么呢，歌德讲，你看在这个屋子里面，这个公子跟小姐在那里谈情说爱，可是坐怀不乱，伦理道德水平高。另外天井里面，那个鱼缸里面的金鱼，在那里悠然自得，在那里玩，说中国这个天、人完全和谐，一点儿没矛盾。虽然是讲才子佳人，这种书咱们有一大批，歌德当然不知道，当时欧洲也不可能知道，一大批，可以说是已经公式化了。可他认为了不起，他批评当时法国一个最著名的诗人，就说是写伦理道德啊，就写这个男女关系，若跟中国一比啊，简直是天上地下，中国好得不得了。1827年，不是很早的，不是汉唐，汉唐那时候确实东化，当时在汉唐，世界的文化中心、经济中心是中国。到了法国，大家知道的伏尔泰，对中国也是推崇备至。莱布尼茨也是对中国的《易经》推崇备至。歌德比他们还晚。到了1827年，还这样赞美中国。据我的看法，到了1840年，鸦片战争以后，用现在的话讲就是纸老虎，被戳破了，于是乎中国的威望、中国的文化，在欧洲人眼中，一落千丈。鸦片战争是转折点，在1840年。当然在1840年前，中国已经有一批人，感到闭关锁国是不正确的。比如魏源，大家知道魏源的《海国图志》，《海国图志》这本书，写作是在鸦片战争以前，鸦片战争以后才出齐，最后有一百卷，一大堆。这本书应该说当时是了不起的。可这本书产生的作用，在中国远远不如日本。一向有人讲，日本在1868年明治维新，受这个影响，其中主要之一就是《海国图志》，但是《海国图志》在中国并没有产生这么大影响，一直到十九世纪末年洋务派，好像也没有给它了不起的地位。就说这个东方文化、西方文化，眼前，我刚才说了，是西方文化主宰世界。这个我们否定不了。我刚才说，也是件好事。这是西方产业革命以后，也不过几百年里发展起来的，一方面我们人民得到了好处，当然一方面也得到了灾难，这同时啊，这好处与灾难，老子讲辩证法讲得非常好，"福兮祸所伏，祸兮福所倚"，祸福是辩证的。世界往往是这样的，好东西中往往有坏东西，就说西化，我刚才说，我们现在人为什么能够人为地使年龄越来越老，我看跟西方的物质文明、西方的科学技术是分不开的。不能不承认这一点。但是，它有它的缺点。

远的不讲，同志们你们有没有注意《参考消息》，就是《参考消息》，不是什么很难得的报纸，你们注意一下就知道，现在科学技术的发展，导致了对自然的破坏，生态平衡的破坏，世界要变暖，种种种种，这些东西啊，都跟西方的科学技术有关系。所以我就说，好东西跟坏东西有时候很难分。那么我们现在在这个科学技术方面，起步比较晚，也有我们的好处，就是过去的人走过的错路，我们可以不走。可对这个认识，大家很不一致，就是东化西化的问题，我看到了二十一世纪，我们应该提倡东化。现在在这方面有几种看法。一种看法呢就是，我写过几篇文章，也在几个地方讲过，我说二十一世纪是东方文化的世纪。我到现在还这么讲。说这话，因为我自己是东方人，有点王婆卖瓜自卖自夸，可是这个意见西方人也有，比如汤因比，英国的汤因比，他那本书译过来叫《历史研究》，很大的本子，三本，大家有兴趣可以看一看。他就主张这样，他就主张世界的文化，他不叫文化，他叫文明，civilization，不是 culture，这两个字的差别先不讲，又有相同之处，又有不同之处。文化跟文明，汤因比用的是 civilization，他把人类的文明，过去的，所有的，五千年以内的，分为 23 个或 26 个，他认为任何文明都不能万岁千秋，它有成长过程。有人讲，他是进化论的看法，你不管它是什么论，反正这是历史事实证明了的，一种文化，不能永远万世长存，任何文化，它总是要变的。我们讲辩证法，辩证法的核心，就是一切都要变，这谁也否定不了的。文化、文明也是这样的。欧洲有些国家得到好多殖民地，自己以为了不起，1914 年打了一次世界大战，结果自己打自己，都是白种人打白种人，基本上是。所以 1918 年以后，欧洲有识之士，他们觉得有点问题，他们说，我们的文化这么了不起，我们是天之骄子，为什么我们自己打自己？一死几千万人。所以当时，就在"一战"以后，就出了一本书。德国人斯宾格勒写的，叫《西方的没落》，就是西方文化的沦亡，它就讲这个道理。可到了二十年代后期。来了一个反动，首先是墨索里尼，其次是希特勒，把这本书，在图书馆里边都拿去烧掉。我们现在有翻译。然后是三十年代，法西斯在欧洲横行霸道的时候。到了 1939 年，又来了个第二次世界大战。这一次比上一次多了两年，死的人多了几千万。所以在这以后，西方人脑袋里面又有问题了，说我们怎么又打，"二战"基本上也是自己打自己，东方也沾点儿边，所以在这个时候又出了许多书。汤因比的思想可以代表这个时期的。

　　这世界无非是这样的,东方不亮西方亮。那西方不行的话呢,就看东方。所以要向东方学习。这个话呢,我感觉到,作为一个学术来讨论也可以,没有什么关系,就是不要扣帽子。可现在我们学术界,就这么个现象,别的界我先不说,就说语言学界。你讲西化,他是百依百顺,你讲东化,他认为你大逆不道。我觉得很奇怪,为什么不能东化呢?为什么?这道理讲不通啊。他说什么呢,他说现在中国的语言理论,谁也没建立起来,没有。像欧洲的大家,近代的、乔姆斯基(Chomsky)什么的这一批,都有,这证明我们不行。文学界讲文艺理论,还没有一个这么具体的例子,不过问题差不多。就是现在欧洲文学界,他们有理论,一天变一遍,一天变一遍,蟪蛄不知春秋。可是我们中国就在后边跟,老赶,老也赶不上,我们这里提倡的,人家那里已经下台了,人家那里上台的时候我们不知道。等到我们知道时,人家那里下台了。有人大概就这么讲,我们中国为什么就不能创立新的文艺理论?这正好有个道理,你讲文艺理论基础,讲文艺理论在中国是历史最长,经典最丰富。古希腊,当然很了不起,不过,古希腊的文化后来中断了,我们中国的没有中断。按道理讲去,我们本来有这个能力,在旧的基础上来创造新的文艺理论,本来应该有的。像《文心雕龙》那种书,现在你读起来,还是感觉到里边内容非常丰富,意见非常深刻。后来是诗话,中国研究文艺理论很有意思,整个一本书讲文艺理论的比较少,像《文心雕龙》那样的书比较少,主要观点在诗话里边。几乎每个诗人都有诗话。昨天晚上我看了一本书,就讲,韩国也通行诗话,日本也是。诗话差不多是讲故事,在故事里边提出文艺见解。形式上非常有意思。

　　这样我就感觉到,现在,二十一世纪快开始了,二十世纪末,我们现在考虑问题,应该更远一点,不能局限于眼前。另外呢,就是要客观一点,还有一个就是不要给人随便扣帽子,什么反马克思主义啦,民族复古主义啦,这个帽子最好不要用。有一位,是一位

老教授，写文章给别人扣帽子，我就跟他开了个小玩笑，我说我不主张给人家扣帽子，我说如果要给你扣的话呢，现在就有一顶，就摆在这儿，民族虚无主义。其实我给他扣的帽子，就是民族虚无主义，我说话，拐了点弯，就说他实在叫人看不下去，你只要讲中国行，他就反对，讲中国不行，他就高兴。这种心理真是莫名其妙。

在车上谈到一个问题，就是你们院里的工作，我想跟我讲的有关系。有什么关系呢？就是，你们是外国语大学，是这外国语大学里边的中文学院，那么你们的任务呢，一方面，教中国学生汉文，另外一方面呢，教外国学生汉文。这表面上看起来没有什么深文奥义，实际上讲起来还是很有意思的。这话怎么讲呢？现在我感觉到我们中国，我刚才说的，就是崇洋媚外比较严重，社会上，商标，你要讲一个古典的，没人买，你换一个什么艾利斯怪利斯什么什么有点洋味的，立刻就有人买。这个毫无办法，这是社会风气。可是问题就是这样，我考虑这样一个问题，我们中国，孙子讲"知己知彼，百战不殆"，就是什么事情，一要了解自己，一要了解对方。打仗也是这样的，念书也是这样的。那么在这个问题上，拿中国的学者来说（在座的都在内），就我们中国的老中青的学者说，对西方的了解，比西方人对中国的了解，究竟谁高谁低很清楚，我们对他们的了解，应该说是相当地深，相当地广；反过来，西方对我们的了解，除了几个汉学家以外，简直是幼儿园的水平。听说现在到法国，还有人不知道鲁迅，就说明他们对我们毫无了解。在思想上就觉得你没有什么东西，现在是我们的天下，我觉得这里边就有危机。要真正知道自己有自知之明，恐怕也要了解别人，这也属于自知之明的范畴之内的。他们一不想了解，二不了解。结果我们这方面呢，我们对西方应该说是了解得非常深非常透。看不出来，只看到背面，消极面，社会上的崇洋媚外，有时候讲看起来头疼，这是消极面。好的一面，我们对我们的对立面——我不说敌人——的了解，比他们对我们的了解，不知道要胜过多少，将来有朝一日，我们这个优势会产生很大的效果。同志们你们考虑考虑，是不是这个问题？所以，我就感觉到像我们做这样的工作，特别像你们外国语大学中文学院，恐怕有双重任务。除了你们以外，我认为搞人文科学的都一样，其实自然科学也一样，一个是拿来，鲁迅的拿来主义，一个是送出去。拿来，完全正确的，现在我们确实拿来了，拿来的也不少，好的坏的都拿来了，你像艾滋病也拿来了。送去，我觉得我们做得很不够，很不够，比如外国人不了解中国，这主要原因当然是外国人本人，他自己。他瞧不起我们；另外呢，我们工作也得负责任，就是我们对外宣传，对外弘扬我们中华民族的优秀文化，工作做得不到家。

有一件事情，我始终认为很值得思考的，就是诺贝尔奖金。诺贝尔奖金，大家都认为是了不起的，以为得诺贝尔奖金就可以入文学史了。过去我也这么想过。可是到今天，为什么我们一个诺贝尔奖也没有得呢？大江健三郎，这个人我认识，五十年代，他大学还没毕业时随代表团来北大访问过。代表团也见了我。在座的有研究日本文学的吗？大江健三郎那时候来的，我不是说他不应该得，我看瑞典科学院，对大江健三郎的评价还是很高的，就说这个人应该得诺贝尔奖金，我不是说他不应该。这是第一。第二个问题就是，过去得诺贝尔奖金的，从 1900 年还是 1901 年开始，到现在将近快一百年了吧。得诺贝尔奖金的确实有大家，这是不能否定的，将来能够传世的大家，当然确实也有不但不是大家，二流也不够，就是那个赛珍珠，我很有意见，《黄土地》那书我也看过，我是从艺术方面说的，那个书没有什么艺术性，它能得诺贝尔奖金，中国的得不了。后来我听说马悦然是瑞典科学院管这个的，说话算数的，他跟别人讲，他说中国之所以没有得诺贝尔奖金，就因为中国文学作品的翻译不好。这是胡说八道的事情，你并没有规定你这种文学作品要翻译成哪种语言，那么世界上得诺贝尔奖金的，除了英文，意德法的，都翻译得好吗？我就感觉到诺贝尔奖金，这个大家也承认，政治性是很强的，对我们这个社会主义国家，对当年的苏联，都是歧视的。前几天有一次会上我也讲，我们中国有些出版社，或者我

们中国的学术界,用不着大声疾呼来宣传诺贝尔奖金。好多出版社利用诺贝尔奖金来做生意,宣传诺贝尔奖金的作品集,又是每个人的介绍,我看大可不必,而且这个东西,从这里看起来它很不公正。这是顺便讲的,因为大家也是搞这个的。下一个问题是送出去,拿来我们会,但送去怎么送?有各种各样的办法,如你们呢,眼前就有留学生,北大也有一批留学生,就是送去的对象,让人家了解我们。当然让人家了解我们的目的也不是什么民族狭隘主义,人与人之间相互了解,对将来世界和平也有好处,我觉得这是国际主义,不是狭隘的民族主义。说我们文化就高于一切,不是这么回事。一个拿来,一个送去。我想,我们这两方面的工作都应该做好。占大家的时间太多了,谢谢大家!

我们要奉行"送去主义"

二十世纪二三十年代,鲁迅先生提出了"拿来主义"的主张。我们中国人,在整个二十世纪,甚至在二十世纪以前,确实从西方国家拿来了不少的西方文化的精华,这大大地推动了我们教育、文化、科研,甚至政治、经济等方面的发展,提高了我们的文化水平,丰富了我们的物质生活和精神生活。这是一个历史事实,谁也无法否认。当然,伴随着西方文化的精华,我们也拿来了不少的糟粕。这是不可避免的,有时候精华与糟粕是紧密相连的。

十几年前,也就是在上一个世纪的最后一段时间内,我曾提出了一个主张:"送去主义。"拿来与送去是相对而言的。我的意思是把中国文化的精华送到西方国家去,尽上我们的国际主义义务。我的根据何在呢?

我们中华民族是伟大的民族,在过去几千年的历史上,我们有过许多重要的发明创造,四大发明是尽人皆知的,无待赘言。至于无数的看来似乎是细微的发明,也出自中国人之手,其意义是绝不细微的。我只介绍一部书,大家一看便知,这部书是:阿里·玛扎海里的《丝绸之路》。至于李约瑟的那一部名著,几乎尽人皆知,用不着我再来介绍了。如果没有中国的四大发明,人类社会的进步,人类文化的发展,将会推迟几百年,这是世界上有点理智的人们的共识,绝不是我一个人的"老王卖瓜"也。

然而,日往月来,星移斗转,近几百年以来,西方兴起了产业革命,科学技术的发展突飞猛进,在不太长的时间内,影响遍及全世界。当年歌德提出了一个"世界文学"的想法,我们现在眼前却

确有一个"世界文化"。最早的殖民主义国家,靠坚船利炮,完成了资本主义原始积累的任务。后来的帝国主义国家,靠暂时的科技优势,在地球村中,为非作歹,旁若无人,今天制裁这个国家,明天惩罚那个国家,得意扬扬,其劣根性至今没有丝毫改变。在这样的情况下,在西方,除了极少数有识之士外,一般人大抵都以"天之骄子"自命,认为宇宙间从来就是如此,今后也将万岁千秋如此,真正是"其愚不可及也"。他们颇有点类似中国旧日的皇帝,认为自己什么都有,无所求于任何其他民族。据说,西方某个大国中,有知识的人连鲁迅这个名字都没有听说过。其极端者甚至认为中国人至今还在吃鸦片,梳辫子,裹小脚。真正让人啼笑皆非,这样的"文明人"可笑亦复可怜!

现在屈指算来,西方以及世界其他国家已经从中华民族优秀文化中拿走了不少优秀的精华,他们学习了,应用了,收到了效果,获得了利益。但是,仍然有许多精华,他们没有拿走,比如中国传统的伦理道德,其中有糟粕,也有精华,其精华部分对世界人民处理天人关系、人与人的关系,以及个人心中感情思想中的矛盾时会有很大的助益。眼前全世界都大声疾呼的环保问题实际上是西方人"征服自然"的恶果,中国的"天人合一"的思想,如能切实行之,必能济西方之穷。我们眼前,由于人所共知的原因,科技在某些方面确实落后于西方。但是,我们也不能说是一点创造发明都没有,一点先进的东西都没有,比如改革开放,由计划经济转入市场经济而获得成功,对世界上其他国家就很有借鉴的价值。

这些东西如珠子在前,可人家,特别是西方人,却偏不来拿。

怎么办呢?你不来拿,我们就送去。

我们首先要送去的就是汉语。"射人先射马,擒贼先擒王"。汉语是"王"。中华民族的优秀文化大部分保留在汉语言文字中。中华民族古代和现代的智慧,也大部分保留在汉语言文字中。中国人要想弘扬中华民族的优秀文化,外国人要想学习中华民族的优秀文化,都必须首先抓汉语。为了增强中外文化交流,为了加强中外人民的理解和友谊,我们首先必抓汉语。因此,我们要奉行送去主义,首先送出去的也必须是汉语。

此外,汉语本身还具备一些其他语言所不具备的优点。五十年代中期,我参加了中共八大翻译处的工作。在几个月的工作过程中,我逐渐发现了一个从来没有人提到过的现象,这就是:汉语是世界上最短的语言。使用汉语,能达到花费最少最少的劳动,传递最多最多的信息的目的。我们必须感谢我们的祖先,他们给我们留下了汉语言文字这一瑰宝。过去的几千年,我们在这里暂且不谈。仅就目前十几亿使用汉语言文字的人来说,他们在交流思想,传递信息方面所省出来的时间简直应该以天文数字来计算。汉语之为功可谓大矣。

从前听到有人说过,人造的世界语,不管叫什么名称,寿命都不会太长的。如果人类在未来真有一个世界语的话,那么这个世界语一定会是汉语的语法和英文的词汇。洋泾浜英语就证明了这一点。这种说法虽然近乎畅想曲,近乎说笑话,但其中难道一点道理都没有吗?

说来说去,一句话:我们要奉行"送去主义",这既有政治意义,也有学术意义。

二〇〇〇年一月十一日

"天下第一好事,还是读书"

古今中外赞美读书的名人和文章,多得不可胜数。张元济先生有一句简单朴素的话:"天下第一好事,还是读书。""天下"而又"第一",可见他对读书重要性的认识。

为什么读书是一件"好事"呢?

也许有人认为,这问题提得幼稚而又突兀。这就等于问:"为什么人要吃饭"一样,因为没有人反对吃饭,也没有人说读书不是一件好事。

但是,我却认为,凡事都必须问一个"为什么",事出都有因,不应当马马虎虎,等闲视之。现在就谈一谈我个人的认识,谈一谈读书为什么是一件好事。

凡是事情古老的,我们常常总说"自从盘古开天地"。我现在还要从盘古开天地以前谈起,从人类脱离了兽界进入人界开始谈。人成了人以后,就开始积累人的智慧,这种智慧如滚雪球,越滚越大,也就是越积越多。禽兽似乎没有发现有这种本领,一只蠢猪一万年以前是这样蠢,到了今天仍然是这样蠢,没有增加什么智慧。人则不然,不但能随时增加智慧,而且根据我的观察,增加的速度越来越快,有如物体从高空下坠一般。到了今天,达到了知识爆炸的水平。最近一段时间以来,"克隆"使全世界的人都大吃一惊。有的人竟忧心忡忡,不知这种技术发展"伊于胡底"。信耶稣教的人担心将来一旦"克隆"出来了人,他们的上帝将向何处躲藏。

人类千百年以来保存智慧的手段不出两端,一是实物,比如长城,等等,二是书籍,以后者为主。在发明文字以前,保存智慧靠记忆；文字发明了以后，则使用书籍。把脑海里记忆的东西搬出来，搬到纸上，就形成了书籍，书籍是贮存人类代代相传的智慧的宝库。后一代的人必须读书，才能继承和发扬前人的智慧。人类之所以能够进步，永远不停地向前迈进，靠的就是能读书又能写书的本领。我常常想，人类向前发展，有如接力赛跑，第一代人跑第一棒；第二代人接过棒来，跑第二棒，以致第三棒、第四棒，永远跑下去，永无穷尽，这样智慧的传承也永无穷尽。这样的传承靠的主要就是书，书是事关人类智慧传承的大事，这样一来，读书不是"天下第一好事"又是什么呢？

但是，话又说了回来，中国历代都有"读书无用论"的说法，读书的知识分子，古代通称之为"秀才"，常常成为取笑的对象，比如说什么"秀才造反，三年不成"，是取笑秀才的无能。这话不无道理。在古代——请注意，我说的是"在古代"，今天已经完全不同了——造反而成功者几乎都是不识字的痞子流氓，中国历史上两个马上皇帝，开国"英主"，刘邦和朱元璋，都属此类。诗人只有慨叹"刘项原来不读书"。"秀才"最多也只有成为这一批地痞流氓的"帮忙"或者"帮闲"，帮不上的，就只好慨叹"儒冠多误身"了。

但是，话还要再说回来，中国悠久的优秀的传统文化的传承者，是这一批地痞流氓，还是"秀才"？答案皎如天日。这一批"读书无用论"的现身"说法"者的"高祖""太祖"之类，除了镇压人民剥削人民之外，只给后代留下了什么陵之类，供今天搞旅游的人赚钱而已。他们对我们国家竟无贡献可言。

总而言之，"天下第一好事，还是读书"。

一九九七年四月八日

对我影响最大的几本书

我是一个最枯燥乏味的人,枯燥到什么嗜好都没有。我自比是一棵只有枝干并无绿叶更无花朵的树。

如果读书也能算是一个嗜好的话,我的唯一嗜好就是读书。

我读的书可谓多而杂,经、史、子、集都涉猎过一点,但极肤浅,小学中学阶段,最爱读的是"闲书"(没有用的书),比如《彭公案》《施公案》《洪公传》《三侠五义》《小五义》《东周列国志》《说岳》《说唐》,等等,读得如醉似痴。《红楼梦》等古典小说是以后才读的。读这样的书是好是坏呢?从我叔父眼中来看,是坏。但是,我却认为是好,至少在写作方面是有帮助的。

至于哪几部书对我影响最大,几十年来我一贯认为是两位大师的著作:在德国是亨利希·吕德斯(Heinrich Lüers),我老师的老师;在中国是陈寅恪先生。两个人都是考据大师,方法缜密到神奇的程度。从中也可以看出我个人兴趣之所在。我禀性板滞,不喜欢玄之又玄的哲学。我喜欢能摸得着看得见的东西,而考据正合吾意。

吕德斯是世界公认的梵学大师。研究范围颇广,对印度的古代碑铭有独到深入的研究。印度每有新碑铭发现而又无法读通时,大家就说:"到德国去找吕德斯去!"可见吕德斯权威之高。印度两大史诗之一的《摩诃婆罗多》从核心部分起,滚雪球似的一直滚到后来成型的大书,其间共经历了七八百年。谁都知道其中有不少层次,但没有一个人说得清楚。弄清层次问题的又是吕德斯。在佛教研究方面,他主张有一个"原始佛典"(Mrkanm),是用古代半摩偈陀语写成的,我个人认为这是千真万确的事;欧美一些学者不同意,却又拿不出半点可信的证据。吕德斯著作极多。中短篇论文集为一书

《古代印度语文论丛》，这是我一生受影响最大的著作之一。这书对别人来说，可能是极为枯燥的，但是，对我来说却是一本极为有味、极有灵感的书，读之如饮醍醐。

在中国，影响我最大的书是陈寅恪先生的著作，特别是《寒柳堂集》《金明馆丛稿》。寅恪先生的考据方法同吕德斯先生基本上是一致的，不说空话，无证不信。二人有异曲同工之妙。我常想，寅恪先生从一个不大的切入口切入，如剥春笋，每剥一层，都是信而有证，让你非跟着他走不行，剥到最后，露出核心，也就是得到结论，让你恍然大悟：原来如此，你没有法子不信服。寅恪先生考证不避琐细，但绝不是为考证而考证，小中见大，其中往往含着极大的问题。比如，他考证杨玉环是否以处女入宫。这个问题确极猥琐，不登大雅之堂。无怪一个学者说：这太 Trivial（微不足道）了。焉知寅恪先生是想研究李唐皇族的家风。在这个问题上，汉族与少数民族看法是不一样的。寅恪先生是从看似细微的问题入手探讨民族问题和文化问题，由小及大，使自己的立论坚实可靠。看来这位说那样话的学者是根本不懂历史的。

在一次闲谈时，寅恪先生问我：《梁高僧传》卷二《佛图澄传》中载有铃铛的声音："秀支替戾周，仆谷劬秃当"是哪一种语言？原文说是羯语，不知何所指？我到今天也回答不出来。由此可见寅恪先生读书之细心，注意之广泛。他学风谨严，在他的著作中到处可以给人以启发。读他的文章，简直是一种最高的享受。读到兴会淋漓时，真想"浮一大白"。

中德这两位大师有师徒关系，寅恪先生曾受学于吕德斯先生。这两位大师又同受战争之害，吕德斯生平致力于 Molanavarga 之研究，几十年来批注不断。二战时手稿被毁。寅恪师生平致力于读《世说新语》，几十年来眉注累累。日寇入侵，逃往云南，此书丢失于越南。假如这两部书能流传下来，对梵学国学将是无比重要之贡献。然而先后毁失，为之奈何！

一九九九年七月三十日

才、学、识

我认为,要想从事科学研究工作,应该在四个方面下功夫:一、理论;二、知识面;三、外语;四、汉文。唐代刘知几主张,治史学要有才、学、识。我现在勉强套用一下,理论属识,知识面属学,外语和汉文属才,我在下面分别谈一谈。

理 论

现在一讲理论,我们往往想到马克思主义。这样想,不能说不正确。但是,必须注意几点。一、马克思主义随时代而发展,绝非僵化不变的教条。二、不要把马克思主义说得太神妙,令人望而生畏,对它可以批评,也可以反驳。我个人认为,马克思主义的精髓就是唯物主义和辩证法。唯物主义就是实事求是。把黄的说成是黄的,是唯物主义。把黄的说成是黑的,是唯心主义。事情就是如此简单明了。哲学家们有权利去作深奥的阐述,我辈外行,大可不必。至于辩证法,也可以作如是观。看问题不要孤立,不要僵死,要注意多方面的联系,在事物运动中把握规律,如此而已。我这种幼儿园水平的理解,也许更接近事实真相。

除了马克思主义以外,古今中外一些所谓唯心主义哲学家的著作,他们的思维方式和推理方式,也要认真学习。我有一个奇怪的想法:百分之百的唯物主义哲学家和百分之百的唯心主义哲学家,都是没有的。这就和真空一样,绝对的真空在地球上是没有的。中国古话说"智者千虑,必有一失",就是这个意思。因此,所谓唯心主义哲学家也有不少东西值得我们学习的。我们千万不要像过去那样把十分复杂的问题简单化和教条化，把唯心主义的标签一贴，就"奥伏赫变"。

知识面

要求知识面广，大概没有人反对。因为，不管你探究的范围多么窄狭，多么专门，只有在知识广博的基础上，你的眼光才能放远，你的研究才能深入。这样说已经近于常识，不必再做过多的论证了。我想在这里强调一点，这就是，我们从事人文科学和社会科学研究的人，应该学一点科学技术知识，能够精通一门自然科学，那就更好。今天学术发展的总趋势是，学科界线越来越混同起来，边缘学科和交叉学科越来越多。再像过去那样，死守学科阵地，鸡犬之声相闻，老死不相往来，已经完全不合时宜了。此外，对西方当前流行的各种学术流派，不管你认为多么离奇荒诞，也必须加以研究，至少也应该了解其轮廓，不能简单地盲从或拒绝。

外　语

外语的重要性，尽人皆知。若再详细论证，恐成蛇足。我在这里只想强调一点：从今天的世界情势来看，外语中最重要的是英语，它已经成为名副其实的世界语。这种语言，我们必须熟练掌握，不但要能读，能译，而且要能听，能说，能写。今天写学术论文，如只用汉语，则不能出国门一步，不能同世界各国的同行交流。如不能听说英语，则无法参加国际学术会议。情况就是如此地咄咄逼人，我们不能不认真严肃地加以考虑。

汉　语

我在这里提出汉语来，也许有人认为是非常异议可怪之论。"我

还不能说汉语吗?""我还不能写汉文吗?"是的,你能说,也能写。然而仔细一观察,我们就不能不承认,我们今天的汉语水平是非常成问题的。每天出版的报章杂志,只要稍一注意,就能发现别字、病句。我现在越来越感到,真要想写一篇准确、鲜明、生动的文章,绝非轻而易举。要能做到这一步,还必须认真下点功夫。我甚至想到,汉语掌握到一定程度,想再前进一步,比学习外语还难。只有承认这一个事实,我们的汉语水平才能提高,别字、病句才能减少。

我在上面讲了四个方面的要求。其实这些话都属于老生常谈,都平淡无奇。然而真理不往往就寓于平淡无奇之中吗?这同鲁迅先生讲的笑话中的"勤捉"一样,看似平淡,实则最切实可行,而且立竿见影。我想到这样平凡的真理,不敢自秘,便写了出来,其意不过如野叟献曝而已。

一九八八年

陈寅恪先生一家三代的爱国主义

现在我想专门谈寅恪先生一家三代人的爱国主义。我认为，他们的爱国主义既包括狭义的，也包括广义的。下面分别谈一谈。

我想从寅恪先生的祖父陈宝箴谈起。他生于1831年（道光十一年）。虽然出身书香世家，但一生只是一名恩科举人，并没有求得很高的功名。他一生从政，办团练，游幕府，受到了曾国藩的提拔，最后做到了湖南巡抚。他生在清代末叶，当时吏治不修，国家多事，贪污腐化，贿赂公行，外有敌寇，内有民变，真正是多事之秋。也许正是这样的环境，才决定了他的爱国之心。1860年，他在北京参加会试，正值英法联军入寇京师，咸丰北狩，恶寇焚毁圆明园时，他正在酒楼上饮酒，目睹西面火光冲天，悲愤填膺，伏案痛哭。1894年，甲午对日抗战失败，中国又被迫签订《马关条约》，宝箴曾痛哭道："无以为国矣。"此时清王朝如风中残烛，成为外寇任意欺凌的对象。他这种爱国真情，是属于狭义的爱国主义的。（参阅汪荣祖：《史家陈寅恪》。）

1895年8月，陈宝箴被任命为湖南巡抚。这时正是新政风云弥漫全国的时候。他认为新政是富国强兵的有效措施，于是在湖南奋力推行，振兴实业，开辟航运，引进机器制造，另设时务学堂、算学堂、湘报馆、南学会、武备学堂等，开展教育文化事业。他引江标、黄遵宪、梁启超等了解外情的开明之士，共同努力。他的儿子陈三立（散原）也以变法开风气为己任，湖南风气一时为之大变。戊戌变法失败以后，宝箴受到严惩，革职永不叙用。为了拳拳爱国之心，竟遭到这样的下场。但是他却青史留名，永远受到人民的崇

敬。在这里,他的爱国主义是广义的。

总之,陈宝箴先生可以说是集狭义爱国主义与广义爱国主义于一身的。

陈三立继承了父亲的热爱祖国的精神。早年曾佐父在湖南推行新政,以拯救国家危亡。戊戌政变以后,他也受到革职处分。此后,他历经所谓推行新政,所谓勤王,袁世凯搞的所谓立宪运动,辛亥革命,洪宪丑剧,军阀混战,一直到国民党统治,日寇入侵,终其一生,没有再从政。但是,他却绝非出世,绝非退隐,他一刻也没有忘怀中国人民的疾苦。到了1937年,卢沟桥事变爆发,他正在北京,忧愤成疾。8月8日,日寇入城,老人已届耄耋之年,拒不进食,拒不服药,终于以身殉国。

散原老人也可以说是集狭义爱国主义与广义爱国主义于一身的。

至于寅恪先生,他上承父祖爱国主义之传统,一生经历较前辈更多坎坷,更为复杂。但是他曾历游各国,眼光因而更为远大,胸襟因而更为广阔,在他身上体现出来的爱国主义,含义也就更为深刻。

寅恪先生一生专心治学,从未参与政治;但他绝非脱离现实的人物,象牙塔中的学者。他毕生关心世界大事,关心国家民族的兴亡,关心传统文化的继承与发展。并世学者,罕见其俦。这表明他继承了中国自古以来知识分子以天下为己任的优良传统,也表明了他爱国心切。颇有一些学者,表面上参政、议政,成为极活跃的社会活动家,然而,在他们心中,民族存亡、文化存续,究竟占有什么地位,是颇为值得怀疑的。

寅恪先生则不然,他表面上淡泊宁静,与世无争。实则在他的内心深处,爱国热情时时澎湃激荡。他的学术研究,诗文创作,无一非此种热情之流露,明眼人一看便知。李璜有一段话,很值得注意:

> 我近年历阅学术界之纪念陈氏者,大抵集中于其用力学问

之勤、学术之富、著作之精，而甚少提及其对国家民族爱护之深与其本于理性，而明辨是非善恶之切，酒酣耳热，顿露激昂。我亲见之，不似象牙塔中人，此其所以后来写出吊王观堂（国维）先生之挽词而能哀感如此动人也。

李璜这一段话是极有见地的。我于寅恪先生对王静安之死的同情，长久不能理解。一直到最近，经过了一番学习与思考，才豁然开朗。他们同样是热爱中国文化的，一种伦理道德色彩渗透于其中的深义的文化。热爱中国优秀的传统文化，就是爱国的一个具体表现。两位大师在这一点上"心有灵犀一点通"，因此静安之死才引起了寅恪先生如此伤情。

寅恪先生在政治上是能明辨是非的。国民党和蒋介石都没给他留下好印象。1940年，他到重庆去参加中央研究院评议会，见到了蒋介石。他在一首诗《庚辰暮春重庆夜归作》中，写了两句诗："食蛤哪知天下事，看花愁近最高楼。"据吴雨僧（宓）先生对此诗的注中说："已而某公宴请中央研究院到会诸先生，寅恪于座中初次见某公，深觉其人不足有为，故有此诗第六句。"

寅恪先生对共产党什么态度呢？浦江清的《清华园日记》中讲道，寅恪先生有一次对他说，他赞成 communism（共产主义），但反对 Russian-communism（俄国共产主义）。这个态度非常明确。在过去某一个时期，这个态度被认为是反动的。及今视之，难道寅恪先生的态度是不可以理解的吗？

此时寅恪先生正在香港大学任教。我所谓"此时"，是指上面谈到的中央研究院开会之际，日军正在南太平洋以及东南亚等地肆虐。日军攻占了香港以后，寅恪先生处境十分危险。他是国际上著名学者，日寇当然不会轻易放过他。日军曾送麦粉给陈家，这正是濒于断炊的陈家所需要的。然而寅恪先生全家宁愿饿死，也决不受此不义的馈赠。又据传说，日军馈米二袋，拒不受，并写诗给弟弟隆恪，其中有"正气狂吞贼"之句，可见先生的凛然正气。不愧为乃祖乃

父之贤子孙，中华民族真正的脊梁。

就在这样的情况下，迎来了解放。我在上面已经说过，寅恪先生不反对共产主义。北京解放前夕，为什么又飞离故都呢？我认为，我们不应该苛求于人。我的上一辈和同辈的老知识分子，正义感是有的，分辨是非的能力也不缺少。国民党所作所为，他们亲眼看见。可是共产党怎样呢？除了极少数的先知先觉者以外，对绝大多数的人来说，这还是个谜，我们要等一等，看一看。有的人留在北京看，有的人离开北京看。飞到香港和台湾去的只是极少数的人。寅恪先生飞到了广州。等到解放军开进广州的时候，他的退路还有很多条，到台湾去是一条，事实上傅斯年再三电催。到外国去，又是一条。到香港去，也是一条。这几条路，他走起来，都易如反掌。特别是香港，近在咫尺，他到了那里，不愁不受到热烈的欢迎。但是，他却哪里也没有去，他留在了广州。我想，我们只能得出一个结论：他热爱祖国，而这个祖国只能是中华人民共和国。

在广州，寅恪先生先后任教于岭南大学和中山大学，受到了周恩来总理和陈毅副总理等人的关怀照顾。但是，在另一方面，1949年后几十年中，政治运动此伏彼起，从未停止，而且大部分是针对知识分子的，什么"批判"，什么"拔白旗"，等等，不一而足。不能说其中一点正确的东西都没有；但是，绝大部分是在极左的思想指导下进行的。这当然大大地挫伤了爱国知识分子的积极性。到了"十年浩劫"，达到了登峰造极的程度，影响了我们的经济建设，破坏了我国的优秀的传统文化，成为中华民族历史上一个空前的污点。其危害之深，有目共睹，这里不再细谈了。

在这样的情况下，一向热爱祖国、热爱祖国文化、关心人民疾苦、期望国家富强的寅恪先生，在感情上必然会有所反应，这反应大部分表现在诗文中。在他那大量的诗作中，不能说没有调子高昂怡悦的作品，但是大部分是情调抑郁低沉的。这也是必然的。我们的工作有成绩，也有错误。寅恪先生不懂什么阿谀奉承，不会吹捧，胸中的愤懑一抒之于诗中，这有什么难以理解的呢？有些事情，在当时好多人是糊涂的,现在回视,寅恪先生不幸而言中,这一点唯物主义能不承认吗?到了"文化大革命",黄钟毁弃,瓦釜雷鸣,一切是非都颠倒了过来。寅恪先生也受到了残酷的迫害,终致于不起,含恨而终。他晚年是否想到了王静安先生之死,不得而知,他同王同样是中国文化所托命之人,有类似的下场,真要"长使英雄泪满襟"了。

总之,我认为,寅恪先生同父祖一样,是把狭义的爱国主义与广义的爱国主义集于一身的。陈氏一门三忠义,这是一个客观事实。他们都是中国知识分子杰出的代表。

我在这里还想把寅恪先生等中国知识分子的爱国主义同西方的爱国主义对比一下。西方国家在资本主义原始积累以前,也就是在还没有侵略成性以前,所谓爱国主义多表现为争取民族的独立与自由的斗争。到了资本主义抬头,侵略和奴役亚、非、拉美时期,就没有真正的爱国主义,实际上只能有民族沙文主义。至于法西斯国家的"爱国主义",则只能是想压迫别人、屠杀别人的借口,与真正的爱国主义毫无共同之处。中国则不然。过去我们有爱国主义的传统,这一点我在上面已经谈到过。到了近现代,沦为半殖民地,人为刀俎,我为鱼肉。在这种情况下,中国爱国的知识分子(当然也有别的人)拍案而起。我认为,这才是真正的爱国主义,而不是挂羊头,卖狗肉。

中国同西方国家的知识分子,还有一点是颇为不相同的,这就是,中国知识分子多半具有强烈程度不同的忧患意识。宋朝范仲淹著名的话:"先天下之忧而忧,后天下之乐而乐",是最好的证明。我们一些俗语:"人无远虑,必有近忧",等等,也表示了同样的意思。朱柏庐的《朱子治家格言》说:"宜未雨而绸缪,毋临渴而掘井。"这也已成为大家的信条。即使在真正的大好形势下,有一点忧患意识,也是非常必要的,而绝无害处的。寅恪先生毕生富有忧患意识,我现在引他一段话:

  余少喜临川新法之新,而老同涑水迂叟之迂。盖验以人心之厚薄,民生之荣悴,则知五十年来,如车轮之逆转,似有合于所谓退化论之说者。是以论学论治,迥异时流,而迫于事势,嗫不得发。

就让这一段言简意赅的话作本文的结束语吧。

一九九〇年

朱光潜先生的为人与为学

五十多年前,我在清华大学西洋文学系念书,我那时是二十岁上下。朱光潜(孟实)先生是北京大学的教授,在清华大学兼课,年龄大概三十四五岁吧。他只教一门文艺心理学,实际上就是美学,这是一门选修课。我选了这一门课,认真地听了一年。当时我就感觉到,这一门课非同凡响,是我最满意的一门课,比那些英、美、法、德等国来的外籍教授所开的课好到不能比的程度。朱先生不是那种口若悬河的人,他的口才并不好,讲一口带安徽味的蓝青官话,听起来并不"美"。看来他不是一个演说家,讲课从来不看学生,两只眼向上翻,看的好像是天花板上或者窗户上的某一块地方,然而却没有废话,每一句话都清清楚楚。他介绍西方各国流行的文艺理论,有时候举一些中国旧诗词作例子,并不牵强附会,我们一听就懂。对那些古里古怪的理论,他确实能讲出一个道理来,我听起来津津有味。我觉得,他是一个有学问的人,一个在学术上诚实的人,他不哗众取宠,他不用连自己都不懂的"洋玩意儿"去欺骗、吓唬年轻的中国学生。因此,在开课以后不久,我就爱上了这一门课,每周盼望上课,成为我的乐趣了。

孟实先生在课堂上介绍了许多欧洲心理学家和文艺理论家的新理论,比如李普斯的感情移入说,还有什么人的距离说,等等。他们从心理学方面,甚至从生理学方面来解释关于美的问题。其中有不少理论我觉得是有道理的,一直到今天我仍然记忆不忘。要说里面没有唯心主义成分,那是不能想象的。但是资产阶级的科学家,只要是一个有良心、不存心骗人的人,他总是会在不同程度上正视

客观实际的,他的学说总会有合理成分的。我们倒洗澡水不应该连婴儿一起倒掉。达尔文和爱因斯坦难道不是资产阶级的科学家吗?但是,你能说,他们的学说完全不正确吗?我们过去有一些人习惯于用贴标签的办法来处理学术问题,把极其复杂的学术问题过分地简单化了。这不利于学术的发展。这种倾向到了"十年浩劫"期间,在"四人帮"的煽动下,达到了骇人听闻的荒谬的程度。"四人帮"竟号召对相对论一窍不通的人来批判爱因斯坦,成为千古笑谈。孟实先生完全不属于这一类人。他老老实实,本本分分,自己认识到什么程度,就讲到什么程度,一步一个脚印,无形中影响了学生。

离开清华以后,我出国一住就是十年。在这期间,国内正在奋起抗日,国际上则是第二次世界大战。"烽火连八年,家书抵亿金",在一段相当长的时间内,我完全同祖国隔离,什么情况也不知道,1946年回国,立即来北大工作。那时孟实先生也转来北大。他正编一个杂志,邀我写文章。我写了一篇介绍《五卷书》的文章,发表在那个杂志上。他住的地方离我的住处不远。他的办公室(他当时是西方语言文学系主任,我是东方语言文学系主任)和我的办公室相隔也不远。但是我无论如何也回忆不起来,我曾拜访过他。说起来似乎是件怪事,然而却是事实。现在恐怕有很多人认为我是什么"社会活动家"。其实我的性格毋宁说是属于孤僻一类,最怕见人。我的老师和老同学很多,我几乎是谁都不拜访。天性如此,无可奈何,而今就是想去拜访孟实先生,也完全不可能了。

我因为没有在重庆或者昆明待过,对于抗战时期那里的情况完全不了解。对于朱先生当时的情况也完全不清楚。到了北平以后,听了三言两语,我有时候也同几个清华的老同学窃窃私议过。到了1949年北平解放前夕,按朱先生的地位,他完全有资格乘南京派来的专机离开中国大陆的。然而他没有这样做,他毅然留了下来,等待北平的解放。其中过程细节,我完全不清楚。然而这件事却给我留下了深刻的印象:朱先生毕竟是经受住了考验,选择了一条唯一正确的道路。

我常常想，在 1949 年前，中国的知识分子大概分为三类：先知先觉的、后知后觉的、不知不觉的。第一类是少数，第三类也是少数。孟实先生（还有我自己），在政治上不是先知先觉；但又绝非不知不觉。爱国无分少长，革命难免先后，这恐怕是一条规律。孟实先生同一大批旧社会来的知识分子一样，经过了几十年的观察与考验、前进与停滞，既走过阳关大道，也走过独木小桥，最终还是认识了真理，认为共产党指出的道路是唯一正确的，因而坚定不移地在这一条路上走下去。孟实先生有一些情况我原来并不清楚，只是到了前几年，我读到他在抗战期间从重庆给周扬同志写的一封信，我才知道，他对国民党并不满意，他也向往延安。我心中暗自谴责：我没有能全面了解孟实先生。总之，我认为，孟实先生一生是大节不亏的，他走的道路是一切正直的中国知识分子都应该走的道路。

这一条道路当然也绝不会是平坦的。三十多年来，风风雨雨，几乎所有的老知识分子都在风雨中经受磨炼。最突出的例子当然是"十年浩劫"。孟实先生被关进了牛棚。我是自己"跳"出来的，一跳也就跳进了牛棚。想不到几十年前的师生现在成了"同棚"。牛棚生活不是三言两语所能说清的。在这里暂且不谈。孟实先生在棚里的一件小事，我却始终忘记不了。他锻炼身体有一套方术，大概是东西均备，佛道沟通。在那种阴森森的生活环境中，他居然还在锻炼身体，我实在非常吃惊，而且替他捏一把汗。晚上睡下以后，我发现他在被窝里胡折腾，不知道搞一些什么名堂。早晨他还偷跑到一个角落里去打太极拳一类的东西。有一次被"监改人员"发现了，大大地挨了一通批。在这些"大老爷"眼中，我们锻炼身体是罪大恶极的。这是一件微不足道的小事，然而它的意义却不小。从中可以看到，孟实先生对自己的前途没有绝望，对我们的事业也没有绝望，他执着于生命，坚决要活下去。否则的话，他尽可以像一些别的难兄难弟一样，破罐子破摔算了。说老实话，我在当时的态度实在比不上他。这一件事，我从来没有同他谈起过，只是暗暗地记在心中。

名家作品精选

"四人帮"垮台以后，天日重明，孟实先生以古稀之年，重又精神抖擞，从事科研、教学和社会活动。他的生活异常地有规律。每天早晨，人们总会看到一个瘦小的老头在北大图书馆前漫步。在工作方面，他抓得非常紧，他确实达到了壮心不已的程度。他译完了黑格尔的美学，又翻译维柯的著作。这些著作内容深奥，号称难治，能承担这种翻译工作的，并世没有第二人，孟实先生以他渊博的学识和湛深的外语水平，兢兢业业，勤勤恳恳，争分夺秒，锲而不舍，"焚膏油以继晷，恒兀兀以穷年"，终于完成了这项艰巨的工作，给我们留下了宝贵的财富，得到了学术界普遍的赞扬。

孟实先生学风谨严，一丝不苟，谦虚礼让，不耻下问。他曾多次问到我关于古代印度宗教的问题。他对中外文学都有精湛的研究，这是学术界公认的。他的文笔又流利畅达，这也是学者中间少有的。思想改造运动时，有人告诉我说是喜欢读朱先生写的自我批评的文章。我当时觉得非常可笑：这是什么时候呀，你居然还有闲情逸致来欣赏文章！然而这却是事实，可见朱先生文章感人之深。他研究中外文艺理论，态度同样严肃认真。他翻译外国名著，也是句斟字酌，不轻易下笔。严复说："一名之立，旬月踟蹰。"我在朱先生身上也发现了这种认真负责的态度。1949年后，他努力学习辩证唯物主义和历史唯物主义，并以此指导自己的研究工作，给我们树立了榜样。

现在，孟实先生离开了我们。他一生执着追求，没有偷懒。将近九十年的漫长的道路，走过来并不容易。峰回路转，柳暗花明，他都碰到过。顺利与挫折，他都经受过。但是，他在千辛万苦之后，毕竟找到了真理，热爱祖国，热爱社会主义，找到了一个中国知识分子的最好的归宿。现在人们常谈生命的价值，我认为，孟实先生是实现了生命的价值的。

一九八六年

我记忆中的老舍先生

老舍先生含冤逝世已经二十多年了。在这一段相当长的时间内，我经常想到他，想到的次数远远超过我认识他以后直至他逝世的三十多年。每次想到他，我都悲从中来。我悲的是中国失去一个热爱祖国、热爱人民的正直的大作家，我自己失去一位从年龄上来看算是师辈的和蔼可亲的老友。目前，我自己已经到了晚年，我的内心再也承受不住这一份悲痛，我也不愿意把它带着离开人间。我知道，原始人是颇为相信文字的神秘力量的，我从来没有这样相信过。但是，我现在宁愿做一个原始人，把我的悲痛和怀念转变成文字，也许这悲痛就能突然消逝掉，还我心灵的宁静，岂不是天大的好事吗？

我从高中时代起，就读老舍先生的著作，什么《老张的哲学》《赵子曰》《二马》，我都读过。到了大学以后，以及离开大学以后，只要他有新作出版，我一定先睹为快，什么《离婚》《骆驼祥子》等等，我都认真读过。最初，由于水平的限制，他的著作我不敢说全都理解。可是我总觉得，他同别的作家不一样。他的语言生动幽默，是地道的北京话，间或也夹上一点山东俗语。他没有许多作家那种忸怩作态让人读了感到浑身难受的非常别扭的文体，一种新鲜活泼的力量跳动在字里行间。他的幽默也同林语堂之流的那种着意为之的幽默不同。总之，老舍先生成了我毕生最喜爱的作家之一，我对他怀有崇高的敬意。

但是，我认识老舍先生却完全出于一个偶然的机会。三十年代初，我离开了高中，到清华大学来念书。当时老舍先生正在济南齐鲁大学教书。济南是我的老家，每年暑假，我都回去。李长之是济

南人，他是我的唯一的一个小学、中学、大学"三连贯"的同学。有一年暑假，他告诉我，他要在家里请老舍先生吃饭，要我作陪。在旧社会，大学教授架子一般都非常大，他们与大学生之间宛然是两个阶级。要我陪大学教授吃饭，我真有点受宠若惊。及至见到老舍先生，他却全然不是我心目中的那种大学教授。他谈吐自然，蔼然可亲，一点架子也没有，特别是他那一口地道的京腔，铿锵有致，听他说话，简直就像是听音乐，是一种享受。从那以后，我们就算是认识了。

以后是激烈动荡的几十年。我在大学毕业以后，在济南高中教了一年国文，就到欧洲去了，一住就是十一年。中国胜利了，我才回来，在南京住了一个暑假。夜里睡在国立编译馆长之的办公桌上；白天没有地方待，就到处云游，什么台城、玄武湖、莫愁湖，等等，我游了一个遍。老舍先生好像同国立编译馆有什么联系，我常从长之口中听到他的名字。但是没有见过面。到了秋天，我也就离开了南京，乘海船绕道秦皇岛，来到北平。

以后又是更为激烈震荡的三年。用美式装备武装到牙齿的国民党军队，被彻底消灭。蒋介石一小撮到台湾去了。中国人民苦斗了一百多年，终于迎来解放的春天。我们这一群知识分子都亲身感受到，我们确实已经站起来了。就在这样的情况下，我在当时所谓故都又会见了老舍先生，上距第一次见面已经有二十多年了。

我现在已经记不清楚我们重逢时的情景。但是我却清晰地记得起五十年代初期召开的一次汉语规范化会议时的情景。当时语言学界的知名人士，以及曲艺界的名人，都被邀请参加，其中有侯宝林、马增芬姊妹，等等。老舍先生、叶圣陶先生、罗常培先生、吕叔湘先生、黎锦熙先生等等都参加了。这是1949年后语言学界的第一次盛会。当时还没有达到会议成灾的程度，因此大家的兴致都很高，会上的气氛也十分亲切融洽。

有一天中午，老舍先生忽然建议，要请大家吃一顿地道的北京饭。大家都知道，老舍先生是地道的北京人，他讲的地道的北京饭一定会是非常地道的,都欣然答应。老舍先生对北京人民生活之熟悉,是众所周知的。有人戏称他为"北京土地爷"。他结交的朋友,三教九流都有。他能一个人坐在大酒缸旁,同洋车夫、旧警察等旧社会的"下等人",开怀畅饮,亲密无间,宛如亲朋旧友,谁也感觉不到他是大作家、名教授、留洋的学士。能做到这一步的,并世作家中没有第二人。这样一位老北京想请大家吃北京饭,大家的兴致哪能不高涨起来呢?商议的结果是到西四砂锅居去吃白煮肉,当然是老舍先生做东。他同饭馆的经理一直到小伙计都是好朋友,因此饭菜极佳,服务周到。大家尽兴地饱餐了一顿。虽然是一顿简单的饭,然而却令人毕生难忘。当时参加宴会今天还健在的叶老、吕先生大概还都记得这一顿饭吧。

还有一件小事,也必须在这里提一提。忘记了是哪一年了,反正我还住在城里翠花胡同没有搬出城外。有一天,我到东安市场北门对门的一家著名的理发馆里去理发,猛然瞥见老舍先生也在那里,正躺在椅子上,下巴上白糊糊的一团肥皂泡沫,正让理发师刮脸。这不是谈话的好时机,只寒暄了几句,就什么也不说了。等我坐在椅子上时,从镜子里看到他跟我打招呼,告别,看到他的身影走出门去。我理完发要付钱时,理发师说:老舍先生已经替我付过了。这样芝麻绿豆的小事殊不足以见老舍先生的精神;但是,难道也不足以见他这种细心体贴人的心情吗?

老舍先生的道德文章,光如日月,巍如山斗,用不着我来细加评论,我也没有那个能力。我现在写的都是一些小事。然而小中见大,于琐细中见精神,于平凡中见伟大,豹窥一斑,鼎尝一脔,不也能反映出老舍先生整个人格的一个缩影吗?

中国有一句俗话:"好死不如赖活着。"这一句话道出了一个真理。一个人除非万不得已决不会自己抛掉自己的生命。印度梵文中"死"这个动词,变化形式同被动态一样。我一直觉得非常有趣,非常有意思。印度古代语法学家深通人情,才创造出这样一个形式。死几乎都是被动的,有几个人主动地去死呢?老舍先生走上自沉这

一条道路，必有其不得已之处。有人说，人在临死前总会想到许多许多东西的，他会想到自己的一生的。可惜我还没有这个经验，只能在这里胡思乱想。当老舍先生徘徊在湖水岸边决心自沉时，眼望湖水茫茫，心里悲愤填膺，唤天天不应，唤地地不答，悠悠天地，仿佛只剩下自己孤身一人，他会想到自己的一生吧！这一生是忠诚于祖国、忠诚于人民的一生，然而到头来却落到这等地步。为什么呢？究竟是为什么呢？如果自己留在美国不回来，著书立说，悠游自在，洋房、汽车、声名禄利，无一缺少，舒舒服服地过一辈子，说不定能寿登耄耋，富埒王侯。他不是为了热爱自己的祖国母亲，才毅然历尽艰辛回来的吗？是今天祖国母亲无法庇护自己那远方归来的游子了呢？还是不愿意庇护了呢？我猜想，老舍先生决不会埋怨自己的祖国母亲，祖国母亲永远是可爱的，在任何情况下都是可爱的。他也决不会后悔回来的，但是，他确实有一些问题难以理解，他只有横下一条心，一死了之。这样的问题，我们今天又有谁能够理解呢？我想，老舍先生还会想到自己院子里种的柿子树和菊花，他当然也会想到自己的亲人，想到自己的朋友。所有这一些都是十分美好可爱的。对于这一些难道他就一点也不留恋吗？决不会的，决不会的，但是，有一种东西梗在他的心中，像大毒蛇缠住了他，他只能纵身一跳，投入波心，让弥漫的湖水给自己带来解脱了。

两千多年以前，屈原自沉于汨罗江。他行吟泽畔，心里想的恐怕同老舍先生有类似之处吧。他想到："蝉翼为重，千钧为轻；黄钟毁弃，瓦釜雷鸣。"他又想到："世人皆浊我独清，众人皆醉我独醒。"难道老舍先生也这样想过吗？这样的问题，有谁能够答复我呢？恐怕到了地球末日也没有人能答复了。我在泪眼模糊中，看到老舍先生戴着眼镜，在和蔼地对我笑着；我耳朵里仿佛听到了他那铿锵有节奏的北京话。我浑身颤抖，连灵魂也在剧烈地震动。

呜呼！我欲无言。

一九八七年十月一日晨

回忆梁实秋先生

我认识梁实秋先生,同他来往,前后也不过两三年,时间是很短的。但是,他留给我的回忆却是很长很长的。分别之后,到现在已经四十年了。我仍然时常想到他。

1946年夏天,我在离开了祖国十一年之后,受尽了千辛万苦,又回到了祖国怀抱,到了南京。当时刚刚打败了日本侵略者,国民党的"劫收"大员正在全国满天飞,搜刮金银财宝,兴高采烈。我这一介书生,"五条无理",手里没有几个钱,北京大学还没有开学,拿不到工资,住不起旅馆,只好借住在我小学同学李长之在国立编译馆的办公室内。他们白天办公,我就出去游荡,晚上回来,睡在办公桌上,早晨一起床,赶快离开。国立编译馆地处台城下面,我多半在台城上云游,什么鸡鸣寺、胭脂井,我几乎天天都到。再走远一点,出城就到了玄武湖,山光水色,风物怡人,但是我并没有多少闲情逸致,观赏风景。我的处境颇像旧戏中的秦琼,我心里琢磨的是怎样卖掉黄骠马。

我这样天天游荡,梦想有朝一日自己能安定下来,有一间房子,有一张书桌。别的奢望,一点没有。我在台城上面看到郁郁葱葱的古柳,心头不由地涌出了古人的诗:

    江雨霏霏江草齐,
    六朝如梦鸟空啼。
    无情最是台城柳,
    依旧烟笼十里堤。

这里讲的仅仅是六朝。从六朝到现在,又不知道有多少朝多少代过去了。古柳依然是葱茏繁茂,改朝换代并没有影响了它们的情绪。今天我站在古柳面前,一点也没有觉得它们"无情",我觉得它们有情得很。我天天在六月的炎阳下奔波游荡,只有在台城古柳的浓荫下才能获得片刻的清凉,让我能够坐下来稍憩一会儿。我难道不该感激这些古柳而还说三道四吗?

又过了一些时候,有一天长之告诉我,梁实秋先生全家从重庆复员回到南京了。梁先生也在国立编译馆工作。我听了喜出望外。我不认识梁先生,论资排辈,他大我十几岁,应该算是我的老师。他的文章我在清华大学读书时就读过不少,很欣赏他的文才,对他潜怀崇敬之情。万万没有想到竟在南京能够见到他。见面之后,立刻对他的人品和谈吐十分倾倒。没有经过什么繁文缛节,我们成了朋友。我记得,他曾在一家大饭店里宴请过我。梁夫人和三个孩子:文茜、文蔷、文骐,都见到了。那天饭菜十分精美,交谈更是异常愉快,给我留下了深刻的印象,至今忆念难忘。我自谓尚非馋嘴之辈,可为什么独独对酒宴记得这样清楚呢?难道自己也属于饕餮大王之列吗?这真叫作没有法子。

1949年前夕,实秋先生离开了北平,到了台湾,文茜和文骐留下没有走。在那个时代,有人把这一件事看得大得不得了。现在看来,也没有什么了不起的。一个人相信马克思主义,这当然很好,这说明他进步。一个人不相信,或者暂时不相信,他也完全有自由,这也绝非反革命。我自己过去不是也不相信马克思主义吗?从来就没有哪一个人一生下就是马克思主义者,连马克思本人也不是,遑论他人。我们今天知人论事,要抱实事求是的态度。

至于说梁实秋同鲁迅有过一些争论,这是事实。是非曲直,暂作别论。我们今天反对对任何人搞"凡是",对鲁迅也不例外。鲁迅是一个伟大人物,这谁也否认不掉,但不能说凡是鲁迅说的都是正确的。难道因为他对梁实秋有过批评意见,梁实秋这个人就应该永远打入十八层地狱吗？

实秋先生活到耄耋之年。他的学术文章，功在人民，海峡两岸，有目共睹，谁也不会有什么异辞。我想特别提出一点来说一说。他到了老年，同胡适先生一样，并没有留恋异国，而是回到台湾定居。这充分说明，他是热爱我们祖国大地的。至于他的为人毫无架子，像对我和李长之这样年轻一代的人，竟也平等对待，态度真诚和蔼，更令人难忘。这种作风，即使不是绝无仅有，也总算是难能可贵。对我们今天已经成为前辈的人，不是很有教育意义吗？

去年，他的女儿文茜和文蔷奉父命专门来看我。我非常感动，知道他还没有忘掉我。这勾引起我回忆往事。回忆虽然如云如烟，但是感情却是非常真实的。我原期望还能在大陆见他一面，不意他竟尔仙逝。我非常悲痛，想写点什么，终未果。去年，他的夫人从台湾来北京举行追思会。我正在南京开会，没能亲临参加，只能眼望台城，临风凭吊。我对他的回忆将永远保留在我的心中，直至我不能回忆为止。我的这一篇短文，他当然无法看到了。但是，我仿佛觉得，而且痴情希望，他能看到。四十年音问未通，这是仅有的一次也是最后一次通音问了。悲夫！

一九八八年三月二十六日

扫傅斯年先生墓

我们虽然算是小同乡,但我与孟真先生并不熟识,几乎是根本没有来往。原因是年龄有别,辈分不同。我于1930年到北京来上大学的时候,进的是清华大学。当时孟真先生已经是学者,是教育家,名满天下了。我只是一个无名小卒,不可能有认识的机会。

我记得,在我大学一年级或二年级时,不知是清华的哪一个团体组织了一次系列讲座,邀请一些著名的学者发表演说,其中就有孟真先生。时间是在晚上,地点是在三院的一间教室里。孟真先生西装笔挺,革履锃亮。讲演的内容,我已经完全忘记了,但是,他那把双手插在西装坎肩的口袋里的独特的姿势,却至今历历如在目前。

在以后一段长达十五六年的时间中,我同孟真先生互不相知,一没有相知的可能,二没有相知的必要,我们本来就是萍水相逢嘛。

然而天公却别有一番安排,我在德国待了十年以后,陈寅恪师把我推荐给北京大学。1946年夏,我回国住在南京,适值寅恪先生也正在南京,我曾去谒见。他让我带着我在德国发表的几篇论文,到鸡鸣寺下中央研究院去拜见当时的北大代校长傅斯年,我遵命而去。见了面,没有说上几句话,就告辞出来。我们第二次见面就是这样匆匆。

"二战"期间,我被阻欧洲,大后方重庆和昆明等地的情况,我茫无所知。到了南京以后,才开始零零星星地听到大后方学术文化教育界的一些情况,涉及面非常广,当然也涉及傅孟真先生。他把山东人特有的直爽的性格——这种性格其他一些省份的人也具有的——发挥到淋漓尽致的水平。他所在的中央研究院当然是国民党政府下属的一个机构，但是，他不但不加入国民党，而且专揭国民党的疮疤。他被选为地位很高的参政员，是所谓"社会贤达"的代表。他主持正义，直言无讳，被称为"傅大炮"。国民党的四大家族，在贪赃枉法方面，各有千秋，手段不同，殊途同归。其中以孔祥熙家族名声最坏。那一位"威"名远扬的孔二小姐，更是名动遐迩，用飞机载狗逃难，而置难民于不顾。孟真先生不讲情面，不分场合，在光天化日之下，大庭广众之中，痛快淋漓地揭露孔家的丑事，引起了人民对孔家的憎恨。孟真先生成为"批孔"的专业户，口碑载道，颂声盈耳。

孟真先生的轶事很多，我只能根据传说讲上几件。他在南京时，开始任中央研究院历史语言研究所所长。他待人宽厚，而要求极严。当时有一位广东籍的研究员，此人脾气古怪，双耳重听，形单影只，不大与人往来，但读书颇多，著述极丰。每天到所，用铅笔在稿纸上写上两千字，便以为完成了任务，可以交卷了，于是悄然离所，打道回府。他所爱极广，隋唐史和黄河史，都有著述，洋洋数十万言，对历史地理特感兴趣，尤嗜对音。他不但不通梵文，看样子连印度天城体字母都不认识。在他手中，字母仿佛成了积木，可以任意挪动。放在前面，与对音不合，就改放在后面。这样产生出来的对音，有时极为荒诞离奇，那就在所难免了。但是，这位老先生自我感觉极为良好，别人也无可奈何。有一次，他在所里作了一个学术报告，说《史记》中的"禁不得祠明星出西方"的"不得"二字是 Buddha（佛陀）的对音，佛教在秦代已输入中国了。实际上，"禁不得"这样的字眼儿在汉代是通用的。老先生不知怎样一时糊涂，提出了这样的意见。在他以前，一位颇负盛名的日本汉学家藤田丰八已有此说，老先生不一定看到过，孤明独发，闹出了笑话。不意此时远在美国的孟真先生听到了这个消息，大为震怒，打电话给所里，要这位老先生检讨，否则就炒鱿鱼。老先生不肯，于是便卷铺盖离开了史语所，老死不明真相。

名家作品精选

但是，孟真先生是异常重视人才的，特别是年轻的优秀人才。他奖励扶掖，不遗余力。他心中有一张年轻有为的学者的名单，对于这一些人，他尽力提供或创造条件，让他们能安心研究，帮助他们出国留学，学成回国后仍来所里工作。他还尽力延揽著名学者，礼遇有加。他创办的《史语所集刊》，在几十年内都是国内外最有权威的人文社会科学的刊物。一登龙门，声价十倍，能在上面发表文章，是十分光荣的事。这个刊物至今仍在继续刊行，旧的部分有人多方搜求，甚至影印，为二十世纪中国学术界所仅见。

孟真先生有其金刚怒目的一面，也有其菩萨慈眉的一面。当年在大后方昆明，西南联大的教师和中央研究院史语所的研究员，有时住在同一所宿舍里。在靛花巷宿舍里，陈寅恪先生住在楼上，一些年纪比较轻的教员和研究员住在楼下。有一天晚上，孟真先生和一些年轻学者在楼下屋子里闲谈，说到得意处，忍不住纵声大笑。他们乐以忘忧，兴会淋漓，忘记了时光的流逝。猛然间，楼上发出手杖捣地板的声音。孟真先生轻声说："楼上的老先生发火了。""老先生"指的当然就是寅恪先生。从此就有人说，傅斯年谁都不怕，连蒋介石也不放在眼中，唯独怕陈寅恪。我想，在这里，这个"怕"字不妥，改为"尊敬"，就更好了。

这一次，我由于一个不期而遇的机会，来到了台北，又听到了一些孟真先生的轶事。原来他离开大陆后，来到了台湾，仍然担任"中央研究院"史语所所长，同时兼任台湾大学的校长。他这一位大炮，大概仍然是炮声隆隆。据说有一次蒋介石对自己的亲信说："那里（指台大）的事，我们管不了！"可见孟真先生仍然保留着他那一副刚正不阿的铮铮铁骨，他真正继承了中国历代知识分子最优秀的传统。

根据我上面的琐碎的回忆，我对孟真先生是见得少，听得多。我同他最重要的一次接触，就是我进北大时，他正是代校长，是他把我引进北大来的。据说——又是据说，他代表胡适之先生接管北大。当时日寇侵略者刚刚投降，北大，正确说是"伪北大"教员可以说都是为日本服务的；但是每个人情况又各有不同，有少数人认贼作父，靦颜事仇，丧尽了国格和人格。大多数则是不得已而为之。二者应该区别对待。孟真先生说，适之先生为人厚道，经不起别人的恳求与劝说，可能良莠不分，一律留下在北大任教。这个"坏人"必须他做。他于是大刀阔斧，不留情面，把问题严重的教授一律解聘，他说，这是为适之先生扫清道路，清除垃圾，还北大一片净土，让他的老师胡适之先生怡然、安然地打道回校。我就是在这样一个关键时刻到北大来的。我对孟真先生有知遇之感，难道不是很自然的吗？

这一次我们三个北大人来到了台湾。台湾有清华分校，为什么独独没有北大分校呢？有人说，傅斯年担任校长的台湾大学就是北大分校。这个说法被认为是完全正确的。我们三个人中，除我以外，他们俩既没有见过胡适之，也没有见过傅孟真。但是，胡、傅两位毕竟是北大的老校长，我们不远千里而来，为他们二位扫墓，也完全是合情合理的。我们谨以鲜花一束，放在墓穴上，用以寄托我们的哀思。我在孟真先生墓前行礼的时候，心里想了很多很多。两岸人民有手足之情，人为地被迫分开了五十多年，难道现在和好统一的时机还没有到吗？本是同根生，见面却如参与商，一定要先到香港才能再飞台湾。这样人为的悲剧难道还不应该结束吗？北大与台大难道还不应该统一起来吗？我希望，我们下一次再来扫孟真先生墓时，这一出人间悲剧能够结束。

一九九九年五月五日

悼念沈从文先生

去年有一天，老友萧离打电话告诉我，从文先生病危，已经准备好了后事。我听了大吃一惊，悲从中来。一时心血来潮，提笔写了一篇悼念文章，自诧为倚马可待，情文并茂。然而，过了几天，萧离又告诉我说，从文先生已经脱险回家。我心里一块石头落了地，又窃笑自己太性急，人还没去，就写悼文，实在非常可笑。我把那一篇"杰作"往旁边一丢，从心头抹去了那一件事，稿子也沉入书山稿海之中，从此"云深不知处"了。

到了今年，从文先生真正去世了。我本应该写点什么的，可是，由于有了上述一段公案，懒于再动笔，一直拖到今天。同时我注意到，像沈先生这样一个人，悼念文章竟如此之少，有点不太正常，我也有点不平。考虑再三，还是自己披挂上马吧。

我认识沈先生已经五十多年了。当我还是一个大学生的时候，我就喜欢读他的作品。我觉得，在所有的并世的作家中，文章有独立风格的人并不多见。除了鲁迅先生之外，就是从文先生。他的作品，只要读上几行，立刻就能辨认出来，绝不含糊。他出身湘西的一个破落小官僚家庭，年轻时当过兵，没有受过多少正规的教育。他完全是自学成家。湘西那一片有点神秘的土地，其怪异的风土人情，通过沈先生的笔而大白于天下。湘西如果没有像沈先生这样的大作家和像黄永玉先生这样的大画家，恐怕一直到今天还是一片充满了神秘的 terra incognita（没有人了解的土地）。

我同沈先生打交道，是通过一件不大不小的事情。丁玲的《母亲》出版以后，我读了觉得有一些意见要说，于是写了一篇书评，刊登在郑振铎、靳以主编的《文学季刊》创刊号上。刊出以后，我听说，沈先生有一些意见。我于是立即写了一封信给他，同时请郑先生在《文学季刊》创刊号再版时，把我那一篇书评抽掉。也许是就由于这一个不能算是太愉快的因缘，我们就认识了。我当时是一个穷学生，沈先生是著名的作家。社会地位，虽不能说如云泥之隔，毕竟差一大截子。可是他一点名作家的架子也不摆，这使我非常感动。他同张兆和女士结婚，在北京前门外大栅栏撷英番菜馆设盛大宴席，我居然也被邀请。当时出席的名流如云。证婚人好像是胡适之先生。

从那以后，有很长的时间，我们并没有多少接触。我到欧洲去住了将近十一年。他在抗日烽火中的昆明住了很久，在西南联大任国文系教授。彼此音问断绝。他的作品我也读不到了。但是，有时候，不知是出于什么原因，我在饥肠辘辘、机声嗡嗡中，竟会想到他。我还是非常怀念这一位可爱、可敬、淳朴、奇特的作家。

一直到1946年夏天，我回到祖国。这一年的深秋，我终于又回到了别离了十几年的北平。从文先生也于此时从云南复员来到北大，我们同在一个学校任职。当时我住在翠花胡同，他住在中老胡同，都离学校不远，因此我们也相距很近。见面的次数就多了起来。他曾请我吃过一顿相当别致、毕生难忘的饭，云南有名的汽锅鸡。锅是他从昆明带回来的，外表看上去像宜兴紫砂，上面雕刻着花卉书法，古色古香，虽系厨房用品，然却古朴高雅，简直可以成为案头清供，与商鼎周彝斗艳争辉。

就在这一次吃饭时，有一件小事给我留下了深刻的印象。当时要解开一个用麻绳捆得紧紧的什么东西，只需用剪子或小刀轻轻地一剪一割，就能开开。然而从文先生却抢了过去，硬是用牙把麻绳咬断。这一个小小的举动，有点粗劲，有点蛮劲，有点野劲，有点土劲，并不高雅，并不优美。然而，它却完全透露了沈先生的个性。在达官贵人、高等华人眼中，这简直非常可笑，非常可鄙。可是，我欣赏的却正是这一种劲头。我自己也许就是这样一个"土包子"，

虽然同那一些只会吃西餐、穿西装、半句洋话也不会讲偏又自认为是"洋包子"的人比起来,我并不觉得低他们一等。不是有一些人也认为沈先生是"土包子"吗?

还有一件小事,也使我忆念难忘。有一次我们到什么地方去游逛,可能是中山公园之类。我们要了一壶茶。我正要拿起壶来倒茶,沈先生连忙抢了过去,先斟出了一杯,又倒入壶中,说只有这样才能把茶味调得均匀。这当然是一件微不足道的小事,然而在琐细中不是更能看到沈先生的精神吗?

小事过后,来了一件大事:我们共同经历了北平的解放。在这个关键时刻,我并没有听说,从文先生有逃跑的打算。他的心情也是激动的,虽然他并不故作革命状,以达到某种目的,他仍然是朴素如常。可是厄运还是降临到他头上来。一个著名的马列主义文艺理论家,在香港出版的一个进步的文艺刊物上,发表了一篇长文,题目大概是什么《文坛一瞥》之类,前面有一段相当长的修饰语。这一位理论家视觉似乎特别发达,他在文坛上看出了许多颜色。他"一瞥"之下,就把沈先生"瞥"成了粉红色的小生。我没有资格对这一篇文章发表意见。但是,沈先生好像是当头挨了一棒,从此被"瞥"下了文坛,销声匿迹,再也不写小说了。

一个惯于舞笔弄墨的人,一旦被剥夺了写作的权利,他心里是什么滋味,我说不清;他有什么苦恼,我也说不清。然而,沈先生并没有因此而消沉下去。文学作品不能写,还可以干别的事嘛。他是一个精力旺盛的人,他是一个闲不住的人,他转而研究起中国古代的文物来,什么古纸、古代刺绣、古代衣饰,等等,他都研究。凭了他那一股惊人的钻研的能力,过了没有多久,他就在新开发的领域内取得了可喜的成绩。他那一本讲中国服饰史的书,出版以后,洛阳纸贵,受到国内外一致的高度的赞扬。他成了这方面权威。他自己也写章草,又成了一个书法家。

有点讽刺意味的是,正当他手中的写小说的笔被"瞥"掉的时候,从国外沸沸扬扬传来了消息,说国外一些人士想推选他作诺贝尔文学奖金的候选人。我在这里着重声明一句，我们国内有一些人特别迷信诺贝尔奖金，迷信的劲头，非常可笑。试拿我们中国没有得奖的那几位文学巨匠同已经得奖的欧美的一些作家来比一比，其差距简直有如高山与小丘。同此辈争一日之长，有这个必要吗！推选沈先生当候选人的事是否进行过，我不得而知。沈先生怎样想，我也不得而知。我在这里提起这一件事，只不过把它当作沈先生一生中一个小小的插曲而已。

我曾在几篇文章中都讲到，我有一个很大的缺点（优点？），我不喜欢拜访人。有很多可尊敬的师友，比如我的老师朱光潜先生、董秋芳先生，等等，我对他们非常敬佩，但在他们健在时，我很少去拜访。对沈先生也一样。偶尔在什么会上，甚至在公共汽车上相遇，我感到非常亲切，他好像也有同样的感情。他依然是那样温良、淳朴，时代的风风雨雨在他身上，似乎没有留下什么痕迹，说白了就是没有留下伤痕。一谈到中国古代科技、艺术、等等，他就喜形于色，眉飞色舞，娓娓而谈，如数家珍，天真得像一个大孩子。这更增加了我对他的敬意。我心里曾几次动过念头：去看一看这一位可爱的老人吧！然而，我始终没有行动。现在人天隔绝，想见面再也不可能了。

有生必有死，是大自然的规律。我知道，这个规律是违抗不得的，我也从来没有想去违抗。古代许多圣君贤相，聪明一世，糊涂一时，想方设法，去与这个规律对抗，妄想什么长生不老，结果却事与愿违，空留下一场笑话。这一点我很清楚。但是，生离死别，我又不能无动于衷。古人云：太上忘情。我是一个微不足道的凡人，无论如何也做不到忘情的地步，只有把自己钉在感情的十字架上了。我自谓身体尚颇硬朗，并不服老。然而，曾几何时，宛如黄粱一梦，自己已接近耄耋之年。许多可敬可爱的师友相继离我而去。此情此景，焉能忘情？现在从文先生也加入了去者的行列。他一生安贫乐道，淡泊宁静，死而无憾矣。对我来说，忧思却着实难以排遣。像他这样一个有特殊风格的人，现在很难找到了。我只觉得大地茫茫，

名家作品精选

顿生凄凉之感。我没有别的本领,只能把自己的忧思从心头移到纸上,如此而已。

一九八八年十一月十二日写于香港中文大学会友楼

我的家

我曾经有过一个温馨的家。那时候,老祖和德华都还活着,她们从济南迁来北京,我们住在一起。

老祖是我的婶母,全家都尊敬她,尊称之为老祖。她出身中医世家,人极聪明,很有心计。从小学会了一套治病的手段。有家传治白喉的秘方,治疗这种十分危险的病,十拿十稳,手到病除。因自幼丧母,没人替她操心,耽误了出嫁的黄金时刻,成了一位山东话称之为"老姑娘"的人。年近四十,才嫁给了我叔父,做续弦的妻子。她心灵中经受的痛苦之剧烈,概可想见。然而她是一个十分坚强的人,从来没有对人流露过,实际上,作为一个丧母的孤儿,又能对谁流露呢?

德华是我的老伴,是奉父母之命,通过媒妁之言同我结婚的。她只有小学水平,认了一些字,也早已还给老师了。她是一个真正善良的人,一生没有跟任何人闹过对立、发过脾气。她也是自幼丧母的,在她那堂姊妹兄弟众多的、生计十分困难的大家庭里,终日愁米愁面,当然也受过不少的苦,没有母亲这一把保护伞,有苦无处诉,她的青年时代是在愁苦中度过的。

至于我自己,我虽然不是自幼丧母,但是,六岁就离开母亲,没有母爱的滋味,我尝得透而又透。我大学还没有毕业,母亲就永远离开了我,这使我抱恨终天,成为我的"永久的悔"。我的脾气,不能说是暴躁,而是急躁。想到干什么,必须立即干成,否则就坐卧不安。我还不能说自己是个坏人,因为,除了为自己考虑外,我还能为别人考虑。我坚决反对曹操的"宁要我负天下人,不要天下人负我"。

名家作品精选

就是这样三个人组成了一个家庭。

为什么说是一个温馨的家呢？首先是因为我们家六十年来没有吵过一次架，甚至没有红过一次脸。我想，这即使不能算是绝无仅有，也是极为难能可贵的。把这样一个家庭称之为温馨不正是恰如其分吗？其中也不是没有原因的。

我们全家都尊敬老祖，她是我们家的功臣。正当我们家经济濒于破产的时候，从天上掉下一个馅儿饼来：我获得一个到德国去留学的机会。我并没有什么凌云的壮志，只不过是想苦熬两年，镀上一层金，回国来好抢得一只好饭碗，如此而已。焉知两年一变而成了十一年。如果不是老祖苦苦挣扎，摆过小摊，卖过破烂，勉强让一老，我的叔父；二中，老祖和德华；二小，我的女儿和儿子，能够有一口饭吃，才得度过灾难。否则，我们家早已家破人亡了。这样一位大大的功臣，我们焉能不尊敬呢？

如果真有"毫不利己，专门利人"的人的话，那就是老祖和德华。她们忙忙叨叨买菜、做饭，等到饭一做好，她俩却坐在旁边看着我们狼吞虎咽，自己只吃残羹剩饭。这逼得我不由不从内心深处尊敬她们。

我们曾经雇过一个从安徽来的年轻女孩子当小时工，她姓杨，我们都管她叫小杨，是一个十分温顺、诚实、少言寡语的女孩子。每天在我们家干两小时的活，天天忙得没有空闲时间。我们家的两个女主人经常在午饭的时候送给小杨一个热馒头，夹上肉菜，让她吃了当午饭，立即到别的家去干活。有一次，小杨背上长了一个疮，老祖是医生，懂得其中的道理。据她说，疮长在背上，如凸了出来，这是良性的，无大妨碍。如果凹了进去，则是民间所谓的大背疮，古书上称之为疽，是能要人命的。当年范增"疽发背死"，就是这种疮。小杨患的也恰恰是这种疮。于是，小杨每天到我们家来，不是干活，而是治病，主治大夫就是老祖，德华成了助手。天天挤脓、上药，忙完整整两小时，小杨再到别的家去干活。最后，奇迹出现了，过了几个月，小杨的疮完全好了。老祖始终没有告诉她这种疮的危险性。小杨离开北京回到安徽老家以后，还经常给我们来信，可见我们家这两位女主人之恩，使她毕生难忘了。

我们的家庭成员，除了"万物之灵"的人以外，还有几个并非万物之灵的猫。我们养的第一只猫，名叫虎子，脾气真像是老虎，极为暴烈。但是，对我们三个人却十分温顺，晚上经常睡在我的被子上。晚上，我一上床躺下，虎子就和另外一只名叫猫咪的猫，连忙跳上床来，争夺我脚头上那一块地盘，沉沉地压在那里。如果我半夜里醒来，觉得脚头上轻轻的，我知道，两只猫都没有来，这时我往往难再入睡。在白天，我出去散步，两只猫就跟在我后面，我上山，它们也上山；我下来，它们也跟着下来。这成为燕园中一道著名的风景线，名传遐迩。

这难道不是一个温馨的家庭吗？

然而，光阴如电光石火，转瞬即逝。到了今天，人猫俱亡，我们的家庭只剩下了我一个人，形单影只，过了一段寂寞凄苦的生活。

然而，天无绝人之路。隔了不久，我的同事，我的朋友，我的学生，了解到我的情况之后，立刻伸出了爱援之手，使我又萌生了活下去的勇气。其中有一位天天到我家来"打工"，为我操吃操穿，读信念报，招待来宾，处理杂务，不是亲属，胜似亲属。让我深深感觉到，人间毕竟是温暖的，生活毕竟是"美丽的"（我讨厌这个词儿，姑一用之）。如果没有这些友爱和帮助，我恐怕早已登上了八宝山，与人世拜拜了。

那些非万物之灵的家庭成员如今数目也增多了。我现在有四只纯种的，从家乡带来的波斯猫，活泼、顽皮，经常挤入我的怀中，爬上我的脖子。其中一只，尊号毛毛四世的小猫，正在爬上我的脖子，被一位摄影家在不到半秒钟的时间内抢拍了一个镜头，赫然登在《人民日报》上，受到了许多人的赞扬，成为蜚声猫坛的一只世界名猫。

眼前，虽然我们家只剩下我一个孤家寡人，你难道能说这不是一个温馨的家吗？

二〇〇〇年十一月五日

一个预言的实现

大约在十几二十年前,我曾讲过一个预言:二十世纪将是中国的世纪。

我没有研究过新兴科学预言学,我也不会算卦占卜我不是季铁嘴、季半仙,但也并非全无根据。我根据只是一点类似地缘政治学的世界历史地理常识。

我发现,在这个地球村中,每一个时代都有自己的政治经济文化中心,有的在东方,有的在西方,存在的时间长短不一,影响的程度也深浅不一。而这个中心不是一成不变的,而是有规律地变动着。拿最近几百年的世界史来看,就可以看出下面的规律:十七、十八世纪,它是在欧洲大陆法、德等国,十九世纪在英国,二十世纪在美国,二十一世纪按规律应该在中国。所以我说:二十一世纪将是中国人民的世纪。这绝不是无知妄言,也不出于狭隘的爱国主义,而是规律使然。可在当时,颇有一些什么什么之士嗤之以鼻。我并不在乎,是嗤之以鼻,还是嗤之以屁股,那是他们的事,与我无干。

值得庆幸的事是,我在十几二十年前提出来的预言完全说对了。中华民族所固有的大气磅礴的创造力,被种种内在的和外在的力量堵塞了几百年;现在,一旦乘机迸发,有如翻江倒海,势不可挡。例子多得不胜枚举。我只举一个看似虽小而意义实大的例子:"中国制造"(made in china)的商品现在流传全世界,包括美国在内,这在以前无论如何也是难以想象的。中国报刊以"中国和平崛起,世界拍案惊奇"等类的词句来表达这种感情。

中国人不喜欢"老王卖瓜,自卖自夸"。认为这是没有出息的事。我现在从外国请一位贵宾来,帮着夸上几句。英国前外交大臣杰弗里·豪曾说过几句话:"过去二十五年,中国发生了巨大变化,它不仅确立了自己是国际社会一个稳定且负责任的成员的地位,它的政治制度及人民的聪明才智和能量已经产生了举世瞩目的经济成就,绝大多数人的生存条件和日常生活大大改善。"这一位英国绅士肯说几句真话,值得我们钦佩。我引用他的话来抹掉自己的自卖自夸之嫌。

二〇〇四年二月十三日

再谈爱国主义

爱国主义这样一个题目,不知道有多少人写了文章,做过发言。我自己在过去的一些文章中也曾谈到过这个题目。如果说我对这个题目有什么贡献的话,那就是,我曾指出来,不要一看爱国主义就认为是好东西。爱国主义有两种:一种是正义的爱国主义,一种是邪恶的爱国主义。日寇侵华时中日两国都高呼爱国,其根本区别就在于一个是正义的,一个是邪恶的。如果有人已经做过这样的论断,那就怪我老朽昏庸,孤陋寡闻,务请普天下大方家原谅则个。

我既不是哲学家,也不是思想家,但好胡思乱想。俗话说:愚者千虑,必有一得。我希望,这一句话能在我身上兑现。简短直说,我想从国籍这个角度上来探讨爱国主义。按现在的国际惯例,每个人都必须有一个国籍。听说有人有双国籍,情况不明,这里不谈。国际法大概允许无国籍。二战期间,我滞留德国。中国南京汪伪政府派去了大使。我是绝对不能与汉奸沾边的,我同张维到德国警察局去宣布自己无国籍。

爱国的国字,如果孤立起来看,是一个模糊名词。哪里的国?谁的国?都不清楚。但是,一旦同国籍联系在一起,就十分清楚了。国就是这个国籍的国。再讲爱国的话,指的就是爱你这个国籍的国。

如果一个国家热爱和平,决不想侵略、剥削、压迫、屠杀别的国家,愿意同别的国家和平共处。这样的国家是值得爱的,非爱不行的。这样的爱国主义就是我上面所说的正义的爱国主义。反之,如果一个国家,特别是它的领导人,专心致志地侵略别的国家,征服别的国家,最终统一全球,天上天下,唯我独尊。这样的国家是绝对不能爱的，爱它就成了统治者的帮凶。爱国主义与国际主义是相通的，是互有联系的。保卫世界和平是两者共同的愿望。

要举具体的例子嘛，就在眼前。二战期间，西方一个德国，领袖是希特勒。东方一个日本，头子是东条英机。两国在屠杀别国人民的时候，都狂呼爱国主义。这当然就是我上面所说的邪恶的爱国主义。两个国家，两个头子的下场是众所周知的。

这种情况已经是俱往矣。然而到了今天，居然还有一个大国，亦步亦趋地步希特勒、东条英机的后尘，手舞大棒，飞扬跋扈，驻军遍世界，航空母舰游弋于几大洋。明明知道，别的国家是不可能从外面进攻它的，却偏搞什么导弹防御系统。任何国家屁大的事，它都要过问。不经过它的批准，就是非圣无法。联合国它根本看不起，它就是天下的主人。

有这个国家国籍的人们的爱国主义怎样表现？这个国家，特别是它的领导人值不值得爱？这是有这个国家国籍的人们要慎重考虑的问题。我一个局外人不敢越俎代庖。

二〇〇二年十二月二十七日

温馨,家庭不可或缺的气氛

大千世界,芸芸众生,除了看破红尘出家当和尚的以外,每一个人都会有一个家。一提到家,人们会不由自主地漾起一点温暖之意、一丝幸福之感。

不这样也是不可能的。不管是单职工还是双职工,白天在政府机构、学校、公司、工厂、商店等等五花八门的场所工作劳动。不管是脑力劳动,还是体力劳动,都会付出巨大的力量,应付错综复杂的局面,会见性格各异的人物,有时会弄得筋疲力尽。有道是:"不如意事常八九。"哪里事事都会让你称心如意呢?到了下班以后,有如倦鸟还巢一般,带着一身疲惫,满怀喜悦,回到自己家里。这是一个真正的安身立命之处。在这里人们主要祈求的就是温馨。有父母的,向老人问寒问暖,老少都感到温馨;有子女的,同孩子谈上几句,亲子都感到温馨;夫妻说上几句悄悄话,男女都感到温馨。当是时也,白天一天操劳,身心两方面的倦意,间或有心中的愤懑、工作中或竞争中偶尔的挫折、在处理事务中或人际关系中碰的一点小钉子,等等,都会烟消云散,代之而兴的是融融的愉悦。总之,感到的是不能用任何语言表达的温馨。

你还可以便装野服,落拓形迹。白天在外面有时不得不戴着的假面具,完全可以甩掉。有时不得不装腔作势,以求得能适应应对进退的所谓礼貌,也统统可以丢开,还你一个本来面目,圆通无碍,纯然真我。天下之乐,宁有过于此者乎?所有这一切都来自家庭中真正的温馨。

但是,是不是每一个家庭都是温馨天成、唾手可得呢?不,不,绝不是的。家庭中虽有夫妻关系、亲子关系、血缘关系,但是,所有这一些关系，都不能保证温馨气氛必然出现。俗话说：锅碗瓢盆都会相撞。每个人的脾气不一样，爱好不一样，习惯不一样，信念不一样，而且人是活人，喜怒哀乐，时有突变的情况，情绪也有不稳定的时候，特别是在自己的亲人面前，更容易表露出来。有时候为一点芝麻绿豆大的小事，也会意见相左，处理不得法，也能产生龃龉。天天耳鬓厮磨，谁也不敢保证这种情况不会发生。

那么，我们应当怎么办呢？就我个人来看，处理这样清官难断的家务事，说难极难，说不难也颇易。只要能做到"真""忍"二字，虽不中，不远矣。"真"者，真情也。"忍"者，容忍也。我归纳成了几句顺口溜：相互恩爱，相互诚恳，相互理解，相互容忍，出以真情，不杂私心，家庭和睦，其乐无垠。

有人可能不理解，我为什么把容忍强调到这样的高度。要知道，容忍是中华美德之一。我们的往圣先贤，大都教导我们要容忍。民间谚语中，也有不少容忍的内容，教人忍让。有的说法，看似消极，实有积极意义，比如"忍辱负重"，韩信就是一个有名的例子。《唐书》记载，张公艺九世同居，唐高宗问他睦族之道。公艺提笔写了一百多个"忍"字递给皇帝。从那以后，姓张的多自命为"百忍家声"。佛家也十分强调忍辱之要义，经中有很多忍辱仙人的故事。常言道："小不忍则乱大谋"。在家庭中则是"小不忍则乱家庭"。夫妻、父母、子女之间，有时难免有不同的意见，如果一方发点小脾气，你让他（她）一下，风暴便可平息。等到他（她）心态平衡以后，自己会认错的。此时，如果你也不冷静，火冒三丈，轻则动嘴，重则动手，最终可能告到法庭，宣判离婚，岂不大可哀哉！父母兄弟姊妹之间，也有同样的情况。结果，一个好端端的家庭，会弄得分崩离析。这轻则会影响你暂时的情绪，重则影响你的生命前途。难道我这是危言耸听吗？

总之，温馨是家庭不可或缺的气氛，而温馨则是需要培养的。培养之道，不出两端，一真一忍而已。

一九九八年十月二十三日

我的美人观

说清楚一点,就是:我怎样看待美人。

纵观动物世界,我们会发现,在雌雄之间,往往是雄的漂亮、高雅,动人心魄,惹人瞩目。拿狮子来说,雄狮多么威武、雄壮,英气磅礴。如果张口一吼,则震天动地,无怪有人称之为兽中王。再拿孔雀来看,雄的倘一开屏,则遍体金碧耀目,非言语所能形容。仪态万方,令人久久不能忘怀。

但是,一讲到人美,情况竟完全颠倒过来。我们不知道,造物主囊中卖的是什么药。她(他,它)先创造人中雌(女人)。此时她大概心情清爽,兴致昂扬,精雕细琢,刮垢磨光。结果是创造出来的女子美妙、漂亮、悦目、闪光。她看到了自己的作品,左看右看,十分满意,不禁笑上脸庞。

但是,她立刻就想到,只造女人是不行的。这样怎么能传宗接代呢?必须再创造人中雌的对应物人中雄。这样创造活动才算完成。

这样想过,她立即着手创造人中雄。此时,她的心情比较粗疏,因此手法难以细腻。结果是,造出来的人中雄,一反禽兽的标格,显得有点粗陋。连她自己都并不怎样满意。但是,既然造出来了,就只能听之任之,不必再返工了。

到了此时,造物主老年忽发少年狂,决心在本来已经很秀丽、美妙、赏心悦目的人中雌中再创造几个出类拔萃、傲视群雌的超级美人。于是人类中就出现了:

西施、明妃、赵飞燕、貂蝉、二乔、杨贵妃、柳如是、董小宛、陈圆圆。

等等出类拔萃的超级美人。这样一来，在中国老百姓的中国史观中，就凭空增添了几分靓丽，几分滋润，几分光彩，几分清芬。

打油诗一首：

> 中华自古重美人，
> 西施貂蝉论纷纭。
> 美人至今仍然在，
> 各为神州添馨淳。

但是，我还是有问题的。世界文明古国，特别是亚洲文明古国，不止中国一个。为什么只有中国传留下来这么多超级美人，而别的国家则毫无所闻呢？我个人认为，这绝不是一个无足轻重的问题。如果研究比较文化史，这个问题绝对躲不过去的。目前，我对于这个问题考虑得还不够深透。我只能说，中国老百姓的中国史观，是丰富多彩的，有滋有味的，不是一堆干巴巴的相斫书。

我现在越来越不安分了，越来胆子越大了。我想在太岁头上动一下土，探讨一下"美人"这个美字的含义。我没有研究过美学，只记得在很多年以前，中国美学论坛上忽然爆发了一场论战。我以一个外行人的身份，从窗外向论坛上瞥了一眼，只见专家们意气风发，舌剑唇枪争得极为激烈。有的学者主张，美是主观的。有的学者主张，美是客观的。有的学者主张，美是主客观相结合的。像美这样扑朔迷离、玄之又玄的现象或者问题，一向难以得到大家一致同意的结论或者解释的。专家们讨论完了，一哄而散，问题仍然摆在那里，原封未动。

我想从一个我认为是新的观点中解决问题。我认为，美人之所以被称为美人，必然有其异于非美人者。但是，她们也只具有五官四肢，造物主并没有给她们多添上一官一肢，也没有挪动官肢的位

置,只在原有的排列上卖弄了一点手法,使这个排列显得更匀称,更和谐,更能赏心悦目。

美人身上有多处美的亮点,我现在不可能一一研究。我只选其中一个最引人注意的来谈一谈,这就是,细腰的问题。这是一个极老的问题;但是,无论多么古老,也古老不到蒙昧的远古。那时候,人类首要的问题是采集野果,填饱肚子。男女都整天奔波,男女的腰都是粗而又粗的。哪里有什么余裕来要妇女细腰呢?大概到了先秦时期,情况有了改变。《诗经》第一篇中的"苗条(窈窕)淑女,君子好逑"。苗条二字,无论怎样解释也离不开妇女的腰肢。先秦典籍中还有"楚王好细腰,宫中多饿死"的记载。可见此风在高贵不劳动的妇女中已经形成。流风所及,沿袭未断,可以说到今天也并没有停住。

中国古典诗词中,颇有一些描绘美人的文章。其中讲到美人的各个方面,细腰当然不会遗漏。我现在从宋词中选取几个例子,以见一斑。

1. 柳永《乐章集·木兰花》

酥娘一搦腰肢袅,回雪萦尘皆尽妙。几多狎客看无厌,一辈舞童功不(未)到。星眸顾拍(指)精神悄,罗袖迎风身段小。而今长大懒婆娑,只要千金酬一笑。

2. 柳永《乐章集·浪淘沙令》

有(一)个人人,飞燕精神,急锵环佩上华裀。促(拍)尽随红袖举,风柳腰身。

3. 柳永《乐章集·合欢带》

身材儿、早是妖娆,算举(风)措、实难描。一个肌肤浑似玉，更那来、占了千娇。妍歌艳舞，莺惭巧舌，柳妒纤腰。自相逢，便觉韩娥价减，飞燕声消。

4. 柳永《乐章集·少年游》

世间尤物意中人，轻细好腰身。

5. 秦观《淮海集·虞美人影》

妒云恨雨腰肢袅，眉黛不堪重扫。薄幸不来春老，羞带宜男草。

6. 秦观《淮海集·昭君怨》

隔叶乳鸦声软。号（啼）断日斜阴转。杨柳小腰肢，画楼西。

7. 贺方回《万年欢》

吴都佳丽苗而秀，燕样腰身，按舞华茵。

8. 秦观《淮海集·满江红》

越艳风流，占天上、人间第一。须信道，绝尘标致，倾城颜色。翠绾垂螺双髻小。柳柔花媚娇无力。笑从来，到处只闻名，今相识。

9. 辛弃疾《临江仙》

小靥人怜都恶瘦，曲眉天与长颦。沉思欢事惜腰身。枕添离别泪，粉落却深匀。

宋词里面讲到细腰的地方，大体就是这样。遗漏几个地方，无关大局，不影响我的推论。

中国其他古典诗词中，也有关于细腰的叙述。因为同我要谈的主要问题无关，我就不谈了。

我现在的首要任务是解释一下，为什么细腰这个现象会同美联系起来。简捷了当地说一句话，我是想使用德国心理学家 Lipps 的"感情移入"的学说来解决这个问题。比如说，你看一个细腰的美女走在你的眼前，步调轻盈，柔软，好像是子建眼中的洛神。你一时失神，产生了感情移入的效应，仿佛与细腰女郎化为一体，得大喜悦，飘飘欲仙了。真诚的喜悦，同美感是互相沟通的。

赞"代沟"

现在常常听到有人使用"代沟"这个词儿。这个词儿看起来像一个外来语。然而它表达的内容却不限于外国，而是有普遍意义的，中国当然也不能够例外。

青年人怎样议论"代沟"，我不清楚。老年人一谈起来，往往流露出不十分满意的神气，有时候甚至有类似"人心不古，世道浇漓"之类的慨叹。这种神气和慨叹我也有过。我现在是一个地地道道的老年人，老年人的心理状态，我同样也是有的。我们大概都感觉到，在青年人身上有一些东西，我们看着不顺眼；青年人嘴里讲一些话，我们听上去不大顺耳，特别是那一些新造的名词更是特别刺耳。他们的衣着、他们的态度、他们的言谈举动以及接物待人的礼节、他们欣赏的对象和趣味，总之，一切的一切，我们无不觉得不那么顺溜。脾气好一点的老头摇一摇头，叹一口气，脾气不太好的就难免发发牢骚，成为九斤老太的同党了。

如果说有一条沟的话，那么，我们就站在沟的这一边，那一边站的是年轻人。但是若干年以前，我们也曾在沟的那一边站过，站在这一边的是我们的父母、老师、长辈。不知道从什么时候起，好像是在一夜之间，我们忽然站到这边来了。原来站在这边的人，由于自然规律不可抗御，一个个地让出了位置，走向涅槃，空出来的位置由我们来递补。有如秋后的树木，落叶渐多，枝头渐空，全身都在秋风里，只有日渐凋零了。这一个过程是非常非常微妙的，好像一点痕迹都没有留下，然而它确实是存在的。

站在沟这一边的老人，往往有一些杞忧。过去老人喜欢说一些

世风日下之类的话，其尤甚者甚至缅怀什么羲皇盛世。现在这种人比较少了，但是类似这样的感慨还是有的。我在这一方面似乎更特别敏感。最近几年，我曾数次访问日本。年纪大一点的日本朋友对于中国文化能够理解，能够欣赏，他们感谢中国文化带给日本的好处，感激之情，溢于言表。中国古代的诗词和书画，他们熟悉。他们身上有一股"老"味，让我们觉得很亲切。然而据日本朋友说，现在的年轻人可完全不是这个样子了。中国古代的那一套，他们全不懂，全不买账，他们喝咖啡，吃西餐，一切唯西方马首是瞻。同他们交往，他们的身上有一股"新"味，这种"新"味使我觉得颇不舒服。我自己反复琢磨，中日交往垂二千年。到了近代，日本虽然进行了改革，成为世界上头号经济强国，但是在过去还多少有点共同语言。好像在一夜之间，忽然从地里涌出了一代"新人类"，同过去几乎完全割断了纽带联系。同这一群新人打交道，我简直手足无所措。这样下去，我们两国不是越来越疏远吗？为什么几千年没有变，而今天忽然变了呢？我冥思苦想，不得其解。

在中国，我也有这种杞忧。过去，当我站在沟的那一边的时候，我虽然也感到同沟这一边的老年人有点隔阂，但并不认为十分严重；然而到了今天，世界变化空前加速，真正是一天等于二十年，我来到了沟的这一边，顿时觉得沟那一边的年轻人也颇有"新人类"的味道。他们所作所为，很多我都觉得有点难以理解。男女自由恋爱在封建时期是不允许的；在1949年前允许了，但也多半不敢明目张胆。如果男女恋人之间接一个吻，恐怕也要秘密举行。然而今天呢，青年们在光天化日之下，大庭广众之间，公然拥抱接吻，坦然，泰然，甚至还有比这更露骨的举动，我看了确实感到吃惊，又觉得难以理解。我原来自认为脑筋还没有僵化，同九斤老太划清了界限。曾几何时，我也竟成了她的"同路人"，岂不大可异哉！又岂不大可哀哉！

不管从世界范围来看，还是从中国范围来看，代沟自古以来就存在；任何国家，任何时代，都是不可避免的。然而，根据我个人感觉，好像是"自古已然，于今为烈"，好像任何时候也没有今天这样明显。青年老年之间存在的好像已经不是沟，而是长江大河，其中波涛汹涌，难以逾越，我们两代人有点难以互相理解的势头了。为代沟而杞忧者自古就有，今天也绝不乏人。我也是其中之一，而且还可能是"积极分子"。

说了上面这一些话以后，倘若有人要问："你对代沟抱什么态度呢？"答曰："坚决拥护，竭诚赞美！"

试想一想：如果没有代沟，青年人和老年人完全一模一样，人类的进步表现在什么地方呢？再往上回溯一下，如果在猴子中间没有代沟，所有的猴子都只能用四条腿在地上爬行，哪一只也决不允许站立起来，哪一只也决不允许使用工具劳动，某一类猴子如何能转变成人呢？从语言方面来讲，如果不允许青年们创造一些新词，我们的语言如何能进步呢？孔老夫子说的话如果原封不动地保留到今天，这种情况你能想象吗？如果我们今天的报纸杂志孔老夫子这位圣人都完全能懂，这是可能的吗？人类社会在不停地变化，世界新知识日新月异，如果不允许创造新词，那么，语言就不能表达新概念、新事物，语言就失去存在的意义了，这种情况是可取的吗？总之，代沟是不可避免的，而且是十分必要的。它标志着变化，它标志着进步，它标志着社会演化，它标志着人类前进。不管你是否愿意，它总是要存在的，过去存在，现在存在，将来也还要存在。

因此，我赞美代沟，用满腔热忱来赞美代沟。

一九八七年四月二十九日上海华东师大

笑着走

走者，离开这个世界之谓也。赵朴初老先生，在他生前曾对我说过一些预言式的话。比如，1986年，朴老和我奉命陪班禅大师乘空军专机赴尼泊尔公干。专机机场在大机场的后面。当我同李玉洁女士走进专机候机大厅时，朴老对他的夫人说："这两个人是一股气。"后来又听说，朴老说：别人都是哭着走，独独季羡林是笑着走。这一句话给我留下了很深的印象。我认为，他是十分了解我的。

现在就来分析一下我对这一句话的看法。应该分两个层次来分析：逻辑分析和思想感情分析。

先谈逻辑分析。

江淹的《恨赋》最后两句是："自古皆有死，莫不饮恨而吞声。"第一句话是说，死是不可避免的。对待不可避免的事情，最聪明的办法是，以不可避视之，然后随遇而安，甚至逆来顺受，使不可避免的危害性降至最低点。如果对生死之类的不可避免性进行挑战，则必然遇大灾难。"服食求神仙，多为药所误"。秦皇、汉武、唐宗等等是典型的例子。既然非走不行，哭又有什么意义呢？反不如笑着走更使自己洒脱满意愉快。这个道理并不深奥，一说就明白的。我想把江淹的文章改一下：既然自古皆有死，何必饮恨而吞声呢？

总之，从逻辑上来分析，达到了上面的认识，我能笑着走，是不成问题的。

但是，人不仅有逻辑，他还有思想感情。逻辑上能想得通的，思想感情未必能接受。而且思想感情的特点是变动不拘。一时冲动，往往是靠不住的。因此，想在思想感情上承认自己能笑着走，必须有长期的磨炼。

在这里，我想，我必须讲几句关于朴老的话。不是介绍朴老这个人。"天下谁人不识君"。朴老是用不着介绍的。我想讲的是朴老的"特异功能"。很多人都知道，朴老一生吃素，不近女色，他有特异功能，是理所当然的。他是虔诚的佛教徒，一生不妄言。他说我会笑着走，我是深信不疑的。

我虽然已经九十五岁，但自觉现在讨论走的问题，为时尚早。再过十年，庶几近之。

二〇〇六年三月十九日

我害怕"天才"

人类的智商是不平衡的,这种认识已经属于常识的范畴,无人会否认的。不但人类如此,连动物也不例外。我在乡下观察过猪,我原以为这蠢然一物,智商都一样,无所谓高低的。然而事实上猪们的智商颇有悬殊。我喜欢养猫,经我多年的观察,猫们的智商也不平衡,而且连脾气都不一样,颇使我感到新奇。

猪们和猫们有没有天才,我说不出。专就人类而论,什么叫作"天才"呢?我曾在一本书里或一篇文章里读到过一个故事。某某数学家,在玄秘深奥的数字和数学符号的大海里游泳,如鱼得水,圆融无碍。别人看不到的问题,他能看到;别人解答不了的方程式之类的东西,他能解答。于是众人称之为"天才"。但是,一遇到现实生活中的问题,他的智商还比不了一个小学生。比如猪肉三角三分一斤,五斤猪肉共值多少钱呢?他瞠目结舌,无言以对。

因此,我得出一个结论:"天才"即偏才。

在中国文学史或艺术史上,常常有几"绝"的说法。最多的是"三绝",指的是诗、书、画三绝。所谓"绝",就是超越常人,用一个现成的词儿,就是"天才"。可是,如果仔细分析起来,这个人在几绝中只有一项,或者是两项是真正的"绝",为常人所不能及,其他几绝都是为了凑数凑上去的。因此,所谓"三绝"或几绝的"天才",其实也是偏才。

可惜古今中外参透这一点的人极少极少,更多的是自命"天才"的人。这样的人老中青都有。他们仿佛是从菩提树下金刚台上走下来的如来佛,开口便昭告天下:"天上天下,唯我独尊。"这种人最多是在某一方面稍有成就，便自命不凡起来，看不起所有的人，一副"天才气"，催人欲呕。这种人在任何团体中都不能团结同仁，有的竟成为害群之马。从前在某个大学中有一位年轻的历史教授，自命"天才"，瞧不起别人，说这个人是"狗蛋"，那个人是"狗蛋"。结果是投桃报李，群众联合起来，把"狗蛋"的尊号恭呈给这个人，他自己成了"狗蛋"。

这样的人在当今社会上并不少见，他们成为社会上不安定的因素。

蒙田在一篇名叫《论自命不凡》的随笔中写道：

> 对荣誉的另一种追求，是我们对自己的长处评价过高。这是我们对自己怀有的本能的爱，这种爱使我们把自己看得和我们的实际情况完全不同。

我绝不反对一个人对自己本能的爱。应该把这种爱引向正确的方向。如果把它引向自命不凡，引向自命"天才"，引向傲慢，则会损己而不利人。

我害怕的就是这样的"天才"。

一九九九年七月二十五日

病中琐谈

目中无人

中国的成语"目中无人"是一个贬义词,意思是狂妄自大,把谁都不放在眼中,天上天下,唯我独尊。这是心理上的"目中无人",是一种要不得的恶习。我现在居然也变成了"目中无人"了;但是,我是由于生理上的原因,患了眼疾,看人看不清楚。这同心理上的毛病有天渊之别。

大约在十年前,由于年龄的原因,我的老年性白内障逐渐发作,右眼动了手术。手术是非常成功的。但是,随着年龄的增长,我已年届九旬,右眼又突然出了毛病,失去视力,到了伸手难见五指的程度,仅靠没有动过手术的左眼不到0.1的视力,勉强摸索着活动,形同半个盲人。古人有诗句:"老年花似雾中看",当年认为这是别人的事,现在却到自己眼前来了。窗前我自己种的那一棵玉兰花,今年是大年,总共开了二百多朵花,那情景应该说是光辉灿烂的,可惜我已无法享受,只看到了白白的几朵花的影子,其余都是模糊一团了。"春风杨柳万千条",现在正是嫩柳鹅黄的时节;可是,我也只能看到风中摇摆着一些零乱的黑丝条而已。即使池塘中的季荷露出了尖尖角的时候,我大概也只能影影绰绰地看到几点绿点罢了。

这痛苦不痛苦呢?谁也会想到,这绝不是愉快的。我本是一个性急固执有棱有角的人,但是,将近九十年的坎坷岁月,把我的性子已经磨慢,棱角已经磨得圆了许多;虽还不能就说是一个琉璃球,然而相距已不太远矣。现在，在眼睛出了毛病的情况下，说内心完全平静，那不是真话。但是，只要心里一想急，我就祭起了我的法宝，法宝共有两件：一是儒家的"既来之，则安之"，一是道家的顺其自然。你别说，这法宝还真灵。只要把它一祭起，心中立即微波不兴，我对一切困难都处之泰然了。

　　同时，我还会想到就摆在眼前的几个老师的例子。陈寅恪先生五十来岁就双目失明，到了广州以后，靠惊人的毅力和记忆力，在黄萱女士的帮助下，写成了一部长达七八十万字的《柳如是别传》，震动了学坛。冯友兰先生耄耋之年失明，也靠惊人的毅力，口述写成了《中国哲学史新编》，摆脱了桎梏，解放了思想，信笔写来，达到了空前的大自在的水平，受到了学术界的瞩目。另一位先生是陈翰笙教授，他身经三个世纪，今年已经是一百零五岁，成为稀有的名副其实的人瑞。他双目失明已近二十年；但从未停止工作，在家里免费教授英文，学者像到医院诊病一样，依次排队听课。前几年，在庆祝他百岁华诞的时候，请他讲话，他讲的第一句话却是："我要求工作！"在场的人无不为之动容。我想，以上三个例子就足以说明，一个人，即使是双目失明了，是仍然能够做出极有意义的事情。

　　再说到我自己，从身体状态来看，从心理状态来瞧，即使眼前眼睛有了点毛病，但同失明是绝不会搭界的。一个九旬老人，身体上有点毛病，纯属正常；不这样，反而会成为怪事。因此，我只有听之、任之、安之，决不怨天尤人。古书上说：否极泰来。我深信，泰来之日终会来临。到了那时，我既不在心理上"目中无人"，也不在生理上"目中无人"，岂不猗欤休哉！

　　我现在在这里潜心默祷，愿天下善男、信女、仁人、志士无论是在生理上还是在心理上都不"目中无人"，大千世界，礼仪昌明，天下太平，共同努力，把这个小小的地球村整治成地上乐园。

大放光明

　　幼年时候，我喜欢读唐代诗人刘梦得的诗《赠眼医婆罗门僧》：

名家作品精选

  三秋伤望远,终日泣途穷。
  两目今先暗,中年似老翁。
  看朱渐成碧,羞日不禁风。
  师有金篦术,如何为发蒙?

  觉得颇为有趣。一个印度游方郎中眼医,不远万里,跋山涉水,来到中国行医,如果把他的经历写下来,其价值恐怕不会低于《马可波罗游记》。只可惜,我当年目光如炬,"欲穷千里目",易如反掌;对刘梦得的处境和心情,一点都不理解,以为这不过是中印文化交流史上的一件不大不小的事迹而已。没有同病,焉能相怜!
  约莫在十几年前,我已步入真正的老境,身心两个方面,都感到有点力不从心了。眼睛首先出了问题,看东西逐渐模糊了起来。"看朱渐成碧"的经历我还没有过;但是,红绿都看不清楚,则是经常的事。经过了"十年浩劫"的炼狱,穷途之感是没有了;但是,以眼泪洗面则时常会出现。求医检查,定为白内障。白内障就白内障吧,这是科学,不容怀疑。我是一个随遇而安的乐天派,觉得人生有点白内障也是难免的。有了病,就得治,那种同疾病做斗争的说法或做法,为我所不解。谈到治,我不禁浮想联翩,想到了唐代的刘梦得和那位眼医婆罗门僧。我不知道金篦术是什么样的方法。估计在一千多年前是十分先进的手术,而今则渺矣茫矣,莫名其妙了。在当时,恐怕金篦术还真有效用,否则刘梦得也绝不会赋诗赞扬。常言道:到什么时候说什么话,今天只能乞灵于最新的科学技术了。说到治白内障,在今天的北京,最有权威的医院是同仁。在同仁,最有权威的大夫是有"北京第一刀"之誉的施玉英大夫。于是,我求到了施大夫门下,蒙她亲自主刀,仅用二十分钟就完成了手术。但只做了右眼的手术,左眼留待以后,据说这是正常的做法。不管怎样,我能看清东西了。虽然两只眼睛视力相差悬殊,右眼是0.6,左眼是0.1,一明一暗,两只眼睛经常闹点小矛盾。但是,我

148

毕竟能写字看书了，着实快活了几年。

但是，天有不测风云，人有旦夕祸福。近些日子，明亮的右眼突然罢了工，眼球后面长出了一层厚膜，把视力挡住，以致伸手不见五指。中石（欧阳）的右眼也有点小毛病，尝自嘲"无出其右者"，我现在也有了深切类似的感受。但是，祸不单行，左眼的视力也逐渐下降，现在已经达不到 0.1 了。两只眼通力协作，把我制造成了一个半盲人。严重的程度，远远超过了刘梦得，我本来已是老翁，现在更成了超级老翁了。

有颇长的一段时间，我在昏天黑地中过日子。我本来还算是一个谦恭的人，现在却变成了"目中无人"，因为，即使是熟人，一米之内才能分辨出庐山真面目。我又变成了"不知天高地厚"，上不见蓝天，下不见脚下的土地，走路需要有人搀扶，一脚高，一脚低，踉跄前进。两个月前，正是阳春三月，燕园中一派大好风光。嫩柳鹅黄，荷塘青碧；但是，这一切我都无法享受。小蔡搀扶着我，走向湖边，四顾茫然。柳条勉强能够看到，只像是一条条的黑线。数亩方塘，只能看到潋滟的水光中一点波光。我最喜爱的二月兰，就在脚下，但我却视而不见。我问小蔡，柳条发绿了没有？她说，不但发绿了，而且柳絮满天飞舞了；我却只能感觉，一团柳絮也没有看到。我手植的玉兰花，今年是大年，开了一百多朵白花，我抬头想去欣赏，也只能看到朦朦胧胧的几团白色。我手植的季荷是我最关心的东西，我每天都追问小蔡，新荷露了尖尖角没有？但是，荷花性子慢，迟迟不肯露面。我就这样过了一个春天。

有病必须求医，这是常识，而求医的首选当然依然是同仁医院，是施玉英大夫。可惜施大夫因事离京，我等候了相当长的一段时间，心中耐不住，奔走了几个著名的大医院。为我检查眼睛的几个著名的眼科专家，看到我动过手术的右眼，无不同声赞赏施玉英大夫手术之精妙。但当我请他们给我治疗时，又无不同声劝我，还是等施大夫。这样我只好耐着性子等候了。

施大夫终于回来了。我立马赶到同仁医院，见到了施大夫。经

过检查,她说:"右眼打激光,左眼动手术!"斩钉截铁;没有丝毫游移,真正是"指挥若定识萧曹"的大将风度。我一下子仿佛吃了定心丸。

但这并不真能定心,只不过是知道了结论而已。对于这两个手术我是忐忑不安的。因为我患心律不齐症已有四十余年,虽然始终没有发作过;但是,正如我一进宫(第一次进同仁的戏称)时施玉英大夫所说的那样,四十年不发作,不等于永远不发作。不怕一万,就怕万一,万一在手术台上心房一颤动,则在半秒钟内,一只眼就会失明,万万不能掉以轻心。现在是二进宫了,想到施大夫这几句话,我能不不寒而栗吗?何况打激光手术,我完全不知道是怎么一回事,恍兮惚兮,玄妙莫测。一想到这一项新鲜事物,我心里能不打鼓吗?

总之,我认为,这两项手术都是风云莫测的,都包含着或大或小的危险性,我应当做好充分的思想准备,事实上,我也确实做了细致和坚定的思想准备。

谈到思想准备,无非是上、中、下三种。上者争取两项手术都完全成功。对此,基于我在上面讲的危险情况,我确实一点把握都没有。中者指的是一项手术成功,一项失败。这个情况我认为可能性最大。不管是保住左眼,还是保住右眼,只要我还能看到东西,我就满意了。下者则是两项手术全都失败。这情况虽可怕,然而可能性确实是存在的。为了未雨绸缪,我甚至试做赛前的热身操。我故意长时间地闭上双目,只用手来摸索。桌子上和窗台上的小摆设,对我毫无用处了,我置之不摸。书本和钢笔、铅笔,也不能再为我服务了,我也不去摸它们。我只摸还有点用的刀子和叉子,手指尖一阵冰凉,心里感到颇为舒服。我又痴想联翩,想到国外一些失明的名人,比如鲁迅的朋友俄国盲诗人爱罗先珂。我又想到自己几位失明的师辈。冯友兰先生晚年目盲,却写出崭新的《中国哲学史新编》,思想解放、挥洒自如,成为一生绝唱。年已一百零五岁的陈翰笙先生,在庆祝他百年诞辰时,虽已目盲多年,却仍然要求工作。

陈寅恪先生忧患一生，晚年失明，却写出了长达七八十万字的《柳如是别传》，为士林所称绝。类似的例子，还可以举出一些来。但是，我觉得，这几个例子已经够了，已经足以警顽立懦，振聋发聩了。

以上都只是幻想。幻想终归是幻想，我还是回到现实中来吧。现实就是我要二进宫，再回到同仁医院。当年一进宫的时候，我坐车中，心神不定，不知是出于什么原因，无端背诵起来了苏东坡的"明月几时有？把酒问青天"这一首词，往复背诵了不知道多少遍，一直到走下汽车，躺在手术台上，我又无端背诵起来了苏词"缥缈红妆照浅溪"一首，原因至今不明。

我这一出一进宫，只是为了做一个手术，却唱了十七天。这一出二进宫，是想做两个手术，难道真让我唱上三十四天吗？可是我真正万万没有想到，我进宫的第二天早晨，施大夫就让人通知我，下午一点做白内障手术，后来又提前到十二点。这一次我根本没有诗兴，根本没有想到东坡词。一躺上手术台，施大夫同我聊了几句闲天："季老！你已经迫近九十高龄，牙齿却还这样好。"我答曰："前面排牙是装饰门面的，后面的都已支离破碎了。"于是手术开始，不到二十分钟便胜利结束，让我愉快地吃了一惊。

过了几天，我又经历了一次愉快的吃惊。刚吃完午饭，正想躺下午休，推门进来了一位大夫，不是别人，正是施玉英大夫本人，后面跟着一位柴大夫，这完全出我意料。除了查房外，施大夫是不进病房的。她通知我，待一会儿下午一点半做打激光手术。我惊诧莫名，但心里立即紧张起来。我听一个过来人说过，打激光要扎麻药，打完后，第一夜时有剧痛，须服止痛药，才能勉强熬住，过一两天，还要回医院检查。手续麻烦得很哩。但是，箭在弦上，不能不发，我硬着头皮，准时到了手术室，两位大夫都在。施大夫让我坐在一架医院到处都有的检查眼睛的机器旁，我熟练地把下巴颏儿压在一个盘状的东西上，心里想，这不过是手术前照例的检查，下一道手续应该是扎麻药针了。柴大夫先坐在机器的对面，告诉我，

右眼球不要动,要向前看。只听得啪啪几声响。施大夫又坐在那个位子上,又只是啪啪几声,前后不到几秒钟,两个大夫说:"手术完了!"我吃惊得目瞪口呆:"怎么完了?"我以为大头还在后面哩。我站了起来,睁眼环顾四周,眼前大放光明了。几秒钟之隔,竟换了一个天地,我首先看到了施大夫。我同这一位为我发蒙的大恩人,做白内障手术已达两万多例的,名满天下的女大夫,打交道已有数年之久;但是,她的形象在我眼中只是一个影子。今天,她活灵活现地站在我眼前,满面含笑。我又是一惊:"她怎么竟是这样年轻啊!"我目光所及,无不熠熠闪光。几秒钟前,不见舆薪,而今却能明察秋毫。回到病房,看到陆燕大夫,几天来,她的庐山真面目,似乎总是隐而不彰,现在看到她是一个二十岁刚出头的年轻少女,当年杜甫闻官军收复河南河北而"漫卷诗书喜欲狂"。我眼前虽没有诗书可卷,而"喜欲狂"则是完全相同的。

　　回到燕园,时隔只有九天,却仿佛真正换了人间。临走时,一切都是模模糊糊的,回来时却一切都清清楚楚,都在光天化日之下了。天空更蓝,云彩更白;山更青,水更碧;小草更绿,月季更红;水塔更显得凌空巍然,小岛更显得蓊郁葳蕤。所有这一切,以前都似乎没有看得这样清清白白,今天一见,俨然如故友重逢了。

　　楼前的一半种了季荷的大池塘,多少年来,特别是近半年以来,在我眼中,只是扑朔迷离,模糊一团,现在却明明白白,清清晰晰地奔来眼底。塘边垂柳,枝条万千,倒影塘中,形象朗然。小鱼在树影中穿梭浮游,有时似爬上枝条,有时竟如穿透树干。水面上的黑色长腿的小虫,一跳一跳地往来游戏。荷塘中莲叶已田田出水,嫩绿满目,水中游鱼大概正在"游戏莲叶间"吧。可惜这情景不但现在看不到,连以前也是难以看到的。

　　走进家中,我多日想念的小猫们列队欢迎。它们真也像想念我多日了。现在挤在一起,在我脚下,钻来钻去。有的用嘴咬我的裤腿脚,有的用毛茸茸的身子在我腿上蹭来蹭去,有的竟跳上桌子,用软软的小爪子拍我的脸。一时白光闪闪,满室生春,我顾而乐不可支。我养的小猫都是从我家乡山东临清带来的纯种波斯猫，纯白色，其中有一些是两只眼睛颜色不同的，一黄一碧，俗称金银眼或鸳鸯眼。这是波斯猫的特征之一。但是，在我长期半盲期间，除非把小猫脑袋抱在逼近我眼前，我是看不出来的。平常只觉得猫眼浑然一体而已。现在，自己的眼睛大放光明了，小猫在我眼中形象也随之大变，它们瞪大了圆圆的眼睛瞅着我，黄碧荧然，如同初见，我真正惊喜莫名了。

总之，花花世界，万紫千红，大放光明，尽收眼中。我真想手之舞之，足之蹈之了。

我真觉得，大千世界是美妙的。

我真觉得，人间是秀丽的。

我真觉得，生活是可爱的。

所有这一切都是二进宫的产物。我现在唯有祈祷上苍，千万不要让我三进宫。

西苑医院

以后，出我意料地平静了一个时期。大概在两年前，全身忽然发痒，夜里更厉害。问了问身边的友人，患此症者，颇不乏人。有人试过中医，有人试过西医，大都不尽如人意。只能忍痒负重，勉强对付。至于我自己，我是先天下之痒而痒，而且双臂上渐出红点。我对病的政策一向是拖，不是病拖垮了我，就是我拖垮了病。这次也拖了几天。但是，看来病的劲比我大，决心似乎也大。有道是"好汉不吃眼前亏"，我还是屈服吧。

屈服的表现就是到了西苑医院。

西苑医院几乎同北大是邻居。在全国中医院中广有名声。而且那里有一位大夫是公认为皮肤科的权威，他就是邹铭西大夫。我对他的过去了解不多，我不知道他同赵炳南的关系。是否有师弟之谊，是否同一个门派，统统不知道。但是，从第一次看病起，我就发现

邹大夫的一些特点。他诊病时，诊桌旁也是坐满了年轻的大夫、研究生、外来的学习者。邹大夫端居中央，众星拱之。按常识，存在决定意识，他应该傲气凌人，顾盼自雄。然而，实际却正相反。他对病人笑容满面，和颜悦色，一点大夫容易有的超自信都不见踪影。有一位年老的身着朴素的女病人，腿上长着许多小水泡，有的还在流着脓。但是，邹大夫一点也不嫌脏，亲手抚摩患处。我是个病人，我了解病人心态。大夫极细微的面部表情，都能给病人极大的影响。眼前他的健康，甚至于生命就攥在大夫手里，他焉得而不敏感呢？中国有一个词儿，叫作"医德"。医德是独立于医术之外的一种品质。我个人想，在治疗过程中，医德和医术恐怕要平分秋色吧。

我把我的病情向邹大夫报告清楚，并把手臂上的小红点指给他看。他伸手摸了摸，号了号脉，然后给我开了一副中药。回家煎服，没有过几天，小红点逐渐消失了。不过身上的痒还没有停止。我从邹大夫处带回来几瓶止痒药水，使用了几次，起初有用，后来就逐渐失效。接着又从友人范曾先生处要来几瓶西医的止痒药水，使用的结果同中医的药水完全相同，我没有别的办法，只好交替使用，起用了我的"拖病"的政策。反正每天半夜里必须爬起来，用自己的指甲，浑身乱搔。痒这玩意儿也是会欺负人的：你越搔，它越痒。实在不胜其烦了，决心停止，强忍一会儿，也就天下太平了。后背自己搔不着，就使用一种山东叫痒痒挠的竹子做成的耙子似的东西。古代文人好像把这玩意儿叫"竹夫人"。

这样对付了一段时间，我没有能把病拖垮，病却似乎要占上风。我两个手心里忽然长出了一层小疙瘩，有点痒，摸上去皮粗，极不舒服。这使我不得不承认，我的拖病政策失败了，赶快回心向善，改弦更张吧。

艰苦挣扎

在从那时以后的十几二十天里是我一生思想感情最复杂最矛盾

最困惑的时期之一。总的心情,可以归纳成两句话:侥幸心理,掉以轻心、蒙混过关的想法与担心恐惧、害怕病情发展到不知伊于胡底的心理相纠缠;无病的幻像与有病的实际相磨合。

中国人常使用一个词儿"癣疥之疾",认为是无足轻重的。我觉得自己患的正是"癣疥之疾",不必大惊小怪。在身边的朋友和大夫口中也常听到类似的意见。张衡就曾说过,只要撒上白矾末,第二天就能一切复原。北大校医院的张大夫也说,过去某校长也患过这样的病,住在校医院里输液,一个礼拜后就出院走人。同时,大概是由于张大夫给了点激素吃,胃口忽然大开,看到食品,就想狼吞虎咽,自己认为是个吉兆。又听我的学生上海复旦的钱文忠说,毒水流得越多,毒气出得越多,这是好事,不是坏事。所有这一切都是我爱听的话,很符合我当时苟且偷安的心情。

但这仅仅是事情的一面,事情还有另外一面。水泡的声威与日俱增,两手两脚上布满了泡泡和黑痂。然而客人依然不断,采访的、录音、录像的,络绎不绝。虽经玉洁奋力阻挡,然而,撼山易,撼这种局面难。客人一到,我不敢伸手同人家握手,怕传染了人家,而且手也太不雅观。道歉的话一天不知说多少遍,简直可以录音播放。我最怕的还不是说话,而是照相,然而照相又偏偏成了应有之仪,有不少人就是为了照一张相,不远千里跋涉而来。从前照相,我可以大大方方,端坐在那里,装模作样,电光一闪,大功告成。现在我却嫌我多长了两只手。手上那些东西能够原封不动地让人照出来吗?这些东西,一旦上了报,上了电视,岂不是一失足成千古恨了吗?因此,我一听照相就觳觫不安,赶快把双手藏在背后,还得勉强"笑一笑"哩。

这样的日子好过吗?

静夜醒来,看到自己手上和脚上这一群丑类,心里要怎么恶心就怎么恶心;要怎样头痛就怎样头痛。然而却是束手无策。水泡长到别的地方,我已经习惯了。但是,我偶尔摸一下指甲盖,发现里面也充满了水,我真有点毛了。这种地方一般是不长什么东西的。

今天忽然发现有了水,即使想用针去扎,也无从下手。我泄了气。

我蓦地联想到一件与此有点类似的事情。20世纪50年代后期全国人民头脑发热的时候,在北京号召全城人民打麻雀的那一天,我到京西斋堂去看望下放劳动的干部,适逢大雨。下放干部告诉我,此时山上树下出现了无数的蛇洞,每一个洞口都露出一个蛇头,漫山遍野,蔚为宇宙奇观。我大吃一惊,哪敢去看!我一想到那些洞口的蛇头,身上就起鸡皮疙瘩。我眼前手脚上的丑类确不是蛇头,然而令我厌恶的程度绝不会小于那些蛇头。可是,蛇头我可以不想看,而这些丑类却就长在我身上,如影随形,时时跟着你。我心里烦到了要发疯的程度。我真想拿一把板斧,把双手砍掉,宁愿不要双手,也不要这些丑类!

我又陷入了病与不病的怪圈。手脚上长了这么多丑恶的东西,时常去找医生,还要不厌其烦地同白矾和中草药打交道,能说不是病吗?即使退上几步,说它不过是癣疥之疾,也没能脱离了病的范畴。可是,在另一方面,能吃能睡,能接待客人,能畅读,能照相,还能看书写字,读傅彬然的日记,张学良的口述历史,怎么能说是病呢?

左右考虑,思绪不断,最后还是理智占了上风,我不得不承认,自己是在病中了。

三○一医院

结论一出,下面的行动就顺理成章了:首先是进医院。

于是就在我还有点三心二意的情况下,玉洁和杨锐把我裹挟到了301医院,找我的老学生这里的老院长牟善初大夫,见到了他和他的助手、学生和秘书那位秀外慧中活泼开朗的周大夫。

这里要加上一段插曲。

去年12月我曾来这里住院,治疗小便便血。在12月31日一年的最后一天,我才离开医院。那一次住的是南八楼,算是准高干病房，设备不错而收费却高。再上一层，才是真正的高干病房，病人须是部队少将以上的首长，文职须是副部级以上的干部。玉洁心有所不平，见人就嚷嚷，以至于最后传到了中央几个部的领导耳中。中组部派了一位局长来到我家，说1982年我已经被定为副部级待遇。由于北大方面在某一个环节上出了点问题，在过去二十年中，校领导更换了几度，谁也不知此事。现在真相既已大白，我可以名正言顺地住进真正的高干病房来了。但是，这里的病房异常紧张。我们坐在善初的办公室里，他亲自打电话给林副院长，林立即批准，给我在呼吸道科病房里挤出了一间房子，我们就住了进来，正式名称是301医院南楼一病室（ward）十三床。据说，许多部队的高级将领都曾在这里住过。病室占了整整一层楼，共有十八个房间，每间约有五六十平方米。这样大的病房，我在北京各大医院还没有看到过。还有一点特别之处，这里把病人都称为"首长"，连书面通知文件上也不例外。事实上，这里的病人确乎都是首长。只有现在我一个文职人员。一个教书匠，无端挤了进来，自己觉得有点滑稽而已，有时也有受宠若惊之感。这里警卫极为森严，楼外日夜有解放军站岗，想进来是不容易的。

人虽然住进来了，但是问题还并没有最后解决。医院的皮肤科主任李恒进大夫心头还有顾虑，他不大愿意接受我这个病人。刚搬进十三号病房时，本院的眼科主任魏世辉大夫有事来找我，他们俩是很要好的朋友。李大夫说，北大三院水平高，那里还有皮肤科研究所。但是魏大夫却笑着说："你是西医皮肤科权威大夫之一。你是怕给季羡林治病治不好，砸了牌子！"最后，李大夫无话可说，笑了一笑，大局就这样敲定了。

死的浮想

但是，我心中并没有真正达到我自己认为的那样的平静，对生死还没有能真正置之度外。

就在住进病房的第四天夜里,我已经上了床躺下,在尚未入睡之前我偶尔用舌尖舔了舔上颚,蓦地舔到了两个小水泡。这本来是可能已经存在的东西,只是没有舔到过而已。今天一旦舔到,忽然联想起邹铭西大夫的话和李恒进大夫对我的要求,舌头仿佛被火球烫了一下,立即紧张起来。难道水泡已经长到咽喉里面来了吗?

我此时此刻迷迷糊糊,思维中理智的成分已经所余无几,剩下的是一些接近病态的本能的东西。一个很大的"死"字突然出现在眼前,在我头顶上飞舞盘旋。在燕园里,最近十几年来我常常看到某一个老教授的门口开来救护车,老教授登车的时候心中做何感想,我不知道,但是,在我心中,我想到的却是"风萧萧兮易水寒,壮士一去兮不复还!"事实上,复还的人确实少到几乎没有。我今天难道也将变成了荆轲吗?我还能不能再见到我离家时正在十里飘香绿盖擎天的季荷呢!我还能不能再看到那一个对我依依不舍的白色的波斯猫呢?

其实,我并不是怕死。我一向认为,我是一个几乎死过一次的人。"十年浩劫"中,我曾下定决心"自绝于人民"。我在上衣口袋里,在裤子口袋里装满了安眠药片和安眠药水,想采用先进的资本主义自杀方式,以表示自己的进步。在这千钧一发之际,押解我去接受批斗的牢头禁子猛烈地踢开了我的房门,从而阻止了我到阎王爷那里去报到的可能。批斗回来以后,虽然被打得鼻青脸肿,帽子丢掉了,鞋丢掉了一只,身上全是革命小将,也或许有中将和老将吐的痰。游街仪式完成后,被一脚从汽车上踹下来的时候、躺在11月底的寒风中,半天爬不起来。然而,我"顿悟"了。批斗原来是这样子呀!是完全可以忍受的。我又下定决心,不再自寻短见,想活着看一看,"看你横行到几时"。

一个人临死前的心情,我完全有感性认识。我当时心情异常平静,平静到一直到今天我都难以理解的程度。老祖和德华谁也没有发现,我的神情有什么变化。我对自己这种表现感到十分满意,我自认已经参透了生死奥秘,渡过了生死大关,而沾沾自喜,认为自己已经修养得差不多了，已经大大地有异于常人了。

然而黄铜当不了真金，假的就是假的，到了今天，三十多年已经过去了，自己竟然被上颚上的两个微不足道的小水泡吓破了胆，使自己的真相完全暴露于光天化日之下，这完全出乎我的意料。我自己辩解说，那天晚上的行动只不过是一阵不正常的歇斯底里爆发。但是正常的东西往往富于不正常之中。我虽已经痴长九十二岁，对人生的参透还有极长的距离。今后仍须加紧努力。

病房里的日常生活

上面谈的都可以算做大事，现在谈一些细事。

关于我现在住的病房，上面已经写了简要的介绍，这里不再重复了。我现在只谈一谈我的日常生活。

我活了九十多岁，平生播迁颇多，适应环境的能力因而也颇强。不管多么陌生的环境，我几乎立刻就能适应。现在住进了病房，就好像到了家一样。这里的居住条件，卫生条件，等等，都是绝对无可指责的。我也曾住过，看过一些北京大医院的病房，只是卫生一个条件就相形见绌。我对这里十分满意，自然就不在话下了。

在十八间病房里住的真正的首长，大都是解放军的老将军，年龄都低于我，可是能走出房间活动的只不过寥寥四五人。偶尔碰上，点头致意而已。但是，我对他们是充满了敬意的。解放军是中国人民的"新的长城"，又是世界和平的忠诚的保卫者。在解放军中立过功的老将，对他们我焉能不极端尊敬呢？

至于我自己的日常生活，我是一个比较保守的人，几十年形成的习惯，走到哪里也改不掉。我每天照例四点多起床，起来立即坐下来写东西。在进院初，当手足上的丑类还在飞扬跋扈的时候，我也没有停下。我的手足有问题，脑袋没有问题。只要脑袋没问题，文章就能写。实际上，我从来没有把脑袋投闲置散，我总让它不停地运转。到了医院，转动的频率似乎更强了。无论是吃饭，散步，

接受治疗，招待客人，甚至在梦中，我考虑的总是文章的结构，遣词，造句等与写作有关的问题。我自己觉得，我这样做，已经超过了平常所谓的打腹稿的阶段，打来打去，打的几乎都是成稿。只要一坐下来，把脑海里缀成的文字移到纸上，写文章的任务就完成了。

七点多吃过早饭以后，时间就不能由我支配，我就不得安闲了。大夫查房，到什么地方去做体检，反正总是闲不住。但是，有时候坐在轮椅上，甚至躺在体检的病床上，脑袋里忽然一转，想的又是与写文章有关的一些问题。这情况让我自己都有点吃惊。难道是自己着了魔了吗？

在进院后，不到一个月的时间内，我写了三万字的文章，内容也有学术性很强的，也有一些临时的感受。这在家里是做不到的。

生活条件是无可指责的，一群像白衣天使般的小护士，个个聪明伶俐，彬彬有礼，同她们在一起，自己也似乎年轻了许多。

我想用两句话总结我的生活：在治病方面，我是走过炼狱；在生活方面，我是住于乐园。

医生也要向病人学点什么

现在住在医院里，天天见到医生，因此想到了一些与医生有关的问题。

医生是人类生命的最高保护神，人们对他们怎样崇敬都不为过。

中国古代，巫医并提。在原始社会里，巫是有地位的，治病也用巫术。神农尝百草的故事，象征着的大概是用草药治病的开始。以后，随着社会的前进，学科和职业分工越来越细。即以医学这一门学科而论，现在已经分得五花八门，让外行人眼花缭乱了。每一个部门的专家差不多都是悬梁刺股，囊萤映雪，十年，几十年，才成了真正的专家。

成了专家，当然是好事。但是，事情也往往有它的另一面。在这样的环境里，极少数的人，包括医生在内，逐渐形成了一种超自信的心理状态。自信是必要的，超自信就往往能带来危害。

我讲一个小故事。1978年，我随中国对外友协代表团访问印度。团员中有解放军石家庄医院的院长和一位高级大夫。我们天天在一起闲聊，简直可以说是无话不谈。有一次，我们谈到了安眠药。那位大夫一听说到了本行，便口若悬河滔滔不绝，给我仔细讲解各种各样的安眠药的性能，唯恐我不明白，一定要让我这块顽石点头。大夫这种认真态度，实在让我非常感动。最后，我问他患没患过失眠症，他说，从来没有。我暗自窃笑。我患失眠症，已有几十年的历史，看来比他的年龄还长。理论我不懂，实践却是大大地有。我在德国时服用的安眠药小瓶，装满了半个抽屉，可见我的"战绩"丰厚。这位大夫竟在我面前大摆老资格，我难道会没有"江边卖水，圣人门前卖字"之感吗？如果现在创设一个二级或三级学科的比较安眠药学，我自信能成为博导的。

从这一件小事情，我又浮想联翩。我想到，医生和病人组成了一个矛盾的两个方面，缺一不可，从表面上来看，医生是治疗者，而病人则是被治疗者，主动权操在前者手里。这里也有一个正确处理两者关系的问题。根据我个人的观察，极少数医生的超自信，在处理这种关系的问题上产生了点负作用。医生的名声越大，这种超自信就越强，能够产生的负作用也就越多。医生应该能够激发病人全心全意地，自觉自愿地，积极主动地参加到治疗活动中来。这样对治疗会有很大的好处。

我有一个真正是荒谬的想法：如果一个医生对他自己所研究所治疗的那种病也患上一点的话，他对那种病会有切肤的感性认识，同病人有共同的语言，治疗起来会更方便。这种想法确实是荒谬的。癣疥之疾患上一点当无大害，如果连可怕的病都患上，医生自顾不暇，哪里还能来给病人治病呢？

写到这里，我自己也糊涂了，越说越不明白。反正，我有一个极为淳朴的信念：医生也应该而且可能向病人学点什么。

枸杞树

在不经意的时候,一转眼便会有一棵苍老的枸杞树的影子飘过。这使我困惑。最先是去追忆:什么地方我曾看见这样一棵苍老的枸杞树呢?是在某处的山里么?是在另一个地方的一个花园里么?但是,都不像。最后,我想到才到北平时住的那个公寓;于是我想到这棵苍老的枸杞树。

我现在还能很清晰地温习一些事情:我记得初次到北平时,在前门下了火车以后,这古老都市的影子,便像一个秤锤,沉重地压在我的心上。我迷惘地上了一辆洋车,跟着木屋似的电车向北跑。远处是红的墙,黄的瓦。我是初次看到电车的;我想,"电"不是很危险吗?后面的电车上的脚铃响了;我坐的洋车仍然在前面悠然地跑着。我感到焦急,同时,我的眼仍然"如入山阴道上,应接不暇",我仍然看到,红的墙,黄的瓦。终于,在焦急、又因为初踏入一个新的境地而生的迷惘的心情下,折过了不知多少满填着黑土的小胡同以后,我被拖到西城的某一个公寓里去了。我仍然非常迷惘而有点儿近于慌张,眼前的一切都仿佛给一层轻烟笼罩起来似的。我看不清院子里有什么东西,我甚至也没有看清我住的小屋。黑夜跟着来了,我便糊里糊涂地睡下去,做了许许多多离奇古怪的梦。

虽然做了梦,但是却没有能睡得很熟。刚看到窗上有点发儿白,我就起来了。因为心比较安定了一点儿,我才开始看得清楚:我住的是北屋,屋前的小院里,有不算小的一缸荷花,四周错落地摆了几盆杂花。我记得很清楚:这些花里面有一棵仙人头,几天后,还开了很大的一朵白花,但是最惹我注意的,却是靠墙长着的一棵枸杞树，已经长得高过了屋檐，枝干苍老勾曲，像千年的古松，树皮皱着，色是黝黑的，有儿处已经开了裂。幼年在故乡的时候，常听人说，枸杞树是长得非常慢的，很难成为一棵树。现在居然有这样一棵虬干的老枸杞树站在我面前，真像梦；梦又掣开了轻纱的网，我这是站在公寓里么？于是，我问公寓的主人，这枸杞有多大年龄了，他也渺茫：他初次来这里开公寓时，这树就是现在这样，三十年来，没有多少变动。这更使我惊奇，我用惊奇的眼光注视着这苍老的枝干在沉默着，又注视着接连着树顶的蓝蓝的长天。

就这样，我每天看书乏了，就总到这棵树底下徘徊。在细弱的枝条上，蜘蛛结了网，间或有一片树叶儿或苍蝇蚊子之流的尸体粘在上面。在有太阳或灯光照上去的时候，这小小的网也会反射出细弱的清光来。倘若再走近一点儿，你又可以看到许多叶上都爬着长长的绿色的虫子，在爬过的叶上留了半圆的缺口。就在这有着缺口的叶片上，你可以看到各样的斑驳陆离的彩痕。对了这彩痕，你可以随便想到什么东西：想到地图，想到水彩画，想到被雨水冲过的墙上的残痕，再玄妙一点儿，想到宇宙，想到有着各种彩色的迷离的梦影。这许许多多的东西，都在这小的叶片上呈现给你。当你想到地图的时候，你可以任意指定一个小的黑点儿，算作你的故乡。再大一点儿的黑点儿，算作你曾游过的湖或山，你不是也可以在你心的深处浮起点儿温热的感觉么？这苍老的枸杞树就是我的宇宙。不，这叶片就是我的全宇宙。我替它把长长的绿色的虫子拿下来，摔在地上。对着它，我描画着自己种种涂着彩色的幻象。我把我的童稚的幻想，拴在这苍老的枝干上。

在雨天，牛乳色的轻雾给每件东西涂上一层淡影。这苍黑的枝干更显得黑了。雨住了的时候，有一两个蜗牛在上面悠然地爬着，散步似的从容。蜘蛛网上残留的雨滴，静静地发着光。一条虹从北屋的脊上伸展出去，像拱桥不知伸到什么地方去了。这枸杞的顶尖就正顶着这桥的中心。不知从什么地方来的阴影，渐渐地爬过了西墙。墙隅的蜘蛛网，树叶浓密的地方仿佛把这阴影捉住了一把似的，

163

渐渐地黑起来。只剩了夕阳的余晖返照在这苍老的枸杞树的圆圆的顶上，淡红的一片，熠耀着，俨然如来佛头顶上金色的圆光。

以后，黄昏来了，一切角隅皆为黄昏所占领了。我同几个朋友出去到西单一带散步。穿过了花市，晚香玉在薄暗里发着幽香。不知在什么时候，什么地方，我曾读过一句诗："黄昏里充满了木樨花的香。"我觉得很美丽。虽然我从来没有闻到过木樨花的香，虽然我明知道现在我闻到的是晚香玉的香。但是我总觉得我到了那种缥缈的诗意的境界似的。在淡黄色的灯光下，我们摸索着转进了幽黑的小胡同，走回了公寓。这苍老的枸杞树只剩下了一团凄迷的影子，靠北墙站着。

跟着来的是个长长的夜。我坐在窗前读着预备考试的功课。大头尖尾的绿色小虫，在糊了白纸的玻璃窗外有所寻觅似的撞击着。不一会儿，一个从缝里挤进来了，接着又一个，又一个。成群地围着灯飞。当我听到卖"玉米面饽饽"夏长的永远带点儿寒冷的声音，从远处的小巷里越过了墙飘了过来的时候，我便捻熄了灯，睡下去。于是又开始了同蚊子和臭虫的争斗。在静静的长夜里，忽然醒了，残梦仍然压在我心头，倘若我听到又有寒窣的声音在这棵苍老的枸杞树周围，我便知道外面又落了雨。我注视着这神秘的黑暗，我描画给自己：这枸杞树的苍黑的枝干该更黑了罢；那只蜗牛有所趋避该匆匆地在向隐僻处爬去罢；小小的圆的蜘蛛网，该又捉住雨滴了罢；这雨滴在黑夜里能不能静静地发着光呢？我做着天真的童话般的梦。我梦到了这棵苍老的枸杞树——这枸杞树也做梦么？第二天早晨起来，外面真的还在下着雨。空气里充满了清新的沁人心脾的清香。荷叶上顶着珠子似的雨滴，蜘蛛网上也顶着，静静地发着光。

在如火如荼的盛夏转入初秋的澹远里去的时候，我这种诗意的，又充满了稚气的生活，终于不能继续下去。我离开这公寓，离开这苍老的枸杞树，移到清华园里来，到现在差不多四年了。这园子素来是以水木著名的。春天里，满园里怒放着红的花，远处看，红红的一片火焰。夏天里，垂柳拂着地，浓翠扑上人的眉头。红霞般的爬山虎给冷清的深秋涂上一层凄艳的色彩。冬天里，白雪又把这园子安排成为一个银的世界。在这四季，又都有西山的一层轻纱的紫气，给这园子添了不少的光辉。这一切颜色：红的，翠的，白的，紫的，混合地涂上了我的心，在我心里幻成一幅绚烂的彩画。我做着红色的，翠色的，白色的，紫色的，各样颜色的梦。论理说起来，我在西城的公寓做的童话般的梦，早该被挤到不知什么地方去了。但是，我自己也不了解，在不经意的时候，总有一棵苍老的枸杞树的影子飘过。飘过了春天的火焰似的红花；飘过了夏天的垂柳的浓翠；飘过了红霞似的爬山虎，一直到现在，是冬天，白雪正把这园子装成银的世界。混合了氤氲的西山的紫气，静定在我的心头。在一个浮动的幻影里，我仿佛看到：有夕阳的余晖返照在这棵苍老的枸杞树的圆圆的顶上，淡红的一片，熠耀着，像如来佛头顶上的金光。

一九三三年十二月八日雪之下午

海棠花

早晨到研究所去的路上,抬头看到人家的园子里正开着海棠花,缤纷烂漫地开成一团。这使我想到自己故乡院子里的那两棵海棠花,现在想也正是开花的时候了。

我虽然喜欢海棠花,但却似乎与海棠花无缘。自家院子里虽然就有两棵,枝干都非常粗大,最高的枝子竟高过房顶,秋后叶子落光了的时候,看到尖尖的顶枝直刺着蔚蓝悠远的天空,自己的幻想也仿佛跟着爬上去,常默默地看上半天;但是要到记忆里去搜寻开花时的情景,却只能搜到很少几个片断。搬过家来以前,曾在春天到原来住在这里的亲戚家里去讨过几次折枝,当时看了那开得团团滚滚的花朵,很羡慕过一番。但这已经是很久很久以前的事情,现在回忆起来都有点儿渺茫了。

家搬过来以后,自己似乎只在家里待过一个春天。当时开花时的情景,现在已想不真切。记得有一个晚上同几个同伴在家南边一个高崖上游玩,向北看,看到一片屋顶,其中纵横穿插着一条条的空隙,是街道。虽然也可以幻想出一片海浪,但究竟单调得很。可是在这一片单调的房顶中却蓦地看到一树繁花的尖顶,绚烂得像是西天的晚霞。当时我真有说不出的高兴,其中还夹杂着一点儿渴望,渴望自己能够走到这树下去看上一看。于是我就按着这一条条的空隙数起来,终于发现,那就是自己家里那两棵海棠树。我立刻跑下崖头,回到家里,站在海棠树下,一直站到淡红的花团渐渐消逝到黄昏里去,只朦胧留下一片淡白。

但是这样的情景只有过一次,其余的春天我都是在北京度过的。

北京是古老的都城，尽有许多机会可以作赏花的韵事，但是自己却很少有这福气。我只到中山公园去看过芍药，到颐和园去看过一次木兰。此外，就是同一个老朋友在大毒日头下面跑过许多条窄窄的灰土街道到崇效寺去看过一次牡丹；又因为去得太晚了，只看到满地残英。至于海棠，不但是很少看到，连因海棠而出名的寺院似乎也没有听说过。北京的春天是非常短的，短到几乎没有。最初还是残冬，可是接连吹上几天大风，再一看树木都长出了嫩绿的叶子，天气陡然暖了起来，已经是夏天了。

　　夏天一来，我就又回到故乡去。院子里的两棵海棠已经密密层层地盖满了大叶子，很难令人回忆起这上面曾经开过团团滚滚的花。长昼无聊，我躺在铺在屋里面地上的席子上睡觉，醒来往往觉得一枕清凉，非常舒服。抬头看到窗纸上历历乱乱地布满了叶影。我间或也坐在窗前看点儿书，满窗浓绿，不时有一只绿色的虫子在上面慢慢地爬过去，令我幻想深山大泽中的行人。蜗牛爬过的痕迹就像是山间林中的蜿蜒的小路。就这样，自己可以看上半天。晚上吃过饭后，就搬了椅子坐在海棠树下乘凉，从叶子的空隙处看到灰色的天空，上面嵌着一颗一颗的星。结在海棠树下檐边中间的蜘蛛网，借了星星的微光，把影子投在天幕上。一切都是这样静。这时候，自己往往什么都不想，只让睡意轻轻地压上眉头。等到果真睡去半夜里再醒来的时候，往往听到海棠叶子寒寒窣窣地直响，知道外面下雨了。

　　似乎这样的夏天也没有能过几个。六年前的秋天，当海棠树的叶子渐渐地转成淡黄的时候，我离开故乡，来到了德国。一转眼，在这个小城里，就住了这么久。我们天天在过日子，却往往不知道日子是怎样过的。以前在一篇什么文章里读到这样一句话："我们从现在起要仔仔细细地过日子了。"当时颇有同感，觉得自己也应立刻从即时起仔仔细细地过日子了。但是过了一些时候，再一回想，仍然是有些捉摸不住，不知道日子是怎样过去的。到了德国，更是如此。我本来是下定了决心用苦行者的精神到德国来念书的，所以每天除了钻书本以外，很少想到别的事情。可是现实的情况又不允许

名家作品精选

我这样做。而且祖国又时来入梦，使我这万里外的游子心情不能平静。就这样，在幻想和现实之间，在祖国和异域之间，我的思想在挣扎着。不知道怎样一来，一下子就过了六年。

哥廷根是有名的花城。来到这里的第一个春天，这里花之多，就让我吃惊。雪刚融化，就有白色的小花从地里钻出来。以后，天气逐渐转暖，一转眼，家家园子里都挤满了花。红的、黄的、蓝的、白的，大大小小，五颜六色，锦似的一片，都不知道是什么时候开放的。山上树林子里，更有整树的白花。我常常一个人在暮春五月到山上去散步，暖烘烘的香气飘拂在我的四周。人同香气仿佛融而为一，忘记了花，也忘记了自己，直到黄昏才慢慢回家。但是我却似乎一直没注意到这里也有海棠花。原因是，我最初只看到满眼繁花，多半是叫不出名字。"看花苦为译秦名"，我也就不译了。因而也就不分什么花什么花，只是眼花缭乱而已。

但是，真像一个奇迹似的，今天早晨我竟在人家园子里看到盛开的海棠花。我的心一动，仿佛刚睡了一大觉醒来似的，蓦地发现，自己在这个异域的小城里住了六年了。乡思浓浓地压上心头，无法排解。我前面说，我同海棠花无缘。现在我不知道应该怎样说好了，乡思并不是很舒服的事情。但是在这垂尽的五月天，当自己心里填满了忧愁的时候，有这么一团十分浓烈的乡思压在心头，令人感到痛苦。同时我却又爱惜这一点儿乡思，欣赏这一点儿乡思。它使我想到：我是一个有故乡和祖国的人。故乡和祖国虽然远在天边，但是现在他们却近在眼前。我离开他们的时间愈远，他们却离我愈近。我的祖国正在苦难中，我是多么想看到他呀！把祖国召唤到我眼前来的，似乎就是海棠花，我应该感激它才是。

想来想去，我自己也糊涂了。晚上回家的路上，我又走过那个园子去看海棠花。它依旧同早晨一样，缤纷烂漫地开成一团，它似乎一点儿也不理会我的心情。我站在树下，呆了半天，抬眼看到西天正亮着同海棠花一样红艳的晚霞。

一九四一年五月二十九日德国哥廷根

神奇的丝瓜

今年春天，孩子们在房前空地上，斩草挖土，开辟出来了一个一丈见方的小花园。周围用竹竿扎了一个篱笆，移来了一棵玉兰花树，栽上了几株月季花，又在竹篱下面随意种上了几棵扁豆和两棵丝瓜。土壤并不肥沃，虽然也铺上了一层河泥，但估计不会起很大的作用，大家不过是玩儿玩儿而已。

过了不久，丝瓜竟然长了出来，而且日益茁壮、长大。这当然增加了我们的兴趣。但是我们也并没有过高的期望。我自己每天早晨工作疲倦了，常到屋旁的小土山上走一走，站一站，看看墙外马路上的车水马龙和亚运会招展的彩旗，顾而乐之，只不过顺便看一看丝瓜罢了。

丝瓜是普通的植物，我也并没有想到会有什么神奇之处。可是忽然有一天，我发现丝瓜秧爬出了篱笆，爬上了楼墙。以后，每天看丝瓜，总比前一天向楼上爬了一大段；最后竟从一楼爬上了二楼，又从二楼爬上了三楼。说它每天长出半尺，绝非夸大之词。丝瓜的秧不过像细绳一般粗，如不注意，连它的根在什么地方，都找不到。这样细的一根秧竟能在一夜之间输送这样多的水分和养料，供应前方，使得上面的叶子长得又肥又绿，爬在灰白色的墙上，一片浓绿，给土墙增添了无量活力与生机。

这当然让我感到很惊奇，我的兴趣随之大大地提高。每天早晨看丝瓜成了我的主要任务，爬小山反而成为次要的了。我往往注视着细细的瓜秧和浓绿的瓜叶，陷入沉思，想得很远，很远……

又过了几天，丝瓜开出了黄花。再过几天，有的黄花就变成了

名家作品精选

小小的绿色的瓜。瓜越长越长，越长越长，重量当然也越来越增加，最初长出的那一个小瓜竟把瓜秧坠下来了一点儿，直挺挺地悬垂在空中，随风摇摆。我真是替它担心，生怕它经不住这一份重量，会整个儿地从楼上坠了下来落到地上。

然而不久就证明了，我这种担心是多余的。最初长出来的瓜不再长大，仿佛得到命令停止了生长。在上面，在三楼一位一百零二岁的老太太的室外窗台上，却长出来了两个瓜。这两个瓜后来居上，发疯似的猛长，不久就长成了小孩胳膊一般粗了。这两个瓜加起来恐怕有五六斤重，那一根细秧怎么能承担得住呢？我又担心起来。没过几天，事实又证明了我是杞人忧天。两个瓜不知从什么时候忽然弯了起来，把躯体放在老太太的窗台上，从下面看上去，活像两个粗大弯曲的绿色牛角。

不知道从哪一天起，我忽然又发现，在两个大瓜的下面，在二三楼之间，在一根细秧的顶端，又长出来一个瓜，垂直地悬在那里。我又犯了担心病：这个瓜上面够不到窗台，下面也是空空的，总有一天，它越长越大，会把上面的两个大瓜也坠了下来，一起坠到地上，落叶归根，同它的根部聚合在一起。

然而今天早晨，我却看到了奇迹。同往日一样，我习惯地抬头看瓜，下面最小的那一个早已停止生长，孤零零地悬在空中，似乎一点儿分量都没有；上面老太太窗台上那两个大的，似乎长得更大了，威武雄壮地压在窗台上；中间的那一个却不见了。我看看地上，没有看到掉下来的瓜。等我倒退几步抬头再看时，却看到那一个我认为失踪了的瓜，平着身子躺在抗震加固时筑上的紧靠楼墙凸出的一个台子上。这真让我大吃一惊。这样一个原来垂直悬在空中的瓜怎么忽然平身躺在那里了呢？这个凸出的台子无论是从上面还是从下面都是无法上去的，绝不会有人把丝瓜摆平的。

我百思不得其解，徘徊在丝瓜下面，像达摩老祖一样，面壁参禅。我仿佛觉得这棵丝瓜有了思想，它能考虑问题，而且还有行动，它能让无法承担重量的瓜停止生长；它能给处在有利地形的大瓜找

170

到承担重量的地方,给这样的瓜特殊待遇,让它们疯狂地长;它能让悬垂的瓜平身躺下。如果不是这样的话,无论如何也无法解释我上面谈到的现象。但是,如果真是这样的话,又实在令人难以置信。丝瓜用什么来思想呢?丝瓜靠什么来指导自己的行动呢?上下数千年,纵横几万里,从来也没有人说过,丝瓜会有思想。我左考虑,右考虑;越考虑越糊涂。我无法同丝瓜对话,这是一个沉默的奇迹。瓜秧仿佛成了一根神秘的绳子,绿叶上照旧浓翠扑人眉宇。我站在丝瓜下面,陷入梦幻。而丝瓜则似乎心中有数,无言静观,它怡然泰然悠然坦然,仿佛含笑面对秋阳。

一九九〇年十月九日

怀念西府海棠

暮春三月，风和日丽。我偶尔走过办公楼前面。在盘龙石阶的两旁，一边站着一棵翠柏，浑身碧绿，扑人眉宇，仿佛是从地心深处涌出来的两股青色的力量，喷薄腾越，顶端直刺蔚蓝色的晴空，其气势虽然比不上杜甫当年在孔明祠堂前看到的那一些古柏："苍皮溜雨四十围，黛色参天二千尺。"然而看到它，自己也似乎受到了感染，内心溢满了力量。我顾而乐之，流连不忍离去。

然而，我的眼前蓦地一闪，就在这两棵翠柏站立的地方出现了两棵西府海棠，正开着满树繁花。已经绽开的花朵呈粉红色，没有绽开的骨朵呈鲜红色，粉红与鲜红，纷纭交错，宛如半天的粉红色彩云。成群的蜜蜂飞舞在花朵丛中，嗡嗡的叫声有如春天的催眠曲。我立刻被这色彩的声音吸引住，沉醉于其中了。眼前再一闪，翠柏与海棠同时站立在同一个地方，两者的影子重叠起来，翠绿与鲜红纷纭交错起来了。

这是怎么一回事呢？

我一时有点儿茫然、懵然；然而不需要半秒钟，我立刻就意识到，眼前的翠柏与海棠都是现实，翠柏是眼前的现实，海棠则是过去的现实，它确曾在这个地方站立过，而今这两个现实又重叠起来，可是过去的现实早已化为灰烬，随风飘零了。

事情就发生在"十年浩劫"期间。一时忽然传说：养花是修正主义，最低的罪名也是玩物丧志。于是"四人帮"一伙就在海内名园燕园大肆"斗私、批修"，先批人，后批花木，几十年上百年的丁香花树砍伐殆尽，屡见于清代笔记中的几架古藤萝也被斩草除根，几座楼房外面墙上爬满了的"爬山虎"统统拔掉，办公楼前的两棵枝丁繁茂绿叶葳蕤的西府海棠也在劫难逃。总之，一切美好的花木，也像某一些人一样，被打翻在地，身上踏上了一千只脚，永世不得翻身了。

这两棵西府海棠在老北京是颇有一点儿名气的。据说某一个文人的笔记中还专门讲到过它。熟悉北京掌故的人，比如邓拓同志等，生前每到春天都要来园中探望一番。我自己不敢说对北京掌故多么熟悉，但是，每当西府海棠开花时，也常常自命风雅，到树下流连徘徊，欣赏花色之美，听一听蜜蜂的鸣声，顿时觉得人间毕竟是非常可爱的，生活毕竟是非常美好的，胸中的干劲儿陡然腾涌起来，我的身体好像成了一个蓄电瓶，看到了西府海棠，便仿佛蓄满了电，能够在自己所从事的工作中精神抖擞地驰骋一气了。

中国古代的诗人中，喜爱海棠者颇不乏人。大家欣赏海棠之美，但颇以海棠无香为憾。在古代文人的笔记和诗话中，有很多地方谈到这个问题，可见文人墨客对海棠的关心。宋代著名的爱国大诗人陆游有几首《花时遍游诸家园》的诗，其中之一是讲海棠的：

> 为爱名花抵死狂，
> 只愁风日损红芳。
> 绿章夜奏通明殿，
> 乞借春阴护海棠。

陆游喜爱海棠达到了何等疯狂的地步啊！稍有理智的人都应当知道，海棠与人无争，与世无忤，决不会伤害任何人的；它只能给人间增添美丽，给人们带来喜悦，能让人们热爱自然，热爱祖国。然而，就连这样天真无邪的海棠也难逃"四人帮"的毒手。燕园内的两棵西府海棠现在已经不知道消逝到什么地方去了，这也算是一种"含冤逝世"吧。代替它站在这里的是两棵翠柏。翠柏也是我所喜爱的，它能给人们带来美感享受，我毫无贬低翠柏的意思。但是，

名家作品精选

以燕园之大，竟不能给海棠一点儿立足之地，一定要铲除海棠，栽上翠柏，一定要争这方尺之地，翠柏而有知，自己挤占了海棠的地方，也会感到对不起海棠吧！

"四人帮"要篡党夺权，有一些事情容易理解；但是砍伐花木、铲除海棠，仿佛这些花木真能抓住他们那罪恶的黑手，令人百思不得其解。宋代苏洵在《辨奸论》中说："凡事之不近人情者，鲜不为大奸慝。"砍伐西府海棠之不近人情，一望而知。爱好美好的东西是人类的天性，任何人都有权利爱好美好的东西，花木当然也包括在里面。然而"四人帮"却偏要违反人性，必欲把一切美好的东西铲除净尽而后快。他们这一伙人是大奸慝，已经丝毫无可怀疑了。

事情已过去了将近二十年，为什么西府海棠的影子今天又忽然展现在我的眼前呢？难道说是名花有灵，今天向我"显圣"来了么？难道说它是向我告状来了么？可惜我一非包文正，二非海青天，更没有如来佛起死回生的神通，我所有的能耐至多也只能一洒同情之泪，我还有什么话可说呢？

我从来不相信什么神话，但是现在我真想相信有一个天国。可是我知道，须弥山已经为印度所独占，他们把自己的天国乐园安放在那里。昆仑山又为中国人所垄断，王母娘娘就被安顿在那里。我现在只能希望在辽阔无垠的宇宙中间还能有那么一块干净的地方，能容得下一个阆苑乐土。那里有四时不谢之花、八节长春之草，大地上一切花草的魂魄都永恒地住在那里，随时随地都是花团锦簇，五彩缤纷。我们燕园中被无端砍伐了的西府海棠的魂灵也遨游其间。我相信，它绝不会忘记自己待了多年的美丽的燕园，每当三春繁花盛开之际，它一定会来到人间，驾临燕园，风前月下，凭吊一番。"环再版巩空归月下魂"。明妃之魂归来，还有环巩之声，西府海棠之魂归来时，能有什么迹象呢？我说不出，我只能时时来到办公楼前，在翠柏影中，等候倩魂。我是多么想为海棠招魂啊！结果恐怕只能是"上穷碧落下黄泉，两地茫茫皆不见"了。奈何，奈何！

在这风和日丽的三月，我站在这里，浮想联翩，怅望晴空，眼

174

睛里流满了泪水。

　　一九八七年四月二十六日写于上海华东师范大学专家招待所。行装甫卸,倦意犹存。在京构思多日的这篇短文,忽然躁动于心中,于是悚然而起,援笔立就,如有天助,心中甚喜。

清塘荷韵

楼前有清塘数亩。记得三十多年前初搬来时,池塘里好像是有荷花的,我的记忆里还残留着一些绿叶红花的碎影。后来时移事迁,岁月流逝,池塘里却变得"半亩方塘一鉴开,天光云影共徘徊",再也不见什么荷花了。

我脑袋里保留的旧的思想意识颇多,每一次望到空荡荡的池塘,总觉得好像缺点儿什么。这不符合我的审美观念。有池塘就应当有点儿绿的东西,哪怕是芦苇呢,也比什么都没有强。最好的最理想的当然是荷花。中国旧的诗文中,描写荷花的简直是太多太多了。周敦颐的《爱莲说》读书人不知道的恐怕是绝无仅有的。他那一句有名的"香远益清"是脍炙人口的。几乎可以说,中国没有人不爱荷花的。可我们楼前池塘中独独缺少荷花。每次看到或想到,总觉得是一块心病。

有人从湖北来,带来了洪湖的几颗莲子,外壳呈黑色,极硬。据说,如果埋在淤泥中,能够千年不烂。因此,我用铁锤在莲子上砸开了一条缝,让莲芽能够破壳而出,不致永远埋在泥中。这都是一些主观的愿望,莲芽能不能够出,都是极大的未知数。反正我总算是尽了人事,把五六颗敲破的莲子投入池塘中,下面就是听天由命了。

这样一来,我每天就多了一件工作:到池塘边上去看上几次。心里总是希望,忽然有一天,"小荷才露尖尖角",有翠绿的莲叶长出水面。可是,事与愿违,投下去的第一年,一直到秋凉落叶,水面上也没有出现什么东西。经过了寂寞的冬天,到了第二年,春水盈塘，绿柳垂丝，一片旖旎的风光。可是，我翘盼的水面上却仍然没有露出什么荷叶。此时我已经完全灰了心，以为那几颗湖北带来的硬壳莲子，由于人力无法解释的原因，大概不会再有长出荷花的希望了。我的目光无法把荷叶从淤泥中吸出。

但是，到了第三年，却忽然出了奇迹。有一天，我忽然发现，在我投莲子的地方长出了几个圆圆的绿叶，虽然颜色极惹人喜爱；但是却细弱单薄，可怜兮兮地平卧在水面上，像水浮莲的叶子一样。而且最初只长出了五六个叶片。我总嫌这有点儿太少，总希望多长出几片来。于是，我盼星星，盼月亮，天天到池塘边上去观望。有校外的农民来捞水草，我总请求他们手下留情，不要碰断叶片。但是经过了漫漫的长夏，凄清的秋天又降临人间，池塘里浮动的仍然只是孤零零的那五六个叶片。对我来说，这又是一个虽微有希望但究竟仍令人灰心的一年。

真正的奇迹出现在第四年上。严冬一过，池塘里又溢满了春水。到了一般荷花长叶的时候，在去年漂浮着五六个叶片的地方，一夜之间，突然长出了一大片绿叶，而且看来荷花在严冬的冰下并没有停止行动，因为在离开原有五六个叶片的那块基地比较远的池塘中心，也长出了叶片。叶片扩张的速度，扩张范围的扩大，都是惊人地快。几天之内，池塘内不小一部分，已经全为绿叶所覆盖。而且原来平卧在水面上的像是水浮莲一样的叶片，不知道是从哪里聚集来了力量，有一些竟然跃出了水面，长成了亭亭的荷叶。原来我心中还迟迟疑疑，怕池中长的是水浮莲，而不是真正的荷花。这样一来，我心中的疑云一扫而光：池塘中生长的真正是洪湖莲花的子孙了。我心中狂喜，这几年总算是没有白等。

天地萌生万物，对包括人在内的动植物等有生命的东西，总是赋予一种极其惊人的求生存的力量和极其惊人的扩展蔓延的力量。这种力量大到无法抗御。只要你肯费力来观摩一下，就必然会承认这一点。现在摆在我面前的就是我楼前池塘里的荷花。自从几个勇敢的叶片跃出水面以后，许多叶片接踵而至。一夜之间，就出来了

几十枝，而且迅速地扩散、蔓延。不到十几天的工夫，荷叶已经蔓延得遮蔽了半个池塘。从我撒种的地方出发，向东西南北四面扩展。我无法知道，荷花是怎样在深水中淤泥里走动。反正从露出水面的荷叶来看，它每天至少要走半尺的距离，才能形成眼前这个局面。

光长荷叶，当然是不能满足的。荷花接踵而至，而且据了解荷花的行家说，我门前池塘里的荷花，同燕园其他池塘里的，都不一样。其他地方的荷花，颜色浅红；而我这里的荷花，不但红色浓，而且花瓣多，每一朵花能开出十六个复瓣，看上去当然就与众不同了。这些红艳耀目的荷花，高高地凌驾于莲叶之上，迎风弄姿，似乎在睥睨一切。幼时读旧诗："毕竟西湖六月中，风光不与四时同。接天莲叶无穷碧，映日荷花别样红。"我爱其诗句之美，深恨没有能亲自到杭州西湖去欣赏一番。现在我门前池塘中呈现的就是那一派西湖景象。是我把西湖从杭州搬到燕园里来了，岂不大快人意也哉！前几年才搬到朗润园来的周一良先生赐名为"季荷"。我觉得很有趣，又非常感激。难道我这个人将以荷而传吗？

前年和去年，每当夏月塘荷盛开时，我每天至少有几次徘徊在塘边，坐在石头上，静静地吸吮荷花和荷叶的清香。"蝉噪林愈静，鸟鸣山更幽。"我确实觉得四周静得很。我在一片寂静中，默默地坐在那里，水面上看到的是荷花绿肥、红肥。倒影映入水中，风乍起，一片莲瓣堕入水中，它从上面向下落，水中的倒影却是从下边向上落，最后一接触到水面，二者合为一，像小船似的漂在那里。我曾在某一本诗话上读到两句诗："池花对影落，沙鸟带声飞。"作者深惜第二句对仗不工。这也难怪，像"池花对影落"这样的境界究竟有几个人能参悟透呢？

晚上，我们一家人也常常坐在塘边石头上纳凉。有一夜，天空中的月亮又明又亮，把一片银光洒在荷花上。我忽听扑通一声，是我的小白波斯猫毛毛扑入水中，它大概是认为水中有白玉盘，想扑上去抓住。它一入水，大概就觉得不对头，连忙矫捷地回到岸上，把月亮的倒影打得支离破碎，好久才恢复了原形。

今年夏天，天气异常闷热，而荷花则开得特欢。绿盖擎天，红花映日，把一个不算小的池塘塞得满而又满，几乎连水面都看不到了。一个喜爱荷花的邻居，天天兴致勃勃地数荷花的朵数。今天告诉我，有四五百朵；明天又告诉我，有六七百朵。但是，我虽然知道他为人细致，却不相信他真能数出确实的朵数。在荷叶底下，石头缝里，旮旮旯旯，不知还隐藏着多少菡萏儿，都是在岸边难以看到的。粗略估计，今年大概开了将近一千朵。真可以算是洋洋大观了。

连日来，天气突然变寒，好像是一下子从夏天转入秋天。池塘里的荷叶虽然仍然是绿油一片，但是看来变成残荷之日也不会太远了。再过一两个月，池水一结冰，连残荷也将消逝得无影无踪。那时荷花大概会在冰下冬眠，做着春天的梦。它们的梦一定能够圆的。"既然冬天到了，春天还会远吗？"

我为我的"季荷"祝福。

一九九七年九月十六日中秋节

老　猫

老猫虎子蜷曲在玻璃窗外窗台上一个角落里，缩着脖子，眯着眼睛，浑身一片寂寞、凄清、孤独、无助的神情。

外面正下着小雨，雨丝一缕一缕地向下飘落，像是珍珠帘子。时令虽已是初秋，但是隔着雨帘，还能看到紧靠窗子的小土山上丛草依然碧绿，毫无要变黄的样子。在万绿丛中赫然露出一朵鲜艳的红花。古诗"万绿丛中一点红"，大概就是这般光景吧。这一朵小花如火似燃，照亮了浑茫的雨天。

我从小就喜爱小动物，同小动物在一起，别有一番滋味。它们天真无邪，率性而行；有吃抢吃，有喝抢喝；不会说谎，不会推诿；受到惩罚，忍痛挨打；一转眼间，照偷不误。同它们在一起，我心里感到怡然，坦然，安然，欣然。不像同人在一起那样，应对进退，谨小慎微，斟酌词句，保持距离，感到异常的别扭。

十四年前，我养的第一只猫，就是这个虎子。它刚到我家来的时候，比老鼠大不了多少。蜷曲在窄狭的窗台上，活动的空间好像富富有余。它并没有什么特点，只是一只最平常的狸猫，身上有虎皮斑纹，颜色不黑不黄，并不美观。但是它异于常猫的地方也有。它有两只炯炯有神的眼睛，两眼一睁，还真虎虎有虎气，因此起名叫虎子。它脾气也确实暴烈如虎。它从来不怕任何人。谁要想打它，不管是用鸡毛掸子，还是用竹竿，它从不回避，而是向前进攻，声色俱厉。得罪过它的人，它永世不忘。我的外孙打过它一次，从此结仇。只要他到我家来，隔着玻璃窗子，一见人影，它就做好准备，向前进攻，爪牙并举，吼声震耳。他没有办法，在家中走动，都要手持竹竿，以防万一，否则寸步难行。有一次，一位老同志来看我，他显然是非常喜欢猫的。一见虎子，嘴里连声说着："我身上有猫味，猫不会咬我的。"他伸手想去抚摩它，可万没有想到，我们的虎子不懂什么猫味，回头就是一口。这位老同志大惊失色。总之，到了后来，虎子无人不咬，只有我们家三个主人除外，它的"咬声"颇能耸人听闻了。

但是，要说这就是虎子的全面，那也是不正确的。除了暴烈咬人以外，它还有另外一面，这就是温柔敦厚的一面。我举一个小例子。虎子来我们家以后的第三年，我又要了一只小猫。这是一只混种的波斯猫，浑身雪白，毛很长，但在额头上有一小片黑黄相间的花纹。我们家人管这只猫叫洋猫，起名咪咪；虎子则被尊为土猫。这只猫的脾气同虎子完全相反：胆小、怕人，从来没有咬过人。只有在外面跑的时候，才露出一点儿野性。它只要有机会溜出大门，但见它长毛尾巴一摆，像一溜烟似的立即蹿入小山的树丛中，半天不回家。这两只猫并没有血缘关系。但是，不知道是由于什么原因，一进门，虎子就把咪咪看作是自己的亲生女儿。它自己本来没有什么奶，却坚决要给咪咪喂奶，把咪咪搂在怀里，让它咂自己的干奶头，它眯着眼睛，仿佛在享着天福。我在吃饭的时候，有时丢点儿鸡头骨、鱼刺，这等于猫们的燕窝、鱼翅。但是，虎子却只蹲在旁边，瞅着咪咪一只猫吃，从来不同它争食。有时还"咪噢"上两声，好像是在说："吃吧，孩子！安安静静地吃吧！"有时候，不管是春夏还是秋冬，虎子会从西边的小山上逮一些小动物，麻雀、蚱蜢、蝉、蛐蛐之类，用嘴叼着，蹲在家门口，嘴里发出一种怪声。这是猫语，屋里的咪咪，不管是睡还是醒，耸耳一听，立即跑到门后，馋涎欲滴，等着吃母亲带来的佳肴，大快朵颐。我们家人看到这样母子亲爱的情景，都由衷地感动，一致把虎子称作"义猫"。有一年，小咪咪生了两个小猫。大概是初做母亲，没有经验，正如我们圣人所说的那样："未有学养子而后嫁者也。"养子，人们能很快学会，而猫们则不行。咪咪丢下小猫不管，虎子却大忙特忙起来，觉

不睡，饭不吃，日日夜夜把小猫搂在怀里。但小猫是要吃奶的，而奶正是虎子所缺的。于是小猫暴躁不安，虎子眉头一皱，计上心来，叼起小猫，到处追着咪咪，要它给小猫喂奶，还真像一个姥姥样子。但是小咪咪并不领情，依旧不给小猫喂奶。有几天的时间，虎子不吃不喝，瞪着两只闪闪发光的眼睛，嘴里叼着小猫，从这屋赶到那屋；一转眼又赶了回来。小猫大概真是受不了啦，便辞别了这个世界。

我看了这一出猫家庭里的悲剧又是喜剧，实在是爱莫能助，惋惜了很久。

我同虎子和咪咪都有深厚的感情。每天晚上，它们俩抢着到我床上去睡觉。在冬天，我在棉被上面特别铺上了一块布，供它们躺卧。我有时候半夜里醒来，神志一清醒，觉得有什么东西重重地压在我身上，一股暖气仿佛透过了两层棉被，扑到我的双腿上。我知道，小猫睡得正香，即使我的双腿由于僵卧时间过久，又酸又痛，但我总是强忍着，决不动一动双腿，免得惊了小猫的轻梦。它此时也许正梦着捉住了一只耗子。只要我的腿一动，它这耗子就吃不成了，岂非大煞风景吗？

这样过了几年，小咪咪大概有八九岁了。虎子比它大三岁，十一二岁的光景。依然威风凛凛，脾气暴烈如故，见人就咬，大有死不改悔的神气。而小咪咪则出我意料地露出了下世的光景，常常到处小便，桌子上，椅子上，沙发上，无处不便。如果到医院里去检查的话，大夫在列举的病情中一定会有这一条的：小便失禁。最让我心烦的是，它偏偏看上了我桌子上的稿纸。我正写着什么文章，然而它却根本不管这一套，跳上去，屁股往下一蹲，一泡猫尿流在上面，还闪着微弱的光。说我不急，那不是真的，我心里真急。但是，我谨遵我的一条戒律：决不打小猫一掌，在任何情况之下，也不打它。此时，我赶快把稿纸拿起来，抖掉上面的猫尿，等它自己干。心里又好气，又好笑，真是哭笑不得。家人对我的嘲笑，我置若罔闻，"全等秋风过耳边"。

我不信任何宗教，也不皈依任何神灵。但是，此时我却有点儿想迷信一下。我期望会有奇迹出现，让咪咪的病情好转。可世界上是没有什么奇迹的，咪咪的病一天一天地严重起来。它不想回家，喜欢在房外荷塘边上石头缝里待着，或者藏在小山的树木丛里。它再也不在夜里睡在我的被子上了。每当我半夜里醒来，觉得棉被上轻飘飘的，我惘然若有所失，甚至有点儿悲伤了。我每天凌晨起来，第一件事情就是拿着手电到房外塘边山上去找咪咪。它浑身雪白，是很容易找到的。在薄暗中，我眼前白白地一闪，我就知道是咪咪。见了我，"咪噢"一声，起身向我走来。我把它抱回家，给它东西吃，它似乎根本没有口味。我看了直想流泪。有一次我拖着疲惫的身子，走几里路，到海淀的肉店里去买猪肝和牛肉。拿回来，喂给咪咪，它一闻，似乎有点儿想吃的样子；但肉一沾唇，它立即又把头缩回去，闭上眼睛，不闻不问了。

有一天傍晚，我看咪咪神情很不妙，预感要发生什么事情。我唤它，它不肯进屋。我把它抱到篱笆以内，窗台下面。我端来两只碗，一只盛吃的，一只盛水。我拍了拍它的脑袋，它偎依着我，"咪噢"叫了两声，便闭上了眼睛。我放心进屋睡觉。第二天凌晨，我一睁眼，三步并作一步，手里拿着手电，到外面去看。哎呀不好！两碗全在，猫影顿杳。我心里非常难过，说不出是什么滋味。我手持手电找遍了塘边、山上、树后、草丛、深沟、石缝。有时候，眼前白光一闪。"是咪咪！"我狂喜。走近一看，是一张白纸。我嗒然若丧，心头仿佛被挖掉了点儿什么。"屋前屋后搜之遍，几处茫茫皆不见。"从此我就失掉了咪咪，它从我的生命中消逝了，永远永远地消逝了。我简直像是失掉了一个好友，一个亲人。至今回想起来，我内心里还颤抖不止。

在我心情最沉重的时候，有一些通达世事的好心人告诉我，猫们有一种特殊的本领，能知道自己什么时候寿终。到了此时此刻，它们决不待在主人家里，让主人看到死猫，感到心烦，或感到悲伤。它们总是逃了出去，到一个最僻静、最难找的角落里，地沟里，山

名家作品精选

洞里，树丛里，等候最后时刻的到来。因此，养猫的人大都在家里看不见死猫的尸体。只要自己的猫老了，病了，出去几天不回来，他们就知道，它已经离开了人世，不让举行遗体告别的仪式，永远永远不再回来了。

我听了以后，憬然若有所悟。我不是哲学家，也不是宗教家，但却读过不少哲学家和宗教家谈论生死大事的文章。这些文章多半有非常精辟的见解，闪耀着智慧的光芒，我也想努力从中学习一些有关生死的真理。结果却是毫无所得。那些文章中，除了说教以外，几乎没有什么有用的东西。大半都是老生常谈，不能解决什么实际问题，没能给我留下深刻的印象。现在看来，倒是猫们临终时的所作所为，即使仅仅是出于本能吧，却给了我很大的启发。人们难道就不应该向猫们学习这一点经验吗？有生必有死，这是自然规律，谁都逃不过。中国历史上赫赫有名的人物，秦皇、汉武，还有唐宗，想方设法，千方百计，想求长生不老。到头来仍然是竹篮子打水一场空，只落得黄土一抔，"西风残照汉家陵阙"，我辈平民百姓又何必煞费苦心呢？一个人早死几个小时，或者晚死几个小时，甚至几天，实在是无所谓的小事，决影响不了地球的转动，社会的前进。再退一步想，现在有些思想开明的人士，不想长生不老，不想在大地上再留黄土一抔，甚至开明到不要遗体告别，不要开追悼会。但是仍会给后人留下一些麻烦：登报，发讣告，还要打电话四处通知，总得忙上一阵。何不学一学猫们呢？它们这样处理生死大事，干得何等干净利索呀！一点儿痕迹也不留，走了，走了，永远地走了，让这花花世界的人们不见猫尸，用不着落泪，照旧做着花花世界的梦。

我忽然联想到我多次看过的敦煌壁画上的西方净土变。所谓"净土"，指的就是我们常说的天堂、乐园，是许多宗教信徒烧香念佛，查经祷告，甚至实行苦行，折磨自己，梦寐以求想到达的地方。据说在那里可以享受天福，得到人世间万万得不到的快乐。我看了壁画上画的房子、街道、树木、花草，以及大人、小孩，林林总总，觉得十分热闹。可我觉得没有什么出奇之处。只有一件事给我留下了永不磨灭的印象，那就是，那里的人们都是笑口常开，没有一个人愁眉苦脸，他们的日子大概过得都很惬意。不像在我们人间有这样许多不如意的事情，有时候办点儿事，还要找后门，钻空子。在他们的商店里——净土里面还实行市场经济吗？他们还用得着商店吗？——售货员大概都很和气，不给人白眼，不训斥"上帝"，不扎堆闲侃，不给人钉子碰。这样的天堂乐园，我也真是心向往之的。但是给我印象最深，使我最为吃惊或者羡慕的还是他们对待要死的人的态度。那里的人，大概同人世间的猫们差不多，能预先知道自己寿终的时刻。到了此时，要死的老嬷嬷或者老头，健步如飞地走在前面，身后簇拥着自己的子子孙孙、至亲好友，个个喜笑颜开，全无悲戚的神态，仿佛是去参加什么喜事一般，一直把老人送进坟墓。后事如何，壁画不是电影，是不能动的。然而画到这个程度，以后的事尽在不言中。如果一定要画上填土封坟，反而似乎是多此一举了。我觉得，净土中的人们给我们人类争了光。他们这一手比猫们又漂亮多了。知道必死，而又兴高采烈，多么豁达！多么聪明！猫们能做得到吗？这证明，净土里的人们真正参透了人生奥秘，真正参透了自然规律。人为万物之灵，他们为我们人类在同猫们对比之下真真增了光！真不愧是净土！

上面我胡思乱想得太远了，还是回到我们人世间来吧。我坦白承认，我对人生的奥秘参透得还不够，我对自然规律参透得也还不够，我仍然十分怀念我的咪咪。我心里仿佛有一个空白，非填起来不行。我一定要找一只同咪咪一模一样的白色波斯猫。后来果然朋友又送来了一只，浑身长毛，洁白如雪，两只眼睛全是绿的，亮晶晶像两块绿宝石。为了纪念死去的咪咪，我仍然为它命名"咪咪"，见了它，就像见到老咪咪一样。过了大约又有一年的光景，友人又送了我一只据说是纯种的波斯猫，两只眼睛颜色不同，一黄一蓝。在太阳光下，黄的特别黄，蓝的特别蓝，像两颗黄蓝宝石，闪闪发光，竞妍争艳。这只猫特别调皮，简直是胆大无边，然而也因此就

更特别可爱。这一下子又忙坏了虎子,它认为这两只小猫都是自己的亲生女儿,硬逼着它们吮吸自己那干瘪的奶头。只要它走出去,不知在什么地方弄到了小鸟、蚱蜢之类,就带回家来,给两只小猫吃。好久没有听到的"咪噢"唤小猫的声音,现在又听到了,我心里漾起了一丝丝甜意。这大大地减轻了我对老咪咪的怀念。

可是岁月不饶人,也不会饶猫的。这一只"土猫"虎子已经活到十四岁。据通达世情的人们说,猫的十四岁,就等于人的八九十岁。这样一来,我自己不是成了虎子的同龄"人"了吗?这个虎子却也真怪。有时候,颇现出一些老相。两只炯炯有神的眼睛里忽然被一层薄膜蒙了起来,嘴里流出了哈喇子,胡子上都沾得亮晶晶的。不大想往屋里来,日日夜夜趴在阳台上蜂窝煤堆上,不吃,不喝。我有了老咪咪的经验,知道它快不行了。我也跑到海淀,去买来牛肉和猪肝,想让它不要饿着肚子离开这个世界,我随时准备着:第二天早晨一睁眼,虎子不见了。结果虎子并没有这样干。我天天凌晨第一件事就是来看虎子,隔着窗子,依然黑乎乎的一团,卧在那里。我心里感到安慰。有时候,它也起来走动。我在本文开头时写的就是去年深秋一个下雨天我隔窗看到的虎子的情况。

到了今天,半年又过去了。虎子不但没有走,而且顽健胜昔,仍然是天天出去。有时候在晚上,窗外的布帘子的一角蓦地被掀了起来,一个丑角似的三花脸一闪。我便知道,这是虎子回来了,连忙开门,放它进来。大概同某一些老年人一样——不是所有的老年人——到了暮年就改恶向善,虎子的脾气大大地改变了,几乎再也不咬人了。我早晨摸黑起床,写作看书累了,常常到门外湖边山下去走一走。此时,我冷不防脚下忽然踢着了一团软乎乎的东西,这是虎子。它在夜里不知道在什么地方待了一夜,现在看到了我,一下子蹿了出来,用身子蹭我的腿,在我身前和身后转悠。它跟着我,亦步亦趋,我走到哪里,它就跟到哪里,寸步不离。我有时故意爬上小山,以为它不会跟来了,然而一回头,虎子正跟在身后。猫是从来不跟人散步的,只有狗才这样干。有时候碰到过路的人,他们见了这情景，都大为吃惊。"你看猫跟着主人散步哩！"他们说，露出满脸惊奇的神色。最近一个时期，虎子似乎更精力旺盛了。它返老还童了。有时候竟带一个它重孙辈的小公猫到我们家阳台上来。"今夜我们相识"，虎子用不着介绍就相识了。看样子，虎子一去不复返的日子遥遥无期了。我成了拥有三只猫的家庭的主人。

我养了十几年猫，前后共有四只。猫们向人们学习什么，我不通猫语，无法询问。我作为一个人却确实向猫学习了一些有用的东西。上面讲过的处理死亡的办法，就是一个例子。我自己毕竟年纪已经很大了，常常想到死的问题，鲁迅五十多岁就想到了，我真是瞠乎后矣。人生必有死，这是无法抗御的。而且我还认为，死也是好事情。如果世界上的人都不死，连我们的轩辕老祖和孔老夫子今天依然峨冠博带，坐着奔驰车，到天安门去遛弯儿，你想人类世界会成一个什么样子！人是百代的过客，总是要走过去的，这绝不会影响地球的转动和人类社会的进步。每一代人都只是一场没有终点的长途接力赛的一环。前不见古人，后不见来者，是宇宙常规。人老了要死，像在净土里那样，应该算是一件喜事。老人跑完了自己的一棒，把棒交给后人，自己要休息了，这是正常的。不管快慢，他们总算跑完了一棒，总算对人类的进步做出了贡献，总算尽上了自己的天职。年老了要退休，这是身体精神状况所决定的，不是哪个人能改变的。老人们会不会感到寂寞呢？我认为，会的。但是我却觉得，这寂寞是顺乎自然的，从伦理的高度来看，甚至是应该的。我始终主张，老年人应该为青年人活着，而不是相反。青年人有接力棒在手，世界是他们的，未来是他们的，希望是他们的。吾辈老年人的天职是尽上自己仅存的精力，帮助他们前进，必要时要躺在地上，让他们踏着自己的躯体前进，前进。如果由于害怕寂寞而学习《红楼梦》里的贾母，让一家人都围着自己转，这不但是办不到的，而且从人类前途利益来看是犯罪的行为。我说这些话，也许有人怀疑，我是不是碰到了什么不如意的事，才说出这样令某些人骇怪的话来。不，不，决不。我现在身体顽健，家庭和睦，在社会上

广有朋友,每天照样读书、写作、会客、开会不辍。我没有不如意的事情,也没有感到寂寞。不过自己毕竟已逾耄耋之年,面前的路有限了,不免有时候胡思乱想。而且,我同猫们相处久了,觉得它们有些东西确实值得我们学习,我们这些万物之灵应该屈尊一下,学习学习。即使只学到猫们处理死亡大事这一手,我们的社会会减少多少麻烦呀!

"那么,你是不是准备学习呢?"我仿佛听到有人这样质问了。是的,我心里是想学习的。不过也还有些困难。我没有猫的本能,我不知道自己的大限何时来到。而且我还有点儿担心。如果我真正学习了猫,有一天忽然偷偷地溜出了家门,到一个旮旯里、树丛里、山洞里、河沟里,一头钻进去,藏了起来,这样一来,我们人类社会可不像猫社会那样平静,有些人必然认为这是特大新闻,指手画脚,喊喊喳喳。如果是在旧社会里或者在今天的香港等地的话,这必将成为头版头条的爆炸性新闻,不亚于当年的杨乃武和小白菜。我的亲属和朋友也必将派人出去寻找。派的人也许比寻找彭加木的人还要多。这是多么可怕的事呀!因此我就迟疑起来。至于最后究竟何去何从?我正在考虑、推敲、研究。

喜鹊窝

我是乡下人。小时候在乡下住过几天。乡下，树多，鸟多，树上的鸟窝多。秋冬之际，树上的叶子落光，抬头就能看到高树顶上的许多鸟窝，宛如一个个的黑色蘑菇。

但是，我同许多乡下人一样，对鸟并不特别感兴趣。我感兴趣的是昆虫中的知了（我们那里读 jie liu，也就是蝉），在水族中是虾。夏天晚上，在场院里乘凉，在大柳树下，用麦秸点上一把火。赤脚爬上树去，用力一摇晃，知了便像雨点儿似的纷纷落下。如果嫌热，就跳到苇坑里，在苇丛中伸手一摸，就能摸到一些个儿不小的虾，带着双夹，齐白石画的就是这一种虾。

鸟却不能带给我这样的快乐，我有时甚至还感到厌烦。麻雀整天喳喳乱叫，还偷吃庄稼。乌鸦穿一身黑色的晚礼服，名声一向不好，乡下人总把它同死亡联系起来，"哇！哇！"两声，叫得人身上起鸡皮疙瘩。只有喜鹊沾了"喜"字的光，至少不引起人们的反感。那时候，乡下人饿着肚皮，又不是诗人，哪里会有什么闲情雅兴来欣赏鸟的鸣声呢？连喜鹊"喳，喳"的叫声也不例外。那时，我虽然只有几岁，乡下人的偏见我都具备。只有一件事现在回想起来还能聊以自慰：我从来没有爬上树去掏喜鹊的窝。

后来我到了城里，变成了城里人。初到的时候，我简直像是进入迷宫。这么多人，这么多车，这么多商店，这么多大街小巷，我吃惊得目瞪口呆。有一年，母亲在乡下去世了，我回家奔丧。小时候的大娘、大婶见了我就问：

"寻（读 xin）了媳妇没有？"

这问题好回答,我敬谨答曰:

"寻了。"

"是一个庄上的吗?"

我一时语塞,知道乡下人没有进过城,他们不知道城里不是村庄。想解释一下,又怕三言两语说不清楚,最终还是弄一个"丈二和尚,摸不着头脑"。我一时灵机一动,采用了鲁迅先生的办法,含糊答曰:

"唔!唔!"

谁也不知道"唔,唔"是什么意思。妙就妙在谁也不知道是什么意思。乡下的大娘、大婶不是哲学家,不懂什么逻辑思维,她们不"打破砂锅问到底"。我的口试就算及了格。

这一件小事虽小,它却充分说明了乡下人和城里人的思维和情趣是多么不同。回头再谈鸟儿。城里不是鸟的天堂。除了麻雀以外,别的鸟很少见到。常言道:物以稀为贵。于是城里的鸟就"贵"起来了,城里一些人对鸟也就有了感情。如果碰巧能看到高树顶端上的鸟窝,那简直是一件稀罕事儿,小孩子会在树下面拍手欢跳。

中国古代的诗人,虽然有的出生在乡下,但是科举、当官一定是在城里。既然是诗人,感情定是十分细腻。这种细腻表现在方方面面,也表现在对鸟、特别是对鸟鸣的喜爱上。这样的诗句,用不着去查书,一回想就能够想到一大堆。"鸟鸣山更幽","月出惊山鸟,时鸣春涧中","两个黄鹂鸣翠柳,一行白鹭上青天","荡胸生层云,决眦入归鸟","人归山郭暗,雁下芦洲白","微雨霭芳原,春鸠鸣何处","空山百鸟散还合,万里浮云阴且晴。嘶酸刍雁失群夜,断绝胡儿恋母声。""川为静其波,鸟亦罢其鸣",等等,用不着再多举了,中国古代诗人对鸟和鸟鸣感情之深概可想见了。

只有陶渊明的一句诗,我觉得有点儿怪。"犬吠深巷中,鸡鸣桑树颠"。鸡飞上树去高声鸣叫,我确实没有见过。"鸡鸣桑树颠",这一句话颇为突兀。难道晋朝江西的鸡真有飞到桑树顶上去高叫的脾气吗?

不管怎样，中国古代诗人对鸟及其鸣声特别敏感，已是一个彰明昭著的事实。再看一看西方文学，不能不感到其间的差别。西方诗歌中，除了云雀和夜莺外，其他的鸟及其鸣声似乎很少受诗人的垂青。这里面是否也含有很深的审美情趣的差别呢？是否也含有东西方诗人、再扩而大之是一般人之间对大自然的关系的差别呢？姑妄言之。

我绕弯子说了半天，无非是想说中国的城里人对鸟比较有感情而已。我这个由乡下人变成城里的人，也逐渐爱起鸟来。可惜我半辈子始终是在大城市里转，在中国是如此，在德国和瑞士仍然是如此。空有爱鸟之心，爱的对象却难找到，在心灵深处难免感到惆怅。

一直到四十多年前，我四十多岁了，才从沙滩搬到风光旖旎林木蓊郁的燕园里来。这里虽处城市，却似乡村，真正是鸟的天堂。我又能看到鸟了。不是一只，而是成群；不是一种，而是多种；不但看到它们飞，而且听到它们叫；不但看到它们在草地上蹦跳，而且看到它们在高树顶上搭窝。我顾而乐之，多年干涸的心灵似乎又注入了一股清泉。

在众多的鸟中，给我印象最深、我最喜爱的还是喜鹊。在我住的楼前，沿着湖畔，有一排高大的垂柳，在马路对面则是一排高耸入云的杨树。楼西和楼后，小山下面，有几棵高大的榆树。小山上有一棵至少有六七百年的古松。可以说我们的楼是处在绿色丛中。我原住在西门洞的二楼上，书房面西，正对着那几棵榆树。一到春天，喜鹊和其他鸟的叫声不停。喜鹊不知道是通过什么方式，大概是既无父母之命，也没有媒妁之言，自由恋爱，结成了情侣。情侣不停地在群树之间穿梭之行，嘴里往往叼着小树枝，想到什么地方去搭窝。我天天早上最大的乐趣就是看喜鹊们箭似的飞翔，喳喳地欢叫，往往能看上、听上半天。

有一天，完全出我的意料，然而又合乎我的心愿，窗外大榆树上有一团黑色的东西。我豁然开朗：这是喜鹊在搭窝。我现在不用出门就能够看到喜鹊窝了，乐何如之。从此我的眼睛和耳朵完全集

中到这一对喜鹊和它们的窝上,其他的鸟鸣声仿佛都不存在了。每次我看书写作疲倦了,就向窗外看一看。一看到喜鹊窝就像郑板桥看到白银那样,"心花怒放,书画皆佳"。我的灵感风起云涌,连记忆力都仿佛是变了样子,大有过目不忘之概了。

光阴流转,转瞬已是春末夏初。窝里的喜鹊小宝宝看样子已经成长起来了。每当刮风下雨,我心里就揪成一团,很怕它们的窝经受不住风吹雨打。当我看到,不管风多么狂,雨多么骤,那一个黑蘑菇似的窝仍然固若金汤,我的心就放下了。我幻想,此时喜鹊妈妈和喜鹊爸爸正在窝里伸开翅膀,把小宝宝遮盖得严严实实,喜鹊一家正在做着甜美的梦,梦到燕园风和日丽,梦到燕园花团锦簇,梦到小虫子和小蚱蜢自己飞到窝里来,小宝宝食用不尽,梦到湖光塔影忽然移到了大榆树下面……

这一切原来都是幻影,然而我却泪眼模糊,再也无法幻想下去了。我从小失去了慈母,失去了母爱。一个失去了母爱的人,必然是一个心灵不完整或不正常的人。在七八十年的漫长时间中,不管是什么时候,也不管我在什么地方,只要提到了失去母爱,失去母亲,我必然立即泪水盈眶。对人是如此,对鸟兽也是如此。中国古人常说"终天之恨",我这真正是"终天之恨"了。这个恨只能等我离开人世才能消泯,这是无可怀疑的了。中国古诗说:"劝君莫打三春鸟,子在巢中待母归",真是蔼然仁者之言,我每次暗诵,都会感到心灵震撼的。

但是,天有不测风云,鸟有旦夕祸福。正当我为这一家幸福的喜鹊感到幸福而自我陶醉的时候,祸事发生了。一天早上,我坐在书桌前,真是无巧不成书,我一抬头正看到一个小男孩赤脚爬上了那一棵榆树,伸手从喜鹊窝里把喜鹊宝宝掏了出来。掏了几只,我没有看清,不敢瞎说。总之是掏走了。只看这个小男孩像猿猴一般,转瞬跳下树来,前后也不过几分钟,手里抓着小喜鹊,消逝得无影无踪了。我很想下楼去干预一下,但是一想到在浩劫中我头上戴的那一摞可怕的沉重的帽子,都还在似摘未摘之间,我只能规规矩矩,不敢乱说乱动。如果那个小男孩是工人的孩子,那岂不成了"阶级报复"了吗?我吃了老虎心、豹子胆,也不敢动一动呀!我只有伏在桌上,暗自啜泣。

完了,完了,一切全完了。喜鹊的美梦消失了,我的美梦也消失了。我从此抑郁不乐,甚至不敢再抬头看窗外的大榆树。喜鹊妈妈和喜鹊爸爸的心情我不得而知。它们痛失爱子,至少也不会比我更好过。一连好几天,我听到窗外这一对喜鹊喳喳哀鸣,绕树干匝,无枝可依。我不忍再抬头看它们。不知什么时候,这一对喜鹊不见了。它们大概是怀着一颗破碎的心,飞到什么地方另起炉灶去了。过了一两年,大榆树上的那一个喜鹊窝,也由于没加维修,鹊去窝空,被风吹得无影无踪了。

我却没有死心,那一棵大榆树不行了,我就寄希望于其他树木。喜鹊们选择搭窝的树,不知道是根据什么标准。根据我这个人的标准,我觉得,楼前、楼后、楼左、楼右,许多高大的树都合乎搭窝的标准。我于是就盼望起来,年年盼,月月盼,盼星星,盼月亮,盼得双眼发红光。一到春天,我出门,首先抬头往树上瞧。枝头光秃秃的,什么东西也没有。我有时候真有点儿发急,甚至有点儿发狂,我想用眼睛看出一个喜鹊窝来。然而这一切都白搭,都徒然。

今年春天,也就是现在,我走出楼门,偶尔一抬头,我在上面讲的那一棵大榆树上,在光秃秃的枝干中间,又看到一团黑乎乎的东西。连年来我老眼昏花,对眼睛已经失去了自信力。我在惊喜之余,连忙擦了擦眼,又使劲儿瞪大了眼睛,我明白无误地看到了:是一个新搭成的喜鹊窝。我的高兴是任何语言文字都无法形容的。然而福不单至。过了不久,临湖的一棵高大的垂柳顶上,一对喜鹊又在忙忙碌碌地飞上飞下,嘴里叼着小树枝,正在搭一个窝。这一次的惊喜又远远超过了上一回。难道我今生的华盖运真已经交过了吗?

当年爬树掏喜鹊窝的那个小男孩,现在早已长成大人了吧。他或许已经留了学,或者下了海,或者成了"大款"。此事他也许早已

忘记了。我潜心默祷，希望不要再出这样一个孩子，希望这两个喜鹊窝能够存在下去，希望在燕园里千百棵大树上都能有这样黑蘑菇似的喜鹊窝，希望在这里，在全中国，在全世界，人与鸟都能和睦融洽，像一家人一样生活下去，希望人与鸟共同造成一个和谐的宇宙。

一九九四年二月二十五日

一条老狗

自己也不知道是什么原因,我总会不时想起一条老狗来。在过去七十年漫长的时间内,不管我是在国内,还是在国外,不管我是在亚洲,欧洲,非洲,一闭眼睛,就会不时有一条老狗的影子在我眼前晃动,背景是在一个破破烂烂的篱笆门前,后面是绿苇丛生的大坑,透过苇丛的稀疏处,闪亮出一片水光。

这究竟是怎么一回事呢?

无论用多么夸大的词句,也绝不能说这一条老狗是逗人喜爱的。它只不过是一条最普普通通的狗,毛色棕红,灰暗,上面沾满了碎草和泥土,在乡村群狗当中,无论如何也显不出一点儿特异之处,既不凶猛,又不魁梧。然而,就是这样一条不起眼儿的狗却揪住了我的心,一揪就是七十年。

因此,话必须从七十年前说起。当时我还是一个不谙世事的毛头小伙子,正在清华大学读西洋文学系二年级。能够进入清华园,是我平生最满意的事情,日子过得十分惬意。然而,好景不长。有一天,是在秋天,我忽然接到从济南家中打来的电报,只是四个字:"母病速归。"我仿佛是劈头挨了一棒,脑筋昏迷了半天。我立即买好车票,登上开往济南的火车。

我当时的处境是,我住在济南叔父家中。这里就是我的家。而我母亲却住在清平官庄的老家里。整整十四年前,我六岁的那一年,也就是一九一七年,我离开了故乡,也就是离开了母亲,到济南叔父处去上学。我上一辈共有十一位叔伯兄弟,而男孩却只有我一个。济南的叔父也只有一个女孩,于是在表面上我就成了一个宝贝蛋。

然而真正从心眼儿里爱我的只有母亲一人，别人不过是把我看成能够传宗接代的工具而已。这一层道理一个六岁的孩子是无法理解的。可是离开母亲的痛苦我却是理解得又深又透的。到了济南后第一夜，我生平第一次不在母亲怀抱里睡觉，而是孤身一个人躺在一张小床上，我无论如何也睡不着，我一直哭了半夜。这是怎么一回事呀！为什么把我弄到这里来了呢？"可怜小儿女，不解忆长安。"母亲当时的心情，我还不会去猜想。现在追忆起来，她一定会是柔肠寸断，痛哭绝不止半夜。现在这已成了一个万古之谜，永远也不会解开了。

从此我就过上了寄人篱下的生活。我不能说，叔父和婶母不喜欢我，但是，我唯一被喜欢的资格就是，我是一个男孩。不是亲生的孩子同自己亲生的孩子感情必然有所不同，这是人之常情，用不着掩饰，更用不着美化。我在感情方面不是一个麻木的人，一些细枝末节，我体会极深。常言道，没娘的孩子最痛苦。我虽有娘，却似无娘，这痛苦我感受得极深。我是多么想念我故乡里的娘呀！然而，天地间除了母亲一个人外有谁真能了解我的心情我的痛苦呢？因此，我半夜醒来一个人偷偷地在被窝里吞声饮泣的情况就越来越多了。

在整整十四年中，我总共回过三次老家。第一次是在我上小学的时候，为了奔大奶奶之丧而回家的。大奶奶并不是我的亲奶奶，但是从小就对我疼爱异常。如今她离开了我们，我必须回家，这似乎是天经地义的事情。这一次我在家只住了几天，母亲异常高兴，自在意中。第二次回家是在我上中学的时候，原因是父亲卧病，叔父亲自请假回家，看自己共过患难的亲哥哥。这次在家住的时间也不长。我每天坐着牛车，带上一包点心，到离开我们村相当远的一个大地主兼中医住的村里去请他，到我家来给父亲看病；看完再用牛车送他回去。路是土路，坑洼不平，牛车走在上面，颠颠簸簸，来回两趟，要用去差不多一整天的时间。至于医疗效果如何呢？那只有天晓得了。反正父亲的病没有好，也没有变坏。叔父和我的时间都是有限的，我们只好先回济南了。过了没有多久，父亲终于走了。一叔到济南来接我回家。这是我第三次回家,同第一次一样,专为奔丧。在家里埋葬了父亲,又住了几天。现在家里只剩下了母亲和二妹两个人。家里失掉了男主人,一个妇道人家怎样过那种只有半亩地的穷日子,母亲的心情怎样,我只有十一二岁,当时是难以理解的。但是,我仍然必须离开她到济南去继续上学。在这样万般无奈的情况下,但凡母亲还有不管是多么小的力量,她也绝不会放我走的。可是她连一丝一毫的力量也没有。她一字不识,一辈子连个名字都没有能够取上。做了一辈子"季赵氏"。到了今天,父亲一走,她怎样活下去呢?她能给我饭吃吗?不能的,绝不能的。母亲心内的痛苦和忧愁,连我都感觉到了。最后她只能眼睁睁地看着自己最亲爱的孩子离开了自己,走了,走了。谁会知道,这是她最后一次看到自己的儿子呢?谁会知道,这也是我最后一次见到母亲呢?

回到济南以后,我由小学而初中,由初中而高中,由高中而到北京来上大学,在长达八年的过程中,我由一个混混沌沌的小孩子变成了一个青年人,知识增加了一些,对人生了解得也多了不少。对母亲当然仍然是不断想念的。但在暗中饮泣的次数少了,想的是一些切切实实的问题和办法。我梦想,再过两年,我大学一毕业,由于出身一个名牌大学,抢一只饭碗是不成问题的。到了那时候,自己手头有了钱,我将首先把母亲迎至济南。她才四十来岁,今后享福的日子多着哩。

可是我这一个奇妙如意的美梦竟被一张"母病速归"的电报打了个支离破碎。我现在坐在火车上,心惊肉跳,忐忑难安。哈姆莱特问的是:to be or not to be,我问的是:母亲是病了,还是走了?我没有法子求签占卜,可我又偏想知道个究竟,我于是自己想出了一套占卜的办法。我闭上眼睛,如果一睁眼我能看到一根电线杆,那母亲就是病了;如果看不到,就是走了。当时火车速度极慢,从北京到济南要走十四五个小时。就在这样长的时间内,我闭眼又睁眼反复了不知多少次。有时能看到电线杆,则心中一喜。有时又看

不到，则心中一惧。到头来也没能得出一个肯定的结果。我到了济南。

到了家中，我才知道，母亲不是病了，而是走了。这消息对我真如五雷轰顶，我昏迷了半晌，躺在床上哭了一天，水米不曾沾牙。悔恨像大毒蛇直刺入我的心窝：在长达八年的时间内，难道你就不能在任何一个暑假内抽出几天时间回家看一看母亲吗？二妹在前几年也从家乡来到了济南，家中只剩下母亲一个人，孤苦伶仃，形单影只，而且又缺吃少喝，她日子是怎么过的呀！你的良心和理智哪里去了？你连想都不想一下吗？你还能算得上是一个人吗？我痛悔自责，找不到一点儿能原谅自己的地方。我一度曾想到自杀，追随母亲于地下。但是，母亲还没有埋葬，不能立即实行。在极度痛苦中我胡乱诌了一副挽联：

一别竟八载，多少次倚闾怅望，眼泪和血流，迢迢玉宇，高处寒否？

为母子一场，只留得面影迷离，入梦浑难辨，茫茫苍天，此恨曷极！

对仗谈不上，只不过想聊表我的心情而已。

叔父婶母看着苗头不对，怕真出现什么问题，派马家二舅陪我还乡奔丧。到了家里，母亲已经成殓，棺材就停放在屋子中间。只隔一层薄薄的棺材板，我竟不能再见母亲一面，我与她竟是人天悬隔矣。我此时如万箭穿心，痛苦难忍，想一头撞死在母亲棺材上。我被别人死力拽住，昏迷了半天，才醒转过来。抬头看屋中的情况，真正是家徒四壁，除了几只破椅子和一只破箱子以外，什么都没有。在这样的环境中，母亲这八年的日子是怎样过的，不是一清二楚了吗？我又不禁悲从中来，痛哭了一场。

现在家中已经没了女主人，也就是说，没有了任何人。白天我到村内二大爷家里去吃饭，讨论母亲的安葬事宜。晚上则由二大爷亲自送我回家。那时村里不但没有电灯,连煤油灯也没有。家家都点豆油灯,用棉花条搓成灯捻,只不过是有点儿微弱的亮光而已。有人劝我,晚上就睡在二大爷家里,我执意不肯。让我再陪母亲住上几天吧。在茫茫百年中,我在母亲身边只住过六年多,现在仅仅剩下了几天,再不陪就真正抱恨终天了。于是二大爷就亲自提着一个小灯笼送我回家。此时,万籁俱寂,宇宙笼罩在一片黑暗中,只有天上的星星在眨眼,仿佛闪出一丝光芒。全村没有一点儿亮光,没有一点儿声音。透过大坑里芦苇的稀疏闪出一点儿水光。走近破篱笆门时,门旁地上有一团黑东西,细看才知道是一条老狗,静静地卧在那里。狗们有没有思想,我说不准,但感情确是有的。这一条老狗几天来大概是陷入困惑中:天天喂我的女主人怎么忽然不见了?它白天到村里什么地方偷一点儿东西吃,立即回到家里来,静静地卧在篱笆门旁。见了我这个小伙子,它似乎感到我也是这家的主人,同女主人有点儿什么关系,因此见到了我并不咬我,有时候还摇摇尾巴,表示亲昵。那一天晚上我看到的就是这一条老狗。

我孤身一个人走进屋内,屋中停放着母亲的棺材。我躺在里面一间屋子里的大土炕上,炕上到处是跳蚤,它们勇猛地向我发动进攻。我本来就毫无睡意,跳蚤的干扰更加使我难以入睡了。我此时孤身一人陪伴着一具棺材。我是不是害怕呢?不,一点儿也不。虽然是可怕的棺材,但里面躺的人却是我的母亲。她永远爱她的儿子,是人,是鬼,都决不会改变的。

正在这时候,在黑暗中外面走进来一个人,听声音是对门的宁大叔。在母亲生前,他帮助母亲种地,干一些重活,我对他真是感激不尽。他一进屋就高声说:"你娘叫你哩!"我大吃一惊:母亲怎么会叫我呢?原来宁大婶"撞客"了,撞着的正是我母亲。我赶快起身,走到宁家。在平时这种事情我是绝对不会相信的。此时我却是心慌意乱了。只听从宁大婶嘴里叫了一声:"喜子呀!娘想你啊!"我虽然头脑清醒,然而却泪流满面。娘的声音,我八年没有听到了。这一次如果是从母亲嘴里说出来的,那有多好啊!然而却是从宁大

婶嘴里说出来的,但是听上去确实像母亲当年的声音。我信呢,还是不信呢?你不信能行吗?我糊里糊涂地如醉似的疾走了回来。在篱笆门口,地上黑黢黢的一团,是那一条忠诚的老狗。

  我人躺在炕上,无论如何也睡不着了,两只眼睛望着黑暗,仿佛能感到自己的眼睛在发亮。我想了很多很多,八年来从来没有想到的事,现在全想到了。父亲死了以后,济南的经济资助几乎完全断绝,母亲就靠那半亩地维持生活,她能吃得饱吗?她一定是天天夜里躺在我现在躺的这个土炕上想她的儿子,然而儿子却音信全无。她不识字,我写信也无用。听说她曾对人说过:"如果我知道他一去不回头的话,我无论如何也不会放他走的!"这一点我为什么过去一点儿也没有想到过呢?古人说:"树欲静而风不止,子欲养而亲不待。"现在这两句话正应在我的身上,我亲自感受到了;然而晚了,晚了,逝去的时光不能再追回了!"长夜漫漫何时旦?"我切盼天赶快亮。然而,我立刻又想到,我只是一次度过这样痛苦的漫漫长夜,母亲却度过了将近三千次。这是多么可怕的一段时间啊!在长夜中,全村没有一点儿灯光,没有一点儿声音,黑暗仿佛凝结成为固体,只有一个人还瞪大了眼睛在玄想,想的是自己的儿子。伴随她的寂寥的只有一个动物,就是篱笆门外静卧的那一条老狗。想到这里,我无论如何也不敢再想下去了;如果再想下去的话,我不知道会出现什么样的情况。

  母亲的丧事处理完,又是我离开故乡的时候了。临离开那一座破房子时,我一眼就看到那一条老狗仍然忠诚地趴在篱笆门口。见了我,它似乎预感到我要离开了,它站了起来,走到我跟前,在我腿上擦来擦去,对着我尾巴直摇。我一下子泪流满面。我知道这是我们的永别,我俯下身,抱住了它的头,亲了一口。我很想把它抱回济南,但那是绝对办不到的。我只好一步三回首地离开了那里,眼泪向肚子里流。

  到现在这一幕已经过去了七十年。我总是不时想到这一条老狗。女主人没了,少主人也离开了,它每天到村内找点儿东西吃,究竟能够找多久呢？我相信，它绝不会离开那个篱笆门口的，它会永远趴在那里的，尽管脑袋里也会充满了疑问。它究竟趴了多久，我不知道，也许最终是饿死的。我相信，就是饿死，它也会死在那个破篱笆门口。后面是大坑里透过苇丛闪出来的水光。

我从来不信什么轮回转生；但是，我现在宁愿信上一次。我已经九十岁了，来日苦短了。等到我离开这个世界以后，我会在天上或者地下什么地方与母亲相会，趴在她脚下的仍然是这一条老狗。

二〇〇一年五月二日写完

黄　昏

黄昏是神秘的，只要人们能多活下去一天，在这一天的末尾，他们便有个黄昏。但是，年滚着年，月滚着月，他们活下去。有数不清的天，也就有数不清的黄昏。我要问：有几个人觉到这黄昏的存在呢？

早晨，当残梦从枕边飞去的时候，他们醒转来，开始去走一天的路。他们走着，走着，走到正午，路陡然转了下去。仿佛只一溜，就溜到一天的末尾，当他们看到远处弥漫着白茫茫的烟，树梢上淡淡涂上了一层金黄色，一群群的暮鸦驮着日色飞回来的时候，仿佛有什么东西轻轻地压在他们心头。他们知道：夜来了。他们渴望着静息，渴望着梦的来临。不久，薄冥的夜色糊了他们的眼，也糊了他们的心。他们在低矮的小屋里忙乱着，把黄昏关在门外。倘若有人问：你看到黄昏了没有？黄昏真美啊。他们却茫然了。

他们怎能不茫然呢？当他们再从屋里探出头来寻找黄昏的时候，黄昏早随着白茫茫的烟的消失，树梢上金黄色的消失，鸦背上日色的消失而消失了。只剩下朦胧的夜。这黄昏，像一个春宵的轻梦，不知在什么时候漫了来，在他们心上一掠，又不知在什么时候去了。

黄昏走了。走到哪里去了呢？——不，我先问：黄昏从哪里来的呢？这我说不清。又有谁说得清呢？我不能够抓住一把黄昏，问它到底。从东方么？东方是太阳出来的地方。从西方么？西方不正亮着红霞么？从南方么？南方只充满了光和热。看来只有说从北方来的最适宜了。倘若我们想了开去，想到北方的极北端，是北冰洋和北极，我们可以在想象里描画出：白茫茫的天地，白茫茫的雪原和白茫茫的冰山。再往北，在白茫茫的天边上，分不清哪是天，是地，是冰，是雪，只是朦胧的一片灰白。朦胧灰白的黄昏不正应当从这里蜕化出来么？

然而，蜕化出来了，却又扩散开去。漫过了大平原，大草原，留下了一层阴影；漫过了大森林，留下了一片阴郁的黑暗；漫过了小溪，把深灰的暮色融入琤琮的水声里，水面在阒静里透着微明；漫过了山顶，留给它们星的光和月的光；漫过了小村，留下了苍茫的暮烟……给每个墙角扯下了一片，给每个蜘蛛网网住了一把。以后，又漫过了寂寞的沙漠，来到我们的国土里。我能想象：倘若我迎着黄昏站在沙漠里，我一定能看着黄昏从辽远的天边跑了来，像——像什么呢？是不是应当像一阵灰蒙的白雾？或者像一片扩散的云影？跑了来，仍然只是留下一片阴影，又跑了去，来到我们的国土里，随了弥漫在远处的白茫茫的烟，随了树梢上的淡淡的金黄色，也随了暮鸦背上的日色，轻轻地落在人们的心头，又被人们关在门外了。

但是，在门外，它却不管人们关心不关心，寂寞地，冷落地，替他们安排好了一个幻变的又充满了诗意的童话般的世界，朦胧、微明，正像反射在镜子里的影子，它给一切东西涂上银灰的梦的色彩。牛乳色的空气仿佛真牛乳似的凝结起来，但似乎又在软软地黏黏地浓浓地流动。它带来了阒静，你听：一切静静的，像下着大雪的中夜。但是死寂么？却并不，再比现在沉默一点儿，也会变成坟墓般的死寂。仿佛一点儿也不多，一点儿也不少，优美的轻适的阒静软软地黏黏地浓浓地压在人们的心头，灰的天空像一张薄幕；树木，房屋，烟纹，云缕，都像一张张的剪影，静静地贴在这幕上。这里，那里，点缀着晚霞的紫曛和小星的冷光。黄昏真像一首诗，一支歌，一篇童话；像一片月明楼上传来的悠扬的笛声；像一声缭绕在长空里亮唳的鹤鸣；像陈了几十年的绍酒；像一切美到说不出来的东西。说不出来，只能去看；看之不足，只能意会；意会之不足，只能赞叹——然而却终于给人们关在门外了。

名家作品精选

给人们关在门外,是我这样说么?我要小心,因为所谓人们,不是一切人们,也绝不会是一切人们的。我在童年的时候,就常常待在天井里等候黄昏的来临。我这样说,并不是想表明我比别人强。意思很简单,就是:别人不去,也或者是不愿意去这样做。我(自然也还有别人)适逢其会地常常这样做而已。常常在夏天里,我坐在很矮的小凳上,看墙角里渐渐暗了下来,四周的白墙上也布上了一层淡淡的黑影。在幽暗里,夜来香的花香一阵阵地沁入我的心里。天空里飞着蝙蝠。檐角上的蜘蛛网,映着灰白的天空,在朦胧里,还可以数出网上的线条和粘在上面的蚊子和苍蝇的尸体。在不经意的时候蓦地再一抬头,暗灰的天空里已经嵌上闪着眼的小星了。在冬天,天井里满铺着白雪。我蜷伏在屋里。当我看到白的窗纸渐渐灰了起来,炉子里在白天里看不出颜色来的火焰渐渐红起来、亮起来的时候,我也会知道:这是黄昏了。我从风门的缝里望出去:灰白的天空,灰白的盖着雪的屋顶。半弯惨淡的凉月印在天上,虽然有点儿凄凉,但仍然掩不了黄昏的美丽。这时,连常常坐在天井里等着它来临的人也不得不蜷伏在屋里。只剩了灰蒙的雪色伴了它在冷清的门外,这幻变的朦胧的世界造给谁看呢?黄昏不觉得寂寞么?

但是寂寞也延长不了多久,黄昏仍然要走的。李商隐的诗说:"夕阳无限好,只是近黄昏。"诗人不正慨叹黄昏的不能久留吗?它也真的不能久留,一瞬眼,这黄昏,像一个轻梦,只在人们心上一掠,留下黑暗的夜,带着它的寂寞走了。

走了,真的走了。现在再让我问:黄昏走到哪里去了呢?这我不比知道它从哪里来得更清楚。我也不能抓住黄昏的尾巴,问它到底。但是,推想起来,从北方来的应该到南方去了吧。谁说不是到南方去了呢?我看到它怎样走的了——漫过了南墙,漫过了南边那座小山,那片树林;漫过了美丽的南国,一直到辽阔的非洲。非洲有耸峭的峻岭,岭上有深邃的亘古苍暗的大森林。再想下去,森林里有老虎——老虎?黄昏来了,在白天里只呈露着淡绿的暗光的眼睛该亮起来了吧。像不像两盏灯呢?森林里还该有莽苍葳蕤的野草,比人高。草里有狮子，有大蚊子，有大蜘蛛，也该有蝙蝠，比平常的蝙蝠大。夕阳的余晖从树叶的稀薄处，透过了架在树枝上的蜘蛛网，漏了进来，一条条灿烂的金光，照耀得全林子里都发着棕红色，合了草底下毒蛇吐出来的毒气，幻成五色绚烂的彩雾。也该有萤火虫吧，现在一闪一闪地亮起来了。也该有花；但似乎不应该是夜来香或晚香玉。是什么呢？是一切毒艳的恶之花。在毒气里，不正应该产生恶之花吗？这花的香慢慢融入棕红色的空气里，融入绚烂的彩雾里。搅乱成一团，滚成一团暖烘烘的热气。然而，不久这热气就给微明的夜色消融了。只剩一闪一闪的萤火虫，现在渐渐地更亮了。老虎的眼睛更像两盏灯了，在静默里瞅着暗灰的天空里才露面的星星。

然而，在这里，黄昏仍然要走的。再走到哪里去呢？这却真的没人知道了——随了淡白的稀疏的冷月的清光爬上暗沉沉的天空里去么？随了眨着眼的小星爬上了天河么？压在蝙蝠的翅膀上钻进了屋檐么？随了西天的晕红消融在远山的后面么？这又有谁能明白地知道呢？我们知道的，只是：它走了，带了它的寂寞和美丽走了，像一丝微飓，像一个春宵的轻梦。

是了——现在，现在我再有什么可问呢？等候明天么？明天来了，又明天，又明天。当人们看到远处弥漫着白茫茫的烟，树梢上淡淡涂上了一层金黄色，一群群的暮鸦驮着日色飞回来的时候，又仿佛有什么东西压在他们的心头，他们又渴望着梦的来临。把门关上了。关在门外的仍然是黄昏。当他们再伸出头来找的时候，黄昏早已走了。从北冰洋跑了来，一过路，到非洲森林里去了。再到，再到哪里，谁知道呢？然而夜来了，漫长的漆黑的夜。闪着星光和月光的夜，浮动着暗香的夜……只是夜，长长的夜，夜永远也不完，黄昏呢？——黄昏是永远不存在人们的心里的。只一掠，走了，像一个春宵的轻梦。

一九三四年一月四日

晨　趣

一抬头，眼前一片金光：朝阳正跳跃在书架顶上玻璃盒内日本玩偶藤娘身上。藤娘一身和服，花团锦簇，手里拿着淡紫色的藤萝花，熠熠发光，而且闪烁不定。

我开始工作的时候，窗外暗夜正在向前走动。不知怎样一来，暗夜已逝，旭日东升。这阳光是从哪里流进来的呢？窗外一棵高大的梧桐树，枝叶繁茂，仿佛张开了一张绿色的网。再远一点儿，在湖边上是成排的垂柳。所有这一些都不利于阳光的穿透。然而阳光确实流进来了，就流在藤娘身上……

然而，一转瞬间，阳光忽然又不见了，藤娘身上，一片阴影。窗外，在梧桐和垂柳的缝隙里，是一块块蓝色的天空，成群的鸽子正盘旋飞翔在这样的天空里，黑影在蔚蓝上面画上了弧线。鸽影落在湖中，清晰可见，好像比天空里的更富有神韵，宛如镜花水月。

朝阳越升越高，透过浓密的枝叶，一直照到我的头上。我心中一动，阳光好像有了生命，它启迪着什么，它暗示着什么。我忽然想到印度大诗人泰戈尔，每天早上对着初升的太阳，静坐沉思，幻想与天地同体，与宇宙合一。我从来没达到这样的境界，我没有这一份福气。可是我也感到太阳的威力，心中思绪腾翻，仿佛也能洞察三界，透视万有了。

现在我正处在每天工作的第二阶段的开头上。紧张地工作了一个阶段以后，我现在想缓松一下。心里有了余裕，能够抬一抬头，向四周、特别是窗外观察一下。窗外风光如旧，但是四季不同：春花，秋月，夏雨，冬雪，情趣各异，动人则一。现在正是夏季，浓绿扑人眉宇，鸽影在天，湖光如镜。多少年来，当然都是这个样子。为什么过去我竟视而不见呢？今天，藤娘的身上一点儿闪光，仿佛照透了我的心，让我抬起头来，以崭新的眼光来衡量一切。眼前的东西既熟悉，又陌生，我仿佛搬到了一个新的地方，把我好奇的童心一下子都引逗起来了。我注视着藤娘，我的心却飞越茫茫大海，飞到了日本，怀念起赠送给我藤娘的室伏千津子夫人和室伏佑厚先生一家来。真挚的友情温暖着我的心……

窗外太阳升得更高了。梧桐树椭圆的叶子和垂柳尖长的叶子，交织在一起，椭圆与细长相映成趣。最上一层阳光照在上面，一片嫩黄；下一层则处在背阴处，一片黑绿。远处的塔影，屹立不动。天空里的鸽影仍然在划着或长或短、或远或近的弧线。再把眼光收回来，则看到里面窗台上摆着的几盆君子兰，深绿肥大的叶子，给我心中增添了绿色的力量。

多么可爱的清晨，多么宁静的清晨！

此时我怡然自得，其乐陶陶。我真觉得，人生毕竟是非常可爱的，大地毕竟是非常可爱的。我有点儿不知老之已至了。我这个从来不写诗的人心中似乎也有了一点儿诗意。

> 此身合是诗人未？
> 鸽影湖光入目明。

我好像真正成为一个诗人了。

一九八八年十月十三日晨

回　忆

　　回忆很不好说。究竟什么才算是回忆呢？我们时时刻刻沿了人生的路向前走着，时时刻刻有东西映入我们的眼里——即如现在吧，我一抬头就可以看到清浅的水在水仙花盆里反射的冷光，漫在水里的石子的晕红和翠绿，茶杯里残茶在软柔的灯光下照出的几点金星。但是，一转眼，眼前的这一切，早跳入我的意想里，成轻烟，成细雾，成淡淡的影子，再看起来，想起来，说起来的话，就算是我的回忆了。

　　只说眼前这一步，只有这一点儿淡淡的影子，自然是迷离的。但是我自从踏到世界上来，走过不知多少的路。回望过去的茫茫里，有着我的足迹叠成的一条白线，一直引到现在，而且还要引上去。我走过都市的路，看尘烟缭绕在栉比的高屋的顶上。我走过乡村的路，看似水的流云笼罩着远村，看金海似的麦浪。我走过其他许许多多的路，看红的梅，白的雪，潋滟的流水，十里稷稷的松鑿，死人的蜡黄的面色，小孩充满了生命力的踊跃。我在一条路上接触到种种的面影，熟悉的，不熟悉的。这一切的一切都在我走着的时候，蓦地成轻烟，成细雾，成淡淡的影子，储在我的回忆里。有的也就被埋在回忆的暗陬里，忘了。当我转向另一条路的时候，随时又有新的东西，另有一群面影凑集在我的眼前。蓦地又成轻烟，成细雾，成淡淡的影子。移入我的回忆里，自然也有的被埋在暗陬里，忘了。新的影子挤入来，又有旧的被挤到不知什么地方去幻灭，有的简直就被挤了出去。以后，当另一群更新的影子挤进来的时候，这新的也就追踪了旧的命运。就这样，挤出，挤进，一直到现在。我的回忆里残留着各样的影子、色彩,分不清先先后后,萦混成一团了。

我就带着这萦混的一团从过去的茫茫里走上来。现在抬头就可以看到水仙花盆里反射的水的冷光,水里石子的晕红和翠绿,残茶在灯下照出的几点金星。自然,前面已经说过,这些都要倏地变成影子,移入回忆里,移入这萦混的一团里,但是在未移入以前,这萦混的一团影子说不定就在我的脑里浮动起来,我就自然陷入回忆里去了——陷入回忆里去,其实是很不费力的事;我面对着当前的事物。不知怎的,迷离里忽然电光似的一掣,立刻有灰蒙蒙的一片展开在我的意想里,仿佛是空空的,没有什么,但随便我想到曾经见过的什么,立刻便有影子浮现出来。跟着来的还不止一个影子,两个,三个,多了,更多了。影子在穿梭,在萦混。又仿佛电光似的一掣,我又顺着一条线回忆下去——比如回忆到故乡里的秋吧。先仿佛看到满场里乱摊着的谷子,黄黄的。再看到左右摆动的老牛的头,漂浮着云烟的田野,屋后银白的一片蕨芦。再沉一下心,还仿佛能听到老牛的喘气,柳树顶蝉的曳长了的鸣声。豆荚在日光下毕剥的炸裂声。蓦地,有如阴云漫过了田野,只在我的意想里一晃,在故乡里的这些秋的影子上面,又挤进来别的影子了——红的梅,白的雪,激溅的流水,十里稷稷的松壑,死人的蜡黄的面色,小孩充满了生命力的踊跃。同时,老牛的影,芦花的影,田野的影,也站在我的心里的一个角隅里。这许多的影子掩映着,混起来。我再不能顺着刚才的那条线想下去。又有许多别的历乱的影子在我的意念里跳动,如电光火石,炫了我的眼睛。终于,我一无所见,一无所忆。仍然展开了灰蒙蒙的一片,空空的,什么也没有。我的回忆也就停止了。

我的回忆停止了,但是绝不能就这样停止下去。我仍然说,我们时时刻刻沿着人生的路向前走着,时时刻刻就有回忆萦绕着我们——再说到现在吧。灯光平流到我面前的桌上,书页映出了参差的黑影。看到这黑影,我立刻想到在过去不知什么时候看过的远山的淡影。玻璃杯反射着清光。看了这清光,我立刻想到月明下千里

的积雪。我正写着字，看了这一颗颗的字，也使我想到阶下的蚁群……倘若再沉一下心，我可以想到过去在某处见过这样的山的淡影。在另一个地方也见过这样的影子，纷纷的一团。于是想了开去，想到同这影子差不多的影子，纷纷的一团。于是又想了开去，仍然是纷纷的一团影子。但是同这山的淡影，同这书页映出的参差的黑影却没有一点儿关系了。这些影子还没幻灭的时候，又有别的影子隐现在它们后面，朦胧，暗淡，有着各样的色彩。再往里看，又有一层影子隐现在这些影子后面，更朦胧，更暗淡，色彩也更繁复……一层，一层，看上去，没有完。越远越暗淡了下去。到最后，只剩那么一点儿绰绰的形象。就这样，在我的回忆里，一层一层地，这许许多多的影子、色彩，分不清先先后后，又紊混成一团了。

我仍然带了这紊混的一团影走上去。倘若要问：这些影子都在什么地方呢？我却说不清了。往往是这样，一闭眼，先是暗冥冥的一片，再一看，里面就有影子。但再问：这暗冥冥的一片在什么地方呢？恐怕只有天知道吧。当我注视着一件东西发愣的时候，这些影子往往就叠在我眼前的东西上。在不经意的时候，我常把母亲的面影叠在茶杯上。把忘记在什么时候看到的一条长长的伸到水里去的小路叠在 Hölderlin 的全集上，把一树灿烂的海棠花叠在盛着花的土盆上，把大明湖里的塔影叠在桌上铺着的晶莹的清玻璃上，把晚秋黄昏的一天暮鸦叠在墙角的蜘蛛网上，把夏天里烈日下的火红的花团叠在 Hölderlin 窗外草地上平铺着的白雪上……然而，只要一经意，这些影子立刻又水纹似的幻化开去。同了这茶杯的，这 Hölderlin 全集的，这土盆的，这清玻璃的，这蜘蛛网的，这白雪的。影子跳入我们的回忆里，在将来的不知什么时候，又要叠在另一些放在我眼前的东西上了。

将来还没有来，而且也不好说。但是，我们眼前的路不正引向将来去吗？我看过了清浅的水在水仙花盆里反射的冷光，映在水里的石子的晕红和翠绿，残茶在软柔的灯光下照出的那几点金星。也看过了茶杯、Hölderlin 全集、土盆、清玻璃、蜘蛛网、白雪，第二天我自然看到另一些新的东西。第三天我自然看到另一些更新的东西。第四天，第五天……看到的东西多起来。这些东西都要倏地成轻烟，成细雾，成淡淡的影子，储在我的回忆里吧。这一团萦混的影子，也要更萦混了。等我不能再走，不能再看的时候，这一团也要随了我走应当走的最后的路。然而这时候，我却将一无所见，一无所忆。这一团影子幻失到什么地方去了呢？随了大明湖里的倒影漂散到迷茫里去了吗？随了远山的淡霭被吸入金色的黄昏里去了吗？说不清，而且也不必说——反正我有过回忆了。我还希望什么呢？

一九三四年一月十四日

寻 梦

夜里梦到母亲，我哭着醒来。醒来再想捉住这梦的时候，梦却早不知道飞到什么地方去了。

我瞪大了眼睛看着黑暗，一直看到只觉得自己的眼睛在发亮。眼前飞动着梦的碎片，但当我想到把这些梦的碎片捉起来凑成一个整个的时候，连碎片也不知道飞到什么地方去了，眼前剩下的只有母亲依稀的面影……

在梦里向我走来的就是这面影。我只记得，当这面影才出现的时候，四周灰蒙蒙的，母亲仿佛从云堆里走下来，脸上的表情有点儿同平常不一样，像笑，又像哭，但终于向我走来了。

我是在什么地方呢？这连我自己也有点儿弄不清楚。最初我觉得自己是在现在住的屋子里。母亲就这样一推屋角上的小门，走了进来，橘黄色的电灯罩的穗子就罩在母亲头上。于是我又想了开去，想到哥廷根的全城：我每天去上课走过的两旁有惊人的粗的橡树的古旧的城墙，斑驳陆离的灰黑色的老教堂，教堂顶上的高得有点儿古怪的尖塔，尖塔上面的晴空。然而，我的眼前一闪，立刻闪出一片芦苇，芦苇的稀薄处还隐隐约约地射出了水的清光。这是故乡屋后面的大苇坑。于是我立刻感觉到，不但我自己是在这苇坑的边上，连母亲的面影也是在这苇坑的边上向我走来了。我又想到，当我童年还没有离开故乡的时候，每个夏天的早晨，天还没亮，我就起来，沿了这苇坑走去，很小心地向水里面看着。当我看到暗黑的水面下有什么东西在发着白亮的时候，我伸下手去一摸，是一只白而且大的鸭蛋。我写不出当时快乐的心情。这时再抬头看，往往可以看到对岸空地里的大杨树顶上正有一轮淡红的朝阳——两年前的一个秋天，母亲就静卧在这杨树的下面，永远地，永远地。现在又在靠近杨树的坑旁看到她生前八年没见面的儿子了。

但随了这苇坑闪出的却是一枝白色灯笼似的小花，而且就在母亲的手里。我真想不出故乡里什么地方有过这样的花。我终于又想了回来，想到哥廷根，想到现在住的屋子，屋子正中的桌子上两天前房东曾给摆上这样一瓶花。那么，母亲毕竟是到哥廷根来过了，梦里的我也毕竟在哥廷根见过母亲了。

想来想去，眼前的影子渐渐乱了起来。教堂尖塔的影子套上了故乡的大苇坑，在这不远的后面又现出一朵朵灯笼似的白花，在这一些的前面若隐若现的是母亲的面影。我终于也不知道究竟在什么地方看到母亲了。我努力压住思绪，使自己的心静了下来，窗外立刻传来潺潺的雨声，枕上也觉得微微有寒意。我起来拉开窗幔，一缕清光透进来。我向外怅望，希望发现母亲的足迹。但看到的却是每天看到的那一排窗户，现在都沉浸在静寂中，里面的梦该是甜蜜的吧！但我的梦却早飞得连影都没有了，只在心头有一线白色的微痕，蜿蜒出去，从这异域的小城一直到故乡大杨树下母亲的墓边；还在暗暗地替母亲担着心：这样的雨夜怎能跋涉这样长的路来看自己的儿子呢？此外，眼前只是一片空漾，什么东西也看不到了。

天哪！连一个清清楚楚的梦都不给我吗？我怅望灰天，在泪光里，幻出母亲的面影。

一九三六年七月十一日于哥廷根

春满燕园

燕园花事渐衰。桃花、杏花早已开谢。一度繁花满枝的榆叶梅现在已经长出了绿油油的叶子。连几天前还开得像一团锦绣似的西府海棠,也已落英缤纷、残红满地了。丁香虽然还在盛开,灿烂满园,香飘十里,但已显出疲惫的样子。北京的春天本来就是短的,"雨横风狂三月暮,门掩黄昏,无计留春住。"看来春天就要归去了。

但是人们心头的春天却方在繁荣滋长。这个春天,同在大自然里的春天一样,也是万紫千红、风光旖旎的,但它却比大自然里的春天更美、更可爱、更真实、更持久。郑板桥有两句诗:"闭门只是栽兰竹,留得春光过四时。"我们不栽兰,不种竹;我们就把春天栽种在心中,它不但能过今年的四时,而且能过明年、后年,不知多少年的四时,它要常驻我们心中,成为永恒的春天了。

昨天晚上,我走过校园。四周一片寂静,只有远处的蛙鸣划破深夜的沉寂,黑暗仿佛凝结了起来,能摸得着,捉得住。我走着走着,蓦地看到远处有了灯光,是从一些宿舍的窗子里流出来的。我的心里一愣,我的眼睛仿佛有了佛经上叫作天眼通的那种神力,透过墙壁,就看了进去。我看到一位年老的教师在那里伏案苦读,他仿佛正在写文章,想把几十年的研究心得写下来,丰富我们文化知识的宝库。他又仿佛是在备课,想把第二天要讲的东西整理得更深刻、更生动,让青年学生获得更多的滋养。他也可能是在看青年教师的论文,想给他们提些意见,共同切磋琢磨。他时而低头沉思,时而抬头微笑。对他说来,这时候,除了他自己和眼前的工作以外,宇宙万物都似乎不存在,他完完全全陶醉于自己的工作中了。

今天早晨，我又走过校园。这时候，晨光初露，晓风未起。浓绿的松柏，淡绿的杨柳，大叶的杨树，小叶的槐树，成行并列，相映成趣。未名湖绿水满盈，不见一条皱纹，宛如一面明镜。还看不到多少人走路，但从绿草湖畔，丁香丛中，杨柳树下，土山高尖却传来一阵阵朗诵外语的声音。倾耳细听，俄语、英语、梵语、阿拉伯语，等等，依稀可辨。在很多地方，我只是闻声而不见人，但是仅仅从声音里也可以听出那种如饥如渴迫切吸收知识、学习技巧的炽热心情。这一群男女大孩子仿佛想把知识像清晨的空气和芬芳的花香那样一口气吸了下去。我走进大图书馆，又看到一群男女青年挤坐在里面，低头做数学或物理、化学的习题，也都是全神贯注，鸦雀无声。

我很自然地就把昨天夜里的情景同眼前的情景联系了起来。年老的一代是那样，年轻的一代又是这样，还能有比这更动人的情景吗？我心里陡然充满了说不出的喜悦。我仿佛看到春天又回到园中：繁花满枝，一片锦绣。不但已经开过花的桃树和杏树又开出了粉红色的花朵，连根本不开花的榆树和杨柳也满树红花。未名湖中长出了车轮般的莲花，正在开花的藤萝颜色显得格外鲜艳。丁香也是精神抖擞，一点也不显得疲惫。总之是万紫千红，春色满园。

这难道仅仅是我一个人的幻象吗？不是的。这是我心中那个春天的反映。我相信，住在这个园子里的绝大多数的教师和同学心中都有这样一个春天，眼前也都看到这样一个春天。这个春天是不怕时间的。即使到了金风送爽、霜林染醉的时候，到了大雪漫天、一片琼瑶的时候，它也会永留心中，永留园内，它是一个永恒的春天。

一九六二年五月十一日

清华颂

清华园,永远占据着我的心灵。回忆起清华园,就像回忆我的母亲。

又怎能不这样呢?我离开清华已经四十多年了,中间只回去二三次。但是每次回到清华园,就像回到母亲的身边,我内心深处油然起幸福之感。在清华的四年生活,是我一生中最难忘、最愉快的四年。在那时候,我们国家民族正处在危急存亡的紧急关头,清华园也不可能成为世外桃源。但是园子内的生活始终是生气勃勃的,充满了活力的。民主的气氛,科学的传统,始终占着主导的地位。我同广大的清华校友一样,现在所以有这一点点知识,难道不就是在清华园中打下的基础吗?离开清华以后,我当然也学习了不少的新知识,但是在每一个阶段,只要我感觉到学习有所收获,我立刻想到清华园,没有在那里打下的基础,所有这一切都是不可能的。

但是清华园却不仅仅是像我的母亲,而且像一首美丽的诗,它永远占据着我的心灵。

又怎能不这样呢?清华园这名称本身就充满了诗意。它的自然风光又是无限地美妙。每当严冬初过,春的信息,在清华园要比别的地方来得早,阳光似乎比别的地方多。这里的青草从融化过的雪地里探出头来,我们就知道:春天已经悄悄地来了。过不了多久,满园就开满了繁花,形成了花山、花海。再一转眼间,就听到满园蝉声,荷香飘溢。等到蝉声消逝,荷花凋零,红叶又代替了红花,"霜叶红于二月花"。明月之夜,散步荷塘边上,能充分享受朱自清先生所特别欣赏的"荷塘月色"。待到红叶落尽,白雪渐飘,满园就成了银妆玉塑,"既然冬天已经到了,春天还会远吗?"我们就盼望春天的来临了。在这四时变换、景色随时改变的情况下,有一个永远不变的背景,那就是西山的紫气。"烟光凝而暮山紫",唐朝王勃已在一千多年以前赞美过这美妙绝伦的紫色了。这样,清华园不是一首诗而是什么呢?

  在人生的道路上,我已经走了不短的一段路。看来我要走的道路也还不会是很短很短的,对我来说,清华园这一幅母亲的形象,这一首美丽的诗,将在我要走的道路上永远伴随着我,永远占据着我的心灵。

一九八一年一月二十二日

月是故乡明

每个人都有个故乡。人人的故乡都有个月亮。人人都爱自己的故乡的月亮。事情大概就是这个样子。

但是，如果只有孤零零一个月亮，未免显得有点儿孤单。因此，在中国古代诗文中，月亮总有什么东西当陪衬，最多的是山和水，什么"山高月小""三潭印月"，等等，不可胜数。

我的故乡是在山东西北部大平原上。我小的时候，从来没有见过山，也不知山为何物。我曾幻想，山大概是一个圆而粗的柱子吧，顶天立地，好不威风。以后到了济南，才见到山，恍然大悟：山原来是这个样子呀！因此，我在故乡里望月，从来不同山联系。像苏东坡说的"月出于东山之上，徘徊于斗牛之间"，完全是我无法想象的。

至于水，我的故乡小村却大大地有。几个大苇坑占了小村面积一多半。在我这个小孩子眼中，虽不能像洞庭湖"八月湖水平"那样有气派，但也颇有一点儿烟波浩渺之势。到了夏天，黄昏以后，我在坑边的场院里躺在地上，数天上的星星。有时候在古柳下面点起篝火，然后上树一摇，成群的知了飞落下来，比白天用嚼烂的麦粒去粘要容易得多。我天天晚上乐此不疲，天天盼望黄昏早早来临。

到了更晚的时候，我走到坑边，抬头看到晴空一轮明月，清光四溢，与水里的那个月亮相映成趣。我当时虽然还不懂什么叫诗兴，但也顾而乐之，心中油然有什么东西在萌动。我有时候在坑边玩儿很久，才回家睡觉，在梦中见到两个月亮叠在一起，清光更加晶莹澄澈。第二天一早起来，我到坑边苇子丛里去捡鸭子下的蛋，白白地一闪光，手伸向水中，一摸就是一个蛋。此时更是乐不可支了。

我只在故乡待了六年，以后就离乡背井，漂泊天涯。在济南住了十多年，在北京度过四年，又回到济南待了一年，然后在欧洲住了近十一年，重又回到北京，到现在已经四十多年了。在这期间，我曾到过世界上将近三十个国家，我看过许许多多的月亮。在风光旖旎的瑞士莱茫湖上，在平沙无垠的非洲大沙漠中，在碧波万顷的大海中，在巍峨雄奇的高山上，我都看到过月亮。这些月亮应该说都是美妙绝伦的，我都异常喜欢。但是，看到它们，我立刻就想到我故乡中那个苇坑上面和水中的那个小月亮。对比之下，无论如何我也感到，这些广阔世界的大月亮，万万比不上我那心爱的小月亮。不管我离开我的故乡多少万里，我的心立刻就飞来了。我的小月亮，我永远忘不掉你！

我现在已经年近耄耋，住的朗润园是燕园胜地。夸大一点儿说，此地有茂林修竹，绿水环流，还有几座土山点缀其间。风光无疑是绝妙的。前几年，我从庐山休养回来，一个同在庐山休养的老朋友来看我。他看到这样的风光，慨然说："你住在这样的好地方，还到庐山去干吗呢！"可见朗润园给人印象之深。此地既然有山，有水，有树，有竹，有花，有鸟，每逢望夜，一轮当空，月光闪耀于碧波之上，上下空漾，一碧数顷，而且荷香远溢，宿鸟幽鸣，真不能不说是赏月胜地。荷塘月色的奇景，就在我的窗外。不管是谁来到这里，难道还能不顾而乐之吗？

然而，每值这样的良辰美景，我想到的却仍然是故乡苇坑里那个平凡的小月亮。见月思乡，已经成为我经常的经历。思乡之病，说不上是苦是乐，其中有追忆，有惆怅，有留恋，有惋惜。流光如逝，时不再来。在微苦中实有甜美在。

月是故乡明，我什么时候能够再看到我故乡里的月亮呀！我怅望南天，心飞向故里。

一九八九年十一月三日

人间自有真情在

前不久,我写了一篇短文《园花寂寞红》,讲的是楼右前方住着的一对老夫妇,男的是中国人,女的是德国人。他们在德国结婚后,移居中国,到现在已将近半个世纪了。哪里想到,一夜之间,男的突然死去。他天天侍弄的小花园,失去了主人。几朵仅存的月季花,在秋风中颤抖,挣扎,苟延残喘,浑身凄凉、寂寞。

我每天走过那个小花园,也感到凄凉、寂寞。我心里总在想:到了明年春天,小花园将日益颓败;月季花不会再开。连那些在北京只有梅兰芳家才有的大朵的牵牛花,在这里也将永远永远地消逝了。我的心情很沉重。

昨天中午,我又走过这个小花园,看到那位接近米寿的德国老太太在篱笆旁忙活着。我走近一看,她正在采集大牵牛花的种子。这可真是件新鲜事儿。我在这里住了三十年,从来没有见到过她侍弄过花。我曾满腹疑团:德国人一般都是爱花的,这老太太真有点儿个别。可今天她为什么也忙着采集牵牛花的种子呢?她老态龙钟,罗锅着腰,穿一身黑衣裳,瘦得像一只螳螂。虽然采集花种不是累活,她干起来也是够呛的。我问她,采集这个干什么?她的回答极简单:"我的丈夫死了,但是他爱的牵牛花不能死!"

我心里一亮,一下子顿悟出来了一个道理。她男人死了,一儿一女都在德国。老太太在中国可以说是举目无亲。虽然说是入了中国籍,但是在中国将近半个世纪,中国话说不了十句,中国饭吃不惯。她好像是中国社会水面上的一滴油,与整个社会格格不入,平常只同几个外国人和中国留德学生来往,显得很孤单。我常开玩笑说：她是组织上入了籍，思想上并没有入。到了此时，老头已去，儿女在外，返回德国，正其时矣。然而她却偏偏不走。道理何在呢？我百思不得其解。现在，一个非常偶然的机会让我看到她采集大牵牛花的种子。我一下子明白了：这一切都是为了死去的丈夫。

　　丈夫虽然走了，但是小花园还在，十分简陋的小房子还在。这小花园和小房子拴住了她那古老的回忆，长达半个世纪的甜蜜的回忆。这是他俩共同生活过的地方。为了忠诚于对丈夫的回忆，她不肯离开，不忍离开。我能够想象，她在夜深人静时，独对孤灯。窗外小竹林的寒宰声，穿窗而入。屋后土山上草丛中秋虫哀鸣。此外就是一片寂静。丈夫在时，她知道对面小屋里还睡着一个亲人，使自己不会感到孤独。然而现在呢，那个人突然离开自己，走了，永远永远地走了。茫茫天地，好像只剩下自己孤零一人。人生至此，将何以堪！设身处地，如果我处在她的位置上，我一定会马上离开这里，回到自己的祖国，同女儿在一起，度过余年。

　　然而，这一位瘦得像螳螂似的老太太却偏偏不走，偏偏死守空房，死守这一个小花园。我知道：这一切都是为了死去的丈夫。

　　这一位看似柔弱实极坚强的老太太，已经走到了人生的尽头。这一点恐怕她比谁都明白。然而她并未绝望，并未消沉。她还是浑身洋溢着生命力，在心中对未来还充满了希望。她还想到明年春天，她还想到牵牛花，她眼前一定不时闪过春天小花园杂花竞芳的景象。谁看到这种情况会不受到感动呢？我想，牵牛花如有知，到了明年春天，虽然男主人已经不在了，但它一定会精神抖擞，花朵一定会开得更大，更大，颜色一定会更鲜，更艳。

一九九二年九月二十日

赋得永久的悔

题目是韩小蕙小姐出的,所以名之曰"赋得"。但文章是我心甘情愿作的,所以不是八股。

我为什么心甘情愿作这样一篇文章呢?一言以蔽之,题目出得好,不但实获我心,而且先获我心:我早就想写这样一篇东西了。

我已经到了望九之年。在过去的七八十年中,从乡下到城里;从国内到国外;从小学、中学、大学到洋研究院;从"志于学"到超过"从心所欲不逾矩",曲曲折折,坎坎坷坷。既走过阳关大道,也走过独木小桥;既经过"山重水复疑无路",又看到"柳暗花明又一村"。喜悦与忧伤并驾,失望与希望齐飞,我的经历可谓多矣。要讲后悔之事,那是俯拾皆是。要选其中最深切、最真实、最难忘的悔,也就是永久的悔,那也是唾手可得,因为它片刻也没有离开过我的心。

我这永久的悔就是:不该离开故乡,离开母亲。

我出生在鲁西北一个极端贫困的村庄里。我们家是贫中之贫,真可以说是贫无立锥之地。"十年浩劫"中,我自己跳出来反对北大那一位倒行逆施但又炙手可热的"老佛爷",被她视为眼中钉,必欲除之而后快。她手下的小喽啰们曾两次蹿到我的故乡,处心积虑把我"打"成地主,他们那种狗仗人势穷凶极恶的教师爷架子,并没有能吓倒我的乡亲。我小时候的一位伙伴指着他们的鼻子,大声说:"如果让整个官庄来诉苦的话,季羡林家是第一家!"

这一句话并没有夸大,他说的是实情。我祖父母早亡,留下了我父亲等三个兄弟,孤苦伶仃,无依无靠。最小的一叔送了人。我父亲和九叔饿得没有办法，只好到别人家的枣林里去捡落到地上的干枣充饥。这当然不是长久之计。最后兄弟俩被逼背井离乡，盲流到济南去谋生。此时他俩也不过十几二十岁。在举目无亲的大城市里，必然是经过千辛万苦，九叔在济南落住了脚。于是我父亲就回到了故乡，说是农民，但又无田可耕。又必然是经过千辛万苦，九叔从济南有时寄点儿钱回家，父亲赖以生活。不知怎么一来，竟然寻（读 xin）上了媳妇，她就是我的母亲。母亲的娘家姓赵，门当户对，她家穷得同我们家差不多，否则也绝不会结亲。她家里饭都吃不上，哪里有钱、有闲上学。所以我母亲一个字也不识，活了一辈子，连个名字都没有。她家是在另一个庄上，离我们庄五里路。这个五里路就是我母亲毕生所走的最长的距离。

北京大学那一位"老佛爷"要"打"成"地主"的人，也就是我，就出生在这样一个家庭里，就有这样一位母亲。

后来我听说，我们家确实也"阔"过一阵。大概在清末民初，九叔在东三省用口袋里剩下的最后五角钱，买了十分之一的湖北水灾奖券，中了奖。兄弟俩商量，要"富贵而归故乡"，回家扬一下眉，吐一下气。于是把钱运回家，九叔仍然留在城里，乡里的事由父亲一手张罗，他用荒唐离奇的价钱，买了砖瓦，盖了房子。又用荒唐离奇的价钱，置了一块带一口水井的田地。一时兴会淋漓，真正扬眉吐气了。可惜好景不长，我父亲又用荒唐离奇的方式，仿佛宋江一样，豁达大度，招待四方朋友。一转瞬间，盖成的瓦房又拆了卖砖，卖瓦。有水井的田地也改变了主人。全家又回归到原来的情况。我就是在这个时候，在这样的情况下降生到人间来的。

母亲当然亲身经历了这个巨大的变化。可惜，当我同母亲住在一起的时候，我只有几岁，告诉我，我也不懂。所以，我们家这一次陡然上升，又陡然下降，只像是昙花一现，我到现在也不完全明白。这个谜恐怕要成为永恒的谜了。

不管怎样，我们家又恢复到从前那种穷困的情况。后来听人说，我们家那时只有半亩多地。这半亩多地是怎么来的，我也不清楚。

名家作品精选

一家三口人就靠这半亩多地生活。城里的九叔当然还会给点儿接济，然而像中湖北水灾奖那样的事儿，一辈子有一次也不算少了。九叔没有多少钱接济他的哥哥了。

家里日子是怎样过的，我年龄太小，说不清楚。反正吃得极坏，这个我是懂得的。按照当时的标准，吃"白的"（指麦子面）最高，其次是吃小米面或棒子面饼子，最次是吃红高粱饼子，颜色是红的，像猪肝一样。"白的"与我们家无缘。"黄的"（小米面或棒子面饼子颜色都是黄的）与我们缘分也不大。终日为伍者只有"红的"。这"红的"又苦又涩，真是难以下咽。但不吃又害饿，我真有点儿谈"红"色变了。

但是，小孩子也有小孩子的办法。我祖父的堂兄是一个举人，他的夫人我喊她奶奶。他们这一支是有钱有地的。虽然举人死了，但家境依然很好。我这一位大奶奶仍然健在。她的亲孙子早亡，所以把全部的钟爱都倾注到我身上来。她是整个官庄能够吃"白的"的仅有的几个人中之一。她不但自己吃，而且每天都给我留出半个或者四分之一个白面馍馍来。我每天早晨一睁眼，立即跳下炕来向村里跑，我们家住在村外。我跑到大奶奶跟前，清脆甜美地喊上一声："奶奶!"她立即笑得合不上嘴，把手缩回到肥大的袖子，从口袋里掏出一小块馍馍，递给我，这是我一天最幸福的时刻。

此外，我也偶尔能够吃一点儿"白的"，这是我自己用劳动换来的。一到夏天麦收季节，我们家根本没有什么麦子可收。对门住的宁家大婶子和大姑——她们家也穷得够呛——就带我到本村或外村富人的地里去"拾麦子"。所谓"拾麦子"就是别家的长工割过麦子，总还会剩下那么一点点麦穗，这些都是不值得一捡的，我们这些穷人就来"拾"。因为剩下的绝不会多，我们拾上半天，也不过拾半篮子，然而对我们来说，这已经是如获至宝了。一定是大婶和大姑对我特别照顾，以一个四五岁、五六岁的孩子，拾上一个夏天，也能拾上十斤八斤麦粒。这些都是母亲亲手搓出来的。为了对我加以奖励，麦季过后，母亲便把麦子磨成面，蒸成馍馍，或贴成白面饼子，让我解馋。我于是就大快朵颐了。

记得有一年，我拾麦子的成绩也许是有点儿"超常"。到了中秋节——农民嘴里叫"八月十五"——母亲不知从哪里弄了点儿月饼，给我掰了一块，我就蹲在一块石头旁边，大吃起来。在当时，对我来说，月饼可真是神奇的东西，龙肝凤髓也难以比得上的，我难得吃一次。我当时并没有注意，母亲是否也在吃。现在回想起来，她根本一口也没有吃。不但是月饼，连其他"白的"，母亲从来都没有尝过，都留给我吃了。她大概是毕生就与红色的高粱饼子为伍。到了歉年，连这个也吃不上，那就只有吃野菜了。

至于肉类，吃的回忆似乎是一片空白。我老娘家隔壁是一家卖煮牛肉的作坊。给农民劳苦耕耘了一辈子的老黄牛，到了老年，耕不动了，几个农民便以极其低的价钱买来，用极其野蛮的办法杀死，把肉煮烂，然后卖掉。老牛肉难煮，实在没有办法，农民就在肉锅里小便一通，这样肉就好烂了。农民心肠好，有了这种情况，就昭告四邻："今天的肉你们别买！"老娘家穷，虽然极其疼爱我这个外孙，也只能用土罐子，花几个制钱，装一罐子牛肉汤，聊胜于无。记得有一次，罐子里多了一块牛肚子，这就成了我的专利。我舍不得一气吃掉，就用生了锈的小铁刀，一块一块地割着吃，慢慢地吃。这一块牛肚真可以同月饼媲美了。

"白的"、月饼和牛肚难得，"黄的"怎样呢？"黄的"，也同样难得。但是，尽管我只有几岁，我却也想出了办法。到了春、夏、秋三个季节，庄外的草和庄稼都长起来了。我就到庄外去割草，或者到人家高粱地里去劈高粱叶。劈高粱叶，田主不但不禁止，而且还欢迎；因为叶子一劈，通风情况就能改进，高粱长得就能更好，粮食打得就能更多。草和高粱叶都是喂牛用的。我们家穷，从来没有养过牛。我二大爷家是有地的，经常养着两头大牛。我这草和高粱叶就是给它们准备的。每当我这个不到三块豆腐高的孩子背着一大捆草或高粱叶走进二大爷的大门，我心里有所恃而不恐，把草放在牛圈里，赖着不走，总能蹭上一顿"黄的"吃，不会被二大娘

"卷"（我们那里的土话，意思是"骂"）出来。到了过年的时候，自己心里觉得，在过去的一年里，自己喂牛立了功，又有了勇气到二大爷家里赖着吃黄面糕。黄面糕是用黄米面加上枣蒸成的。颜色虽黄，却位列"白的"之上，因为一年只在过年时吃一次，物以稀为贵，于是黄面糕就贵了起来。

我上面讲的全是吃的东西。为什么一讲到母亲就讲起吃的东西来了呢？原因并不复杂。第一，我作为一个孩子容易关心吃的东西。第二，所有我在上面提到的好吃的东西，几乎都与母亲无缘。除了"黄的"以外，其余她都不沾边儿。我在她身边只待到六岁，以后两次奔丧回家，待的时间也很短。现在我回忆起来，连母亲的面影都是迷离模糊的，没有一个清晰的轮廓。特别有一点，让我难解而又易解：我无论如何也回忆不起母亲的笑容来，她好像是一辈子都没有笑过。家境贫困，儿子远离，她受尽了苦难，笑容从何而来呢？有一次我回家听对面的宁大婶子告诉我说："你娘经常说：'早知道送出去回不来，我无论如何也不会放他走的！'"简短的一句话里面含着多少辛酸，多少悲伤啊！母亲不知有多少日日夜夜，眼望远方，盼望自己的儿子回来啊！然而这个儿子却始终没有归去，一直到母亲离开这个世界。

对于这个情况，我最初懵懵懂懂，理解得并不深刻。到了上高中的时候，自己大了几岁，逐渐理解了。但是自己寄人篱下，经济不能独立，空有雄心壮志，怎奈无法实现，我暗暗地下定了决心，立下了誓愿：一旦大学毕业，自己找到工作，立即迎养母亲，然而没有等到我大学毕业，母亲就离开我走了，永远永远地走了。古人说："树欲静而风不止，子欲养而亲不待。"这话正应到我身上。我不忍想象母亲临终思念爱子的情况；一想到，我就会心肝俱裂，眼泪盈眶。当我从北平赶回济南，又从济南赶回清平奔丧的时候，看到了母亲的棺材，看到那简陋的屋子，我真想一头撞死在棺材上，随母亲于地下。我后悔，我真后悔，我千不该万不该离开了母亲。世界上无论什么名誉，什么地位，什么幸福，什么尊荣，都比不上待在母亲身边,即使她一个字也不识,即使整天吃"红的"。

这就是我的"永久的悔"。

一九九四年三月五日

两个小孩子

我喜欢小孩；但我不说那一句美丽到俗不可耐程度的话：小孩子是祖国的花朵。我喜欢就是喜欢，我曾写过《三个小女孩》，现在又写《两个小孩子》。

两个小孩子都姓杨，是叔伯姐弟。姐姐叫秋菊，六岁；弟弟叫秋红，两岁。他们的祖母带着秋菊的父母，从河北某县的一个农村里，到北大来打工，当家庭助理，扫马路，清除垃圾。垃圾和马路都清除得一干二净，受到这一带居民的赞扬。

去年秋天的一天，我同我们的保姆小张出门散步，门口停着一辆清扫垃圾的车，一个小女孩在车架和车把上盘旋攀登，片刻不停。她那一双黑亮的吊角眼，透露着动人的灵气。我们都觉得这小孩异常可爱，便搭讪着同她说话。她毫不腼腆，边攀登，边同我们说话，有问必答。我们回家拿月饼给她吃，她的手接了过去，咬了一口，便不再吃，似乎不太合口味。旁边一个青年男子，用簸箕把树叶和垃圾装入拖车的木箱里，看样子就是小女孩的父亲了。

从此我们似乎就成了朋友。

我们天天出去散步，十次有八次碰上这个小女孩，我们问她叫什么名，她说："叫秋菊。"有时候秋菊见我们走来，从老远处就飞跑过来，欢迎我们。她总爱围着小张绕圈子转，我们问她为什么，她只嘿嘿地笑，什么话也不说，仍然围着小张绕圈子不停，两只吊角眼明亮闪光，满脸顽皮的神气。

秋菊对她家里人的工作情况和所得的工资了若指掌。她说，爸爸在勺园值夜班，冬天烧锅炉，白天到朗润园来清掏垃圾，用板车运送，倒入垃圾桶中。奶奶服侍一个退休教师，做饭，洗衣服，打扫卫生。妈妈在一家当保姆，顺便扫扫马路。这些事大概都是大人闲聊时说出来的。她从旁边听到，记在心中。她同奶奶住在一间屋里，早餐吃方便面，还有包子什么的。奶奶照顾她显然很好，她那红润丰满的双颊就足以证明。秋菊是一个幸福的孩子。

我们出来散步，也有偶尔碰不到秋菊的时候，此时我们真有点惘然若有所失。有时候，我们走到她奶奶住房的窗外，喊着秋菊的名字。在我们不注意间，她像一只小鹿连蹦带跳地从屋里跑了出来，又围着小张绕开了圈子，两只吊角眼明亮闪光，满脸顽皮的神气。

有一天，我们问秋菊愿意吃什么东西。她说，她最喜欢吃带木棍的糖球。我们问："把你卖了行不行？"

"行！卖了我吃糖球。"

"把你爸爸卖了行不行？"

"行！卖了爸爸吃饼干。"

"把你妈卖了行不行？"

"行！卖了俺妈吃香蕉。"

"把你奶奶卖了行不行？"

我们正恭候她说卖了奶奶吃什么哩，她却说：

"奶奶没有人要！"

我们先是一惊，后来便放声大笑。秋菊也嘿嘿地笑个不停。她显然是了解这一句话的含义的。两只吊角大眼更明亮闪光，满脸顽皮的神气。

今年春天，一连几天没有碰到秋菊。我感到事情有点蹊跷。问她奶奶，才知道，秋菊已经被送回原籍去上小学了。我同小张有什么办法呢？我们都颇有点儿黯然神伤的滋味。从今以后，再不会有一个活蹦乱跳的小女孩绕着小张转圈了。

过了不久，我同小张又在秋菊奶奶主人的门前碰到这一位老妇人。她主人的轮椅的轱辘撒了气，我们帮她把气儿打上。旁边站着一个极小的男孩，一问才知道他叫秋红，两岁半，是秋菊的堂弟。小孩长的不是吊角眼，而是平平常常的眼睛，可也是灵动明亮，黑

眼球仿佛特别大而黑,全身透着一股灵气。小孩也一点儿不腼腆,我们同他说话,他高声说:"爷爷好!阿姨好!"原来是秋菊走了以后,奶奶把他接来做伴的。

从此我们又有了一个小伙伴。

但是,秋红毕竟太小了,不能像秋菊那样走很远的路。可是,不管他同什么小孩玩,一见到我们,从老远就高呼:"爷爷好!阿姨好!"铜铃般的童声带给我们极大的愉快。

有一天,我同小张散步倦了,坐在秋红奶奶屋旁的长椅子上休息。此时水波不兴,湖光潋滟,杨柳垂丝,绿荷滴翠,我们顾而乐之,仿佛羽化登仙,遗世独立了。冷不防,小秋红从后面跑了过来,想跟我们玩儿。我们逗他跳舞,他真的把小腿一蹬,小胳膊一举,蹦跳起来。在舞蹈家眼中,这可能是非常幼稚可笑的,可是那一种天真无邪的模样,世界上哪一个舞蹈家能够有呢?我们又逗他唱歌。他毫不推辞,张开小嘴,边舞蹈,边哼唧起来。最初我们听不清他唱的是什么,经过几次重复,我才听出来,他唱的竟是李白的"床前明月光,疑是地上霜。举头望明月,低头思故乡"。我不禁大为惊叹:一个仅仅两岁半的乡村儿童竟能歌唱唐代大诗人李白的名篇,这情况谁能想象得到呢?

又有一天,我同小张出去散步,坐在平常坐的椅子上,小秋红又找我们来了。我们又让他唱歌跳舞。他恭恭敬敬地站在我们面前,先鞠了一大躬,然后又唱又舞,有时候竟用脚尖着地,作芭蕾舞状。舞蹈完毕,高声说:"大家好!"仪式完毕。这一套仪式,我猜想,是他在家乡看歌舞演出时观察到的。那时他恐怕还不到两岁,至多两岁出头。又有一次,我们坐在椅子上,小秋红又跑过来了,嘴里喊着:"爷爷好!阿姨好!"小张教他背诵:

> 锄禾日当午,汗滴禾下土。
> 谁知盘中餐,粒粒皆辛苦。

小张只念了一遍,秋红就能够背诵出来。这真让我大大地吃了一惊。古人说"过目成诵",眼前这个两岁半的孩子是"过耳成诵"。一个仅仅两岁半的乡村儿童能达到这个水平,谁能不吃惊呢?相传唐代大诗人白居易三岁识"之""无",千古传为美谈。如今这个仅仅两岁半的孩子在哪一方面比白居易逊色呢?

中国是世界上的诗词大国,篇章之多,质量之高,宇内实罕有其俦。我国一向有利用诗词陶冶性灵、提高人品的传统,用今天的话来说就是提高人文素质。然而,由于种种原因,近半个世纪以来,此道不畅久矣。最近国家领导人以及有识之士,大力提倡背诵诗词以提高审美能力,加强人文素质,达到让青年和国民能够完美全面地发展的目的,这会大大有利于祖国的建设事业。我原以为这是一件比较困难、需要长期努力的工作,我哪里会想到于无意间竟在一个才两岁半的农村小孩子身上看到了曙光,看到了光辉灿烂的未来,我不禁狂喜,真要手之舞之足之蹈之了。

秋红到二十一世纪不过才到三岁,二十一世纪是他们的世纪。如果全国农村和城市的小孩子都能像秋红这样从小就享有提高人文素质教育的机会,我们祖国的前途真可以预卜了。我希望新闻界的朋友们能闻风而动,到秋红的农村里去采访一次。我相信,他们绝不会空手而归的。

现在,不像秋菊那样杳如黄鹤,秋红还在我的眼前。我每天半小时的散步就成了一天最幸福的时刻,特别是在碰到秋红的时候。

一九九九年七月二十七日

附:关于《两个小孩子》的一点纠正

最近我写了一篇叙事散文《两个小孩子》,发表于一九九九年十月十六日。其中我提到白居易三岁识"之""无"。蒙《海口晚报》的张竺夫先生来函指正,说在白居易的《与元九书》中说到自己在生后六七个月就能认识"无""之"两字。对张先生的厚爱,我十分感激。

《与元九书》这篇文章,我依稀读过;但印象不深。后来不知道在一本什么笔记里读到白居易三岁识"之""无"的说法,印象独深。现在才知道是错了。不然我哪会有发明"白居易识'之''无'"的天才呢?张先生提出纠正,对我来说是改正了错误,增加了见识;对读者来说是得到了正确的信息。有百利而无一害。

但是,我不想改变原文。古人说:"君子之过也,如日月之蚀,人皆见之。"我不想偷偷摸摸地改得毫无错误的痕迹。我一向不悔少作,也不改我的文章。就在今年春夏之交,我写过一篇《站在胡适之先生墓前》的随笔,一开头,我的记忆就出了毛病,把事情记错了;但是,我仍然不改,只加上了一条"附记",算是对读者负责。如果允许我援引一个先例的话,我就援引鲁迅先生的例子。在他的名著《阿Q正传》第一章序中,他写道:"虽然英国正史上并无'博徒列传',而文豪迭更司也做过《博徒别传》这一部书。"这一篇小说是一九二一年创作的,一直到一九二六年,五年以后了,鲁迅才在致韦素园的信中写道:"《博徒别传》是 Rodney Stone 的译名,但是 C. Dogle 做的。《阿Q正传》中说是迭更司作,乃是我误记。"

可是,对这一篇流传世界,誉满士林的作品,鲁迅并没有加以修改。鲁迅的动机何在?我不敢妄加推测。我也并不是有意效颦,我的想法已如上述,不再重复。我只是想,当年如果有博学如张先生者,则必不致错误拖了五年才得到改正。

张先生信中还有几句话:"而两岁半能背几句唐诗,无论是从古还是至今,都是很寻常的事。"这几句话我是无法赞成的。我行年九十,走遍了大半个世界,一个从僻远乡村出生的、一个字也不识的、仅仅两岁半的孩子能背唐诗,我还是第一次遇到。张先生竟说是"很寻常的事",难道我们经历的是两个世界吗?名门大家,书香门第或者可能有个别处,但是,我还没有见到过。我一辈子滥竽知识分子群中,也没有遇到过。因此,"秋红现象",我认为还是值得重视的。我那一篇文章的最后一段,我不想改动。

一九九九年十月二十八日

官庄记行

八月六日，一大早我们就出发到官庄去。

官庄是我诞生的地方，原属清平县。忘记了是中华人民共和国成立后的哪一年，清平县建制被撤销，东一半划归高唐县，西一半划归临清，于是我一变而为临清人。我早年写的文章中，常见"清平"这个字眼，读者大都迷惑不解，其根源就在这里。

官庄距临清二十公里。山东公路的数量和质量都蜚声全国。临清到官庄的一段路也是柏油马路，平坦，宽敞，乘汽车四十分钟可到。回乡扫墓，本来是属于个人的私事，用不着兴师动众。可是临清市领导也派了开路的警车，还有一大批官员随行。我是一个上不得台盘的人，最不喜欢摆谱儿，可是这一次又是非摆不行了。但是我无意中发现，汽车的辆数比昨天少多了。虽然依然是招摇过市，但车队的长龙都短了不少。原来，那几个广播电台的工作人员，包括倪萍在内，都在早晨五点就离开临清，直奔官庄，以便抢占拍摄的制高点，拍取独特的镜头。他们这种敬业精神实在让我在心中佩服不已。

我们的车队转瞬就到了官庄。唐人诗："近乡情更怯，不敢问来人。"原意大概是，当时没有近代的邮局，出门在外，与家人音信难通。天涯游子，一旦回家，家中的情况模糊不清。谁死？谁生？一概不明。走近家乡，忐忑不安，连迎面遇到的人也怯生生地不敢问上两句。我现在却大不相同了，家里的情况，我一清二楚，根本用不着什么"怯"。

实际上，也根本容不得我有什么"怯"。官庄是一个贫困僻远的

小村,全村人口不足两千人。今天大概是倾家出动,也可能还有外村来看热闹的人。因此,我们的车一进村,就被人墙堵住,只好下车。只见万头攒动,人声鼎沸,我哪里还来得及"怯"呢?小学生排成了长队,站在两旁,手执小红旗,也学城里的样子,连声不断地高呼:"欢迎!欢迎!热烈欢迎!"红红的小脸蛋上溢满了欢乐、兴奋,还掺杂着一点儿惊异。虽然市或镇政府派来了许多军警来维持秩序,小学生的阵列还是不时被后面的观众冲破,于是我面前也挤满了人,挡住了去路。我心中又暗暗地发笑:我有什么可看的呢?不过是一个颓然秃顶白发的九旬老人而已。八十四年以前,当眼前这些小学生的老爷爷、老奶奶还活着的时候,也就是我六岁以前的时候,我曾在这个村里住过六年。当时家里极穷,常年吃不饱,穿不暖。在夏天里,我是赤条条一身无牵挂,根本不知道洗手洗脸为何事。中午时分,跳入小河沟,然后爬上来在黄土堆里滚上几滚,浑身沾满了黄土,再跳入沟中洗干净,就像在影片上看到的什么国家的大象一样。现在,隔了八十多年,那个小脏孩子又回来了,可是已经垂垂老矣。我感觉到,那个小脏孩是我,又不像是我。我有点儿发思古之幽情了。

然而,时间是异常紧迫的,幽情不容许我发得太久。有几个军警开路,我走进了义德的家。这本是我们家的旧址,义德改建、扩建,才成了现在这个格局,但究竟是什么样子,因为院子里挤满了人,我实在看不出来。我脑海里浮现的是八十多年前的样子:院子里有两棵高过房顶的大杏树,结的是酸杏,当年我的第一个老师——顺便说一句,我到现在也不知道,这个词儿是怎么来的,我那时的境况和年龄都不允许我念书的——马景恭先生常来摘杏吃。同村的一个男孩子,爬上房顶偷杏吃,不慎跌下来,摔断了腿,院前门旁还有一棵花椒树,而今都踪影不见了。这些回忆都是在一刹那间出现的,确实很甜美;但都已经如云如烟,又如海上三山,无限渺茫了。此时院子里人声嘈杂,拥拥挤挤,门框都有被挤断的危险。我只坐了几分钟,就被人扶出来,冲破重围,走出大门。我回头瞥见院内拴着一头大牛，好像还有一辆拖拉机。心里想：义德的小日子大概还过得颇为红火。

我们又坐上了汽车，在人海中驶向墓地。透过车窗看到成百的乡亲们在走捷径，想在我们前面赶到目的地。感谢义德和孟祥的精心安排，墓地上一切都已经准备就绪，有供品，有香烛，还有一挂鞭炮。大概还有别的东西，只觉得眼花缭乱，五光十色，一时难以看清了。这里共有两座坟墓，其中之一埋葬着我的祖父和祖母，两个人我都没有见过面。另一座埋葬着我的父母。我最关注的还是我母亲的坟。我一生不知道写过多少篇关于母亲的文章了，我也不知道有多少次在梦中同母亲见面了；但我在梦中看到的只是一个迷离的面影，因为母亲确切的模样我实在记不清了。今天我来到这里，母亲就在我眼前，只隔着一层不厚的黄土，然而却人天悬隔，永世不能见面了，我的眼泪夺眶而出，滴到了眼前的香烛上。我跪倒在母亲墓前，心中暗暗地说："娘啊！这恐怕是你儿子今生最后一次来给你扫墓了。将来我要睡在你的身旁！"

我站了起来，用迷离模糊的泪眼环视四周。人来得更多了，仿佛比进庄时还要多，里三层，外三层，都瞪大了眼睛，看眼前这一幕"奇景"。各路电视台的人马当然更是不甘落后，个个摆好了架势，大拍特拍。我确实没有看到倪萍。但是我回北京以后不久，看到几个月前倪萍在中央电视台主持的"聊天"节目中我与她聊天的情景，结尾处却出现她在官庄采访老乡们的图像和我跪在母亲墓前的形象，显然是后加上去的。她大概也是在那一天黎明时分离开临清赶到官庄的。

我要离开母亲的墓地了，内心里思绪腾涌。何时再来？能否再来？都是未知数。人生至此，夫复何言！我向围观的成百上千的乡亲们招了招手，表示谢意，赶快钻进了汽车，于上午十点回到了临清，前后只用了两个小时。但是为母亲扫墓的这一幕将会永远永远地印在我的心中。

二〇〇一年九月二十二日

富春江上

记得在什么诗话上读到过两句诗：

> 到江吴地尽，
> 隔岸越山多。

诗话的作者认为是警句，我也认为是警句。但是当时我却只能欣赏诗句的意境，而没有丝毫感性认识。不意我今天竟亲身来到了钱塘江畔富春江上。极目一望，江水平阔，浩渺如海；隔岸青螺数点，微痕一抹，出没于烟雨迷蒙中。"隔岸越山多"的意境我终于亲临目睹了。

钱塘、富春都是具有诱惑力的名字。实际的情况比名字更有诱惑力。我们坐在一艘游艇上。江水青碧，水声淙淙。艇上偶见白鸥飞过，远处则是点点风帆。黑色的小燕子在起伏翻腾的碎波上贴水面飞行，似乎是在努力寻觅着什么。我虽努力探究，但也只见它们忙忙碌碌，匆匆促促，最终也探究不出，它们究竟在寻觅什么。岸上则是点点的越山，飞也似的向艇后奔。一点消逝了，又出现了新的一点，数十里连绵不断。难道诗句中的"多"字表现的就是这个意境吗？眼中看到的虽然是当前的景色，但心中想到的却是历史的人物。谁到了这个吴越分界的地方不会立刻就想到古代的吴王夫差和越王勾践的冲突呢？当年他们钩心斗角互相角逐的情景，今天我们已经无从想象了。但是乱箭齐发、金鼓轰鸣的搏斗总归是有的。这种鏖兵的情况无论如何同这样的青山绿水也不能协调起来。人世变幻，今古皆然。在人类前进的征途上，这些都是不可避免的。但青山绿水却将永在。我们今天大可不必庸人自扰，为古人担忧，还是欣赏眼前的美景吧！

但是，我的幻想却不肯停止下来。我心头的幻想，一下子又变成了眼前的幻象。我的耳边响起了诗僧苏曼殊的两句诗：

春雨楼头尺八箫，
何时归看浙江潮。

这里不正是浙江钱塘潮的老家吗？我平生还没有看到浙江潮的福气。这两句诗我却是喜欢的，常常在无意中独自吟咏。今天来到钱塘江上，这两句诗仿佛是自己来到了我的耳边。耳边诗句一响，眼前潮水就涌了起来：

怒声汹汹势悠悠，
罗刹江边地欲浮。
漫道往来存大信，
也知反覆向平流。
狂抛巨浸疑无底，
猛过西陵只有头。
至竟朝昏谁主掌，
好骑赪鲤问阳侯。

但是，幻象毕竟只是幻象。一转瞬间，"怒声汹汹"的江涛就消逝得无影无踪，眼前江水平阔，浩渺如海，隔岸青螺数点，微痕一抹，出没于烟雨迷蒙中。

可是竟完全出我意料：在平阔的水面上，在点点青螺上，竟又出现了一个人的影子。它飘浮飞驶，"翩若惊鸿，宛如游龙"，时隐时现，若即若离，追逐着海鸥的翅膀，跟随着小燕子的身影，停留

名家作品精选

在风帆顶上,飘动在波光潋滟中。我真是又惊又喜。"胡为乎来哉?"难道因为这里是你的家乡才出来欢迎我吗?我想抓住它;这当然是不可能的。我想正眼仔细看它一看;这也是不可能的。但它又不肯离开我,我又不能不看它。这真使我又是兴奋,又是沮丧;又是希望它飞近一点儿,又是希望它离远一点儿。我在徒唤奈何中看到它飘浮飞动,定睛敛神,只看到青螺数点,微痕一抹,出没于烟雨迷蒙中。

我们就这样到了富阳。这是我们今天艇游的终点。我们舍舟登陆,爬上了有名的鹳山。山虽不高,但形势极好。山上层楼叠阁,曲径通幽,花木扶疏,窗明几净。我们登上了春江第一楼,凭窗远望,富春江景色尽收眼底。因为高,点点风帆显得更小了,而水上的小燕子则小得无影无踪。想它们必然是仍然忙忙碌碌地在那里飞着,可惜我们一点儿也看不着,只能在这里想象了。山顶上树木参天,森然苍蔚。最使我吃惊的是参天的玉兰花树。碗大的白花在绿叶丛中探出头来,同北地的玉兰花一比,小大悬殊,颇使我这个北方人有点儿目瞪口呆了。

在山边上一座石壁下是名闻天下的严子陵钓台。宋朝大诗人苏东坡写的四个大字:登云钩月,赫然镌刻在石壁上。此地距江面相当远,钓鱼无论如何是钓不着的。遥想两千多年前,一个披着蓑衣的老头子,手持几十丈长的钓竿,垂着几十丈长的钓丝,孤零零一个人,蹲在这石壁下,等候鱼儿上钩,一动也不动,宛如一个木雕泥塑。这样一幅景象,无论如何也难免有滑稽之感。古人说:姑妄言之姑听之,过分认真,反会大煞风景。难道宋朝的苏东坡就真正相信吗?此地自然风光,天下独绝,有此一个传说,更会增加自然风光的妩媚,我们就姑妄听之吧!

两年前,我曾畅游黄山。那里景色之绮丽瑰伟,使我大为惊叹。窃念大化造物,天造地设,独垂青于中华大地。我觉得生为一个中国人,是十分幸福的。是非常值得骄傲的。今天我又来到了富春江上。这里景色明丽,秀色天成,同样是美,但却与黄山形成了鲜明

238

的对照。如果允许我借用一个现成的说法的话,那么,一个是阳刚之美,一个是阴柔之美。刚柔不同,其美则一,同样使我惊叹。我们祖国大地,江山如此多娇,我的幸福之感,骄傲之感,便油然而生。我眼前的富春江在我眼中更增加了明丽,更增加了妩媚,仿佛是一条天上的神江了。

在这里,我忽然想到唐代诗人孟浩然的一首著名的诗:《宿桐庐江寄广陵旧游》:

> 山暝听猿愁,
> 沧江急夜流。
> 风鸣两岸叶,
> 月照一孤舟。
> 建德非吾土,
> 维扬忆旧游。
> 还将两行泪,
> 遥寄海西头。

孟浩然说"建德非吾土",在当时的情况下,这种心情是容易理解的。他忆念广陵,便觉得建德非吾土。到了今天,我们当然不会再有这样的感觉了。我觉得桐庐不但是"吾土",而且是"吾土"中的精华。同黄山一样,有这样的"吾土"就是幸福的根源。非吾土的感觉我是有过的。但那是在国外,比如说瑞士,那里的山水也是十分神奇动人的,我曾为之颠倒过,迷惑过。但一想到"山川信美非吾土",我就不禁有落寞之感。今天在富春江上,我丝毫也不会有什么落寞之感。正相反,我是越看越爱看,越爱看便越觉得幸福,在这风物如画的江上,我大有手舞足蹈之意了。

我当然也还感到有点儿美中不足。我从小就背诵梁代大文学家吴均的一篇名作《与宋元思书》。这封信里描绘的正是富春江的风景:

名家作品精选

　　风烟俱净,
　　天山共色。
　　从流飘荡,
　　任意东西。
　　自富阳至桐庐,
　　一百许里,
　　奇山异水,
　　天下独绝。

　　上面就是对这"奇山异水"的描绘,那确是非常动人的。然而他讲的是"自富阳至桐庐",我今天刚刚到了富阳,便戛然而止,好像是一篇绝妙的文章,只读了一个开头。这难道不是天大的憾事吗?然而,这一件憾事也自有它的绝妙之处,妙在含蓄。我知道前面还有更绮丽的景色,偏偏今天就不让你看到。我望眼欲穿,向着桐庐的方向望去,根据吴均的描绘,再加上我自己的幻想,把那一百多里的奇山异水给自己描绘得如阆苑仙境,自己感到无比的快乐,我的心好像就在这些奇山异水上飞驰。

　　等到我耳边听到有点儿嘈杂声,是同伴们准备回去的时候了。我抬眼四望,唯见青螺数点,微痕一抹,出没于烟雨迷蒙中。

一九八一年十二月九日

观秦兵马俑

好像从地下涌出来一样，千军万马的兵马俑一个个英姿勃发地突然站立在大地上。说是千军万马，绝不是夸大之词。仅就已知的俑的数目来看，足足够编成一个现代化的师。有待于发现的还没有计算在内。

你说这是一个奇迹吗？我同意。这几乎是全世界到中国来参观兵马俑的外国朋友的一致的意见。他们中间有的人甚至说，秦兵马俑这一个奇迹超过了举世闻名的万里长城。但是，同时我也可以不同意。我们伟大的祖国是文明古国，在现在的九百多万平方公里的土地上，十亿人口正在从事于万马奔腾的社会主义现代化的伟大建设工作。这是地面上的奇迹，是明明白白地摆在光天化日之下的，是人们都能够看到的。但是在地下呢？谁也说不清楚，究竟还有多少像秦兵马俑这样的奇迹暂时还埋藏在那里。就连邻近兵马俑的地带，地下情况我们也还不很清楚，何况是这样辽阔的大地呢？

在兵马俑没有涌出来以前，想来地面上也不过是一片青青的庄稼，或者一片荒烟蔓草。这一块土地，同另外任何一块土地完全是一模一样的。两千多年以来，不知道有多少人脚踩过这一块土地，也许在上面种过庄稼，种过菜，栽过树，养过花；也许在上面盖过房子，修过花园。谁也不会想到，就在自己的脚下，竟埋藏着这样多这样神奇的国宝。中国古人有一句现成的话说："地不爱宝。"现在也许是大地忽然不再爱这些宝贝了，于是兵马俑这样的国宝就一下子涌到地面上来。

今天我们不远千里来到这里，无非是想看一看这些国宝，这些

奇迹。一路之上,从西安城一直到这里,看到的当然都是地面上的东西。车过秦始皇陵,看到一个高高的土丘,上面郁郁葱葱,长满了石榴树。因为天气不好,骊山只剩下一片影子,黑魆魆地扑人眉宇。田地里长满了青青的蔬菜,间或也能看到麦苗。麦苗长得还很矮小,但却青翠苗壮。在骊山的阴影压迫之下,这麦苗显得更加青翠,逗人喜爱。

但是在西安引人注意的却不是这些青翠苗壮的麦苗,西安是一个最容易让人发思古之幽情的地方。只要一看到秦始皇陵和骊山,人们的思潮就会冲决这两个地方,向外扩散。我现在正是这样。我的心思仿佛长上了翅膀,连绵起伏,奔腾流泻。看到半坡,我自然就想到了蒙昧远古的祖先。接着想到的是我们汉族公认的始祖轩辕黄帝,他的陵墓距离西安不算太远。骊山当然让我想到周幽王和骊姬。始皇陵里埋着妇孺皆知的秦始皇。茂陵是汉武帝的陵墓。这一位雄才大略的大皇帝把自己的大将和大臣都埋藏在身边,霍去病和卫青的墓都在茂陵附近。这两个杰出的年轻的大将军在死后还在义胆忠心地保卫着自己的主子。

至于唐代,那遗迹更是到处可见。很多地方都与中国文学史上一些非常显赫的诗人的名字联系在一起。抬头一看,低头一想,无一不让你想到唐代诗歌的黄金时代,想到一些脍炙人口的诗句。这里简直是诗歌的王国,是幻想的天堂,是天上彩虹的故乡,是人间真情的宝库。走过灞桥,我怎能会不想到当年折柳赠别的那一些名句和那种依依不舍的友情呢?看到蓝田这个地名,我自然就想到了王维的辋川别墅,想到那些意境幽远的短诗。终南山抬头就能够见到,一看到终南山:"终南阴岭秀,积雪浮云端。林表明霁色,城中增暮寒。"吟咏这首诗的声音,就在我耳边响起。车子驰过城西北的那一些原野,我不由自主地低吟:"五陵北原上,万古青蒙蒙。"走过咸阳桥,杜甫的名句:"耶娘妻子走相送,尘埃不见咸阳桥。"自然就在我耳边响起。我仿佛看到在滚滚的黄尘中唐代出征军人的身影,他们的父母妻子把臂牵袂,痛哭相送。一走过渭水,"秋风生渭

242

水，落叶满长安"这样的诗句马上把我带到了长安的深秋中，身上感到一阵阵的凉意。一想到秋天，我马上就想到春天。"云里帝城双凤阙，雨中春树万人家。"这样春雨中的情景立刻就把千树万树枝头滴着红雨的杏花带到我眼前来，我身上感到一阵阵的湿意。从帝城我联想到大明宫："九天阊阖开宫殿，万国衣冠拜冕旒。"我仿佛亲眼看到当年世界的首都长安的情景，大街上熙熙攘攘，挤满了人，在黄皮肤的人群中夹杂着不少皮肤或白或黑、衣着怪异、语言奇特的外国学者、商人、僧侣、外交官。

…………

总之，在我乘车驶向秦俑馆的路上，我眼前幻影迷离，心头忆念凌乱，耳旁响着吟诗声，嘴里念着美妙的诗句，纵横八百里，上下数千年，浮想联翩，心潮腾涌。我以前在任何时候任何地方都没有过这样复杂的感情，我是既愉快，又惆怅；既兴奋，又冷静，中间还掺杂上一点儿似乎是骄傲的意味。

就这样，转眼之间，我们已经到了秦兵马俑馆。

所谓兵马俑馆，是一个硕大无比的大厅，目测至少有几个足球场大。在进入大厅之前，我们先参观了大厅旁边的一间小厅，中间陈列着正在修复中的一辆铜车、四匹铜马。四匹铜马神采奕奕，仿佛正在努力拉着铜车奔驰。一个铜军官坐在车上，驾驭着这四匹马。看到这样精致绝伦的艺术国宝，我们每个人都不禁啧啧称叹：想不到宇宙间竟有这样神奇的珍品，我心中那一点儿骄傲的意味不由得更加浓烈起来了。

走进了大厅，站在栏杆旁边向下面的大坑里望去，看到一排排的坑道。坑道中，前排的兵俑和马俑都成排成行地站在那里。将军俑、铠甲武士俑、骑马俑，等等，好像都聚精会神地站在那里，静候命令，一个个秩序井然，纪律严明，身体笔直，一动也不动。兵俑中间间杂着一些马俑，也都严肃整齐，伫立待命。我原以为，这些兵俑都是一个模子里塑制出来的，千篇一律，不会有什么变化。但是仔细一看才发现，他们的面部表情几乎每一个都不相同：有的

像是在微笑，有的像是在说话，有的光着下颌，有的留着胡子，个个栩栩如生，而又神态各异，没有发现一个愁眉苦脸的。他们好像都是衷心喜悦地为大皇帝站岗放哨。他们的"物质待遇"好像是很不错，否则怎么能个个都心满意足呢？我简直难以想象，当年的艺术家是怎样塑制这些兵马俑的。数以万计的兵马俑竟都能这样精致生动，不叫它是宇宙间一大奇迹又叫它什么呢？

我的思潮又腾涌起来，眼前幻象浮动，心头波浪翻滚。蓦地一转眼，我仿佛看到坑里的兵俑和马俑一齐跳动起来。兵俑跑在前面，在将军俑的率领下，奋勇前进。马俑紧紧地跟在后面。有的兵俑骑上马俑，放松缰绳，任马驰骋。后排坑道里那些还没有被完全挖出来的兵俑和马俑，有的只露出了头，有的露出了半身，有的直着身子，有的歪着身子，也都在那里活动起来。在这里，地面高高低低，坎坷不平。它在我眼中忽然变成了海浪，汹涌澎湃，气象万千。兵俑和马俑正从海浪中挣扎出来。有脑袋的奋勇向前。连那些没有脑袋的也顺手抓起一个脑袋，安在脖子上，骑上马俑，向前奔去；想追上前面那些成行成排的俑，一齐飞出大厅。那四匹铜马拉着铜车，四马当先，所向无前。连乾陵的那两匹带翅膀的飞马也从远处赶了来，参加到飞腾的队伍中去。它们一飞出大厅，看到今天祖国已经换了人间，都大为惊诧与兴奋。它们大声互相说着话："我们一睡就是几千年，今天醒来，看到河山大地花团锦簇，人民群众意气风发。我们虽然都有了一把子年纪，但是身子骨还很硬朗。我们休息了这么多年，正有用不完的劲。我们也一定要尽上一份力量，决不能后人。现在是大显身手的好时候了，干呀！干呀！"边说边飞，浩浩荡荡，飞向天空，飞向骊山：

骊山高处入青云，
仙乐风飘处处闻。

现在我耳边响起的不是缓歌慢奏的仙乐，而是兵马杂沓，金鼓齐鸣，这些声音汇成了三界大乐，直干青云，跟随着兵俑和马俑，把我的心也夹在了中间，飞驰掠过八百里秦川。

　　这八百里秦川可真是一块宝地啊！在若干千年中，我们的先民在这里胼手胝足，辛勤耕耘，才收拾出来了现在这样的锦绣河山。就拿西安这一个地方来说吧，在汉唐时期，以它那光辉灿烂的文化，吸引了成千上万的外国朋友，不远万里，来到这里，或学习，或贸易，或当外交官。西安俨然成了当时世界的中心。城中盛况，依稀可以想象。这一点我在上面已经谈到。今天，又发现了数目这样多、塑制又这样精美、能同世界奇迹长城媲美的兵马俑，锦上添花，又招引来了全国各地的人士和世界各国的朋友，云集此处，都瞪大了眼睛，惊叹不已。在我们来的路上，外国朋友乘坐的车子，络绎不绝。现在，在秦俑馆内，外国朋友，男女老幼，穿着五光十色的衣服，说着稀奇古怪的语言，其数目远远超过国内人民。在这样的情况下，作为一个中国人，人们会想些什么呢？别人的心思我无法揣度，我说不出；但是我自己的心思我是清楚的。我在来的路上的那一点淡淡的骄矜之意、幸福之感，现在浓烈起来了。为生为一个中国人而感到骄矜与幸福，难道不是我们共同的感觉吗？

　　我就是怀着这样的骄矜之意与幸福之感，依依不舍一步三回首地离开了秦俑馆的。此时天色已经渐渐地晚了下来，骊山山顶隐入一层薄薄的暮霭中。浩浩荡荡的兵俑和马俑的队伍大概已经飞越了骊山，只留下一片寂静，伴随着我驰过八百里秦川。

　　　　　　　　　　一九八二年十月二十九日草稿
　　　　　　　　　　一九八二年十一月十六日修改
　　　　　　　　　　　一九八五年一月十四日抄出

我爱北京

我爱北京!

我不是北京生人,但是前后在北京居住了将近五十年,算得上一个老北京了。六十年前,当我第一次从山东老家来北京的时候,我是一个不满十九岁的乡下人,没有见过大世面。一下火车,听到那些手里拿着布掸子给旅客掸土借以讨得几枚铜圆的老妇人那一口抑扬顿挫嘹亮圆润的京片子,仿佛听到仙乐一般,震撼了我内心深处。我觉得北京真是一个奇妙的好地方,一个有文化有教养的城市。我从此学会了一件事:我爱北京。

我在清华园里住了四年,然后回到故乡的一个高级中学里教了一年国文,就到欧洲去了。在那里一住就是将近十一年。一九四六年深秋,我终于倦鸟归林,又回到了北京。从那时到现在一住又是四十多年,没有迁移到任何别的城市去。今后我大概也不会移家他处,我要终老于斯了。

我爱北京!

在1949年前的二十年中,北京基本上没有变,城垣高耸,宫阙连云,红墙黄瓦,相映生辉,驼铃与电车齐鸣,蓝天共碧水一色,一种古老的情味,弥漫一切。这是北京美的一方面。"无风三尺土,有雨一街泥",这是北京并不怎样美的一方面。不管美与不美,北京在我心中总是美的。在我离开北京远赴异域的那十多年中,我不但经常想到北京,而且经常梦到北京,我是多么想赶快回到北京的怀抱里来呀!

中华人民共和国成立以后,北京,同全国人民一样,走上了一个崭新的发展阶段。城市面貌日新月异，真正达到了一天等于二十年的速度。我记得曾读过老舍先生的一篇文章（也许是亲自听他说的），他说，他这老北京，只要几天不出门，出门就吃一惊：什么地方又起了一座摩天高楼，什么地方街道变了样子，他因此甚至迷路，走不回家来。

变化不是坏事，而是好事。可是人们的思想往往跟不上。五十年代的前一半，有几年我是北京市人大代表。我记得最清楚的一件事，是拆除天安门前东西两座牌楼引起了风波。在人大全体会议上，代表们争论激烈，各不相让。最后请出了北京市主管交通的一个处长，到大会上来汇报，历数这两座牌楼造成的恶性交通事故，也举出了伤亡人数。在事实面前，大家终于统一了思想，举手通过拆除方案。市府立即下令执行。我是一个保守思想颇浓的人，原来也属于反对拆除派。到了今天，天安门广场已经完全变了样子，成为世界上最大的广场。如果当年不拆除那两座牌楼，今天摆在那里，最多像两个火柴盒，在车水马龙中，不但影响交通，而且不也显得十分滑稽吗？

我们常说，看问题要有预见性。但是，说起来容易，做起来难。我们往往囿于眼前的情况，不能自拔。及至时过境迁，才豁然开朗，恍然大悟，狠狠地吃上一剂后悔药。我自己不知吃了多少后悔药，头脑才比较清醒一点儿。我深深知道，今之视昔，亦犹后之视今。但前者易而后者难。我们不应该害怕变化，否则将来还要吃后悔药的。

但是，是不是所有的变化都是好事呢？也不见得。以北京为例。北京不是没有变，而是有的地方变得过了头，在大变中应该保留一点儿不变，那就好多了。比如北京城内的核心地区，以故宫为中心，就应该比较完整地保留下来。然而这一点我们并没能做到。新建的一些摩天大楼破坏了这个地区的完整性，实在很可惜。从前人们登上景山最高处或者北海白塔，纵目南望，在红墙中的黄琉璃瓦屋顶，在阳光中闪出金光，仿佛在那里波动，宛如一片黄色的海洋。这种

名家作品精选

景色世界上任何地方都是看不到的,然而现在已经遭到一些破坏,回天无术了。

又比如北京的城墙,完全可以像西安那样,有选择地保留几段,修成城垣公园,供国内外的游人登临欣赏,岂非天下乐事!现在却是完全、彻底、干净、全部地拆掉了,同样是回天无术了。

建设首都,可以允许同建设其他大城市有所不同。这种做法世界上不乏先例。比如说联邦德国的首都波恩,是一座相当小的城市。城内不允许建立重工业,连轻工业据说也只有一个小小的玻璃厂。城内既无污染,也没有噪音,街道洁净,空气新鲜,交通不拥挤,整个城市宛如一座安静的花园。我们为什么一定要把北京建成一座所谓"生产的"城市呢?我觉得,这也是一个走极端的例子。联邦德国有一个"消费城市"首都波恩,美国有一个"消费城市"首都华盛顿,难道影响了他们生产力的发展吗?

我上面谈到,我初到北京时,觉得北京真是一个有文化的城市,北京人待人接物都彬彬有礼。到了今天,这种风气似乎有点儿变样了。有一些人,特别是青年人,似乎没有为这种风气所感染,有点儿"异化"了。我只希望,这只是局部的现象。我希望,所有的新老北京人都想到自己所处的地位,努力把那种优良的风气发扬光大,使我们这个泱泱大国的首都真正成为一个有文化有教养的城市,不但能为全国各族人民做出表率,而且能给国际友人以良好的印象。只有这样,我们才对得起这个千年古都。

我始终认为,北京不仅是中国人民的北京,而且是世界的北京。我曾多次站在天安门广场上,浮想联翩,上天下地,觉得脚下踏的这一块土地,内连五湖,外达四海,上凌牛斗,下镇大地,呼吸与日月相通,謦笑与十亿共享,真是一块了不起的地方。我国各族人民对北京的爱,就是对祖国的爱。世界各国人民来访中国,必须先访北京。北京,在全国人民心中,在全世界人民心中,就占有这样特殊的位置。

今天,北京似乎返老还童了。北京已经变化了,正在变化着,

248

而且还将继续变化下去。我以垂暮之年,能生活在这个城市里,真是莫大的幸福。

我爱北京!

一九八九年二月二十八日

歌唱塔什干

我怎样来歌唱塔什干呢？它对我是这样熟悉，又是这样陌生。

在小学念书的时候，我就已经读到有关塔什干的记载。以后又有机会看到这里的画片和照片。我常想象：在一片一望无际的沙漠中间，在一片黄色中间，有一点绿洲，塔什干就是在这一点浓绿中的一颗明珠。它的周围全是瓜园和葡萄园。在翡翠般的绿叶丛中，几尺长的甜瓜和西瓜把滚圆肥硕的身体鼓了出来。一片片的葡萄架，在无边无际的沙漠中，形成了一个个的绿点儿。累累垂垂的葡萄就挂在这些绿点儿中间。成群的骆驼也就在这绿点儿之间走动，把巨大的黑影投在热烘烘的沙地上。纯伊斯兰风味的建筑高高地耸入蔚蓝的晴空中。古代建筑遗留下来的断壁颓垣到处都可以看到。蓝色和绿色琉璃瓦盖成的清真寺的圆顶，在夕阳余晖中闪闪发光。

大起来的时候，我读了玄奘的《大唐西域记》。我知道，他在七世纪的时候走过中亚到印度去求法。他徒步跋涉万里，曾到过塔什干，关于这个地方的生动翔实的描述还保留在他的著作里。这些描述并没有能改变我对塔什干的那一些幻想。一提到塔什干，我仍然想到沙漠和骆驼，葡萄和西瓜；我仍然看到蓝色的和绿色的琉璃瓦圆顶在夕阳余晖中闪闪发光。

我想象中的塔什干就是这个样子，它在我的想象中已经待了不知道多少年了；它是美丽的、动人的。我每一次想到它，都不禁为之神往。我心中保留着这样一个幻想的城市的影子，仿佛保留着一个令人喜悦的秘密，觉得十分有趣。

然而我现在竟然真来到了塔什干，我梦想多年的一个地方竟然亲身来到了。这真就是塔什干吗？我万没有想到，我多少年来就熟悉的一个城市，到了亲临其境的时候，竟然会变得这样陌生起来。我想象中的塔什干似乎十分真实，当前的真实的塔什干反而似乎成为幻想。这个真实的塔什干同我想象中的那一个是有着多么大的不同啊！

我们一走下飞机，就给热情的苏联朋友们包围起来。照相机、录音机、扩音器，在我们眼前摆了一大堆。只看到电光闪闪，却无法知道究竟有多少照相机在给我们照相。音乐声、欢笑声、人的声音和机器的声音，充满了天空。在热闹声中，我偷眼看了看机场：是一个极大极现代化的飞机场，大型的"图—104"飞机在这里从从容容地起飞、降落。候机室也是极现代化的高楼，从楼顶上垂下了大幅的红色布标，上面写着"欢迎参加亚非作家会议的各国作家"的词句。

汽车开进城去，是宽阔洁净的柏油马路，两旁种着高大的树。树荫下是整齐干净的人行道。马路两旁的房子差不多都是高楼大厦，同莫斯科一般的房子也相差无几。中间或间杂着一两幢具有民族风味的建筑。只有在看到这样的房子的时候，我心头才漾起那么一点儿"东方风味"，我才意识到现在是在苏联东方的一个加盟共和国里。

为了迎接亚非作家会议的召开，古城塔什干穿上了节日的盛装。大街上，横过马路，悬上了成百成千的红色布标，用汉文、俄文、乌兹别克文、阿拉伯文、日文、英文，以及其他文字，写着欢迎祝贺的词句，祝贺亚非人民大团结，希望亚非人民之间的友谊万古长青。有上万盏，也许是上十万盏——谁又知道究竟有多少万盏呢——红色电灯悬在街道两旁的树上、房子上、大建筑物的顶上，就是在白天，这些电灯也发着光芒。到了夜里，这些灯群更把塔什干点缀成一个不夜之城。从任何一条比较大的马路的一端望过去，一重重一层层一团团的红色灯光，一眼看不到头，比天空里的繁星还要更繁。

名家作品精选

这不是我多少年来所想象的那一个塔什干,我想象中的那一个塔什干哪里是这样子呢?

然而这的确又是塔什干。

面对着这一个美丽的大城市,觉得它十分熟悉,又十分陌生,我的心情有点儿错乱了。

但是,我并没有真正错乱,我一下子就爱上了这一个塔什干。就让我那一些幻想随风飘散吧!不管它是多么美丽,多么动人,还是让它随风飘散吧!如果飘散不完的话,就让它随便跟一个什么城市连接在一起吧!我还是十分热爱我跟前的这一个塔什干。

我怎能不热爱这一个塔什干呢?它的妙处是说不完的,用多少话也说不完,用什么话也说不完。

这里的太阳似乎特别亮,一走进这个城市,就仿佛沐浴在无边无际的阳光中。在淡蓝的天空下,房子的颜色多半是浅白的,有的稍微带一点儿淡黄、淡灰,有的带一点儿浅红;大红大绿是非常少的。大概这里下雨的时候也不太多,天永远晴朗。这一切配合起来,就把这里的阳光衬托得更加明亮。你一走进塔什干,只需待上那么一两个钟头,你就会感觉到,这里的太阳永远是这样亮;你会感觉到,一年四季,阳光普照;百年千年,也会是这样。

到处都可以看到玫瑰花,但是你却千万不要用我们平常对于玫瑰花的概念来想象这里的玫瑰花。你应该想象:在小树上开满了牡丹花或芍药花,这样就跟这里的玫瑰花差不多了。就是这样大的玫瑰花,一丛丛,一团团,开在闹市中间,开在浅白色的楼房的下面,开在喷水池旁,开在幽雅的公园中,开在巨大的铜像的周围,枝子高,花朵大,在早晨和黄昏,香气特别浓,给这一座美丽的城市增添了芳香。

葡萄架比玫瑰花丛还要多,几乎家家都有一架葡萄,撑在房子前面,在白色的阳光下,把浓黑的影子投在地上。葡萄的种类据说有一千多种,而且每一种都是优良品种。我们到了塔什干,正是葡萄熟了的时候。家家门口或者小院子里,都累累垂垂地悬着一嘟噜一嘟噜的葡萄,黄的、红的、紫的、绿的,长的、圆的,大大小小,不同的颜色,不同的样子,像是一串串的各色的宝石。

说到葡萄的味道,那是无法形容的,语言文字在这里仿佛都失掉了作用。你可以拿你一生吃过的各种各样的最甜美的水果来同它比较:你可以说它像山东肥城的蜜桃,你可以说它像江西南丰的蜜橘,你可以说它像广东增城挂绿的荔枝,你可以说它像沙田的柚子,你可以说它像一切你曾尝过你能够想象到的水果——这些比拟都有道理,它的确有一点儿像这些东西,但是又不全像这些东西。我们用尽了我们的想象力和联想力,归根结底,还只有说:它什么都不像,只是像它自己。

我们一到塔什干,这种绝妙的东西就成了我们的亲密朋友。我们在这里住了将近三个星期,随时随地都要跟它接触,它给我们的生活增添了无穷的情趣。一日三餐的餐桌上摆的是一盘盘的葡萄,像是一盘盘红色的、紫色的、黄色的、绿色的宝石,把餐桌衬托得美丽动人。在会场的休息室里摆的也是一盘盘的葡萄。在我们住的房间里,每天都有人把成盘的葡萄送来,简直是取之不尽,用之不竭。我们出席宴会,首先吃到的也是葡萄。到集体农庄去参观,主人从枝子上剪下来塞到我们手里的也还是葡萄。塔什干真正成了一个葡萄城。

这一种个儿不大的果品还让我们回忆起历史,把我们带到遥远的古代去。在汉代,中国旅行家就已经从现在的中央亚细亚一带地方把这种绝妙的水果移植到中国来。移植的地方是不是就是我们现在所在的塔什干呢?我不能不这样遐想了。我不由自主地想到两千多年以前葡萄通过绵延万里渺无人烟的大沙漠移植到东方去的情况,想到我们同这一带地方悠久的文化关系,想到当年横贯亚洲的丝路,成捆成捆的中国丝绸运到西方去,把这里的美女打扮得更加美丽,给这里的人民带来快乐幸福。就这样,一直想下来,想到今天我们同苏联各族人民的万古长青牢不可破的兄弟般的友谊。我心里面思潮汹涌,此起彼伏。我万没有想到这一颗颗红色的、黄色的、紫色

的、绿色的宝石,竟有这样大的魔力,它们把过去两千多年的历史一幕一幕地活生生地摆在我的眼前……

不管这里的自然景色多么美好,不管这里的西瓜和葡萄多么甘美,塔什干之所以可爱、可贵,之所以令人一见难忘,却还并不在这自然景色,也不在这些瓜果,而在这里的人民。

对这样的人民,我还有什么话可说呢?他们同苏联其他各地的人民一样,热情、直爽、坦白、好客。他们把亚非作家会议的召开看成是自己的节日,把从亚非各国来的代表看成是自己最尊贵的客人和兄弟姐妹。在这一段时间内,他们每天都穿上美丽多彩的民族服装,兴高采烈,喜气洋洋。我虽然跟他们交谈得不多,但是看来他们每天想到的是亚非作家会议,谈到的也是亚非作家会议。他们是在过他们一生中最好的一个节日,全城大街小巷到处都弥漫着节日的气氛。

为了招待各国的代表,乌兹别克加盟共和国的领导人特别在城中心纳沃伊大剧院的对面建筑了一座规模很大的旅馆。里面是崭新的现代化设备,外表上却保留了民族的风格。墙壁是淡黄色的,最高的一层看起来像是一座凉亭,给人的印象是朴素、幽雅、美丽。

在塔什干旅馆和纳沃伊大剧院之间是一个极大的广场,这个广场十分整齐美观,是我在许多国家许多城市所看到的最美的广场之一。中间用柏油和大块的石头铺得整整齐齐,四周是四条又宽又长的马路。在这些马路上,日夜不停地行驶着各种各样的汽车。按理说这个广场应该很乱很闹,但是,如果你在广场的中心一站,你不但不感觉到乱和闹,而且还会感觉到有一点儿寂静,似乎远远地离开了闹市的中心。难道这里面还有什么奥秘吗?广场大,它自己又仿佛形成了一个独立的世界,这就是奥秘之所在。广场中心有一个大喷水池,它就是这一个独立世界的中心。银白色的不断喷涌的水柱,水柱中红红绿绿变幻不定的彩虹,谁看到它,谁的注意力一下子就会给它吸住;不管有多少人,只要他们一踏上广场,就会不由自主地对喷泉发生了向心力。对他们来说,广场以外的东西似乎根本不存在了。此外，广场的两旁还栽种了雨后像小树丛一样大小的玫瑰花。季候虽然已近深秋，大朵的玫瑰花仍在怒放。它们的色和香也仿佛构成了一座墙壁，把广场和外面的热闹的马路隔开。

在这个全城的节日里，这一个广场也穿上了节日的盛装。那许多临时售卖书报的小亭，都油饰一新。红色的电灯挂满了全场。两头两个大建筑物上的五彩缤纷的标语交相辉映。两面的大街上，横悬着两幅极其巨大的红色布标。一幅上面用汉文写着："向亚非作家会议参加者致热烈的敬意。"一幅写着："所有国家的文学都应该为人民，为和平，为先进事业，为各民族之间的友谊而服务。"布标的红色仿佛把广场都映红了。我们走在这一片红光里，看到我们熟悉的汉字，似乎已经回到了祖国。

在那些日子里，这一个广场就成了全城聚会的中心。

天还没有亮，塔什干人民就成群结队地来到广场上。父母抱着孩子，孙子扶着祖母，男女老幼，拥拥挤挤，都来了。里面各族人民都有，有俄罗斯人，有乌兹别克人，有朝鲜族人，还有其他各族的人民。他们都穿得整整齐齐，脸上带着愉快的笑容。闹闹嚷嚷，喜喜欢欢，在这里一直待到深夜。

每天，从早到晚，广场上人群队形是随着时间的不同而随时在变化着。一看队形，就几乎可以猜出时间来。早晨初到广场上的时候，人群是零零乱乱地到处散布着的。在这一大片场子上，各处都有人。只在中央喷水池的周围，在玫瑰花畦的旁边，聚集得比较密一点儿。大家的态度都从从容容，一点儿也不紧张。在这时候，广场上是一片闲闲散散的气象。

一到大会开始前半小时，代表们从塔什干旅馆走向纳沃伊大剧院的时候，广场上的队形就陡然变化。人群从块块变成了条条，很自然地形成了两路纵队。一头是塔什干旅馆，另一头是纳沃伊大剧院，仿佛是两条巨龙。中间人稍稍稀疏一点儿，这就是巨龙的细腰；一头一尾则又粗又大。这时候，广场上的气氛由从容闲散一变而为热烈紧张。不管是大人小孩，很多人手里都拿了一个小本子或者几

张白纸,争先恐后地拥上前去,请代表们在上面签字。有些人就在旁边的书摊上买了亚非各国文学作品的俄文或者乌兹别克文的译本,请代表们把名字写在上面。有的父母抱着三四岁的小孩子,小孩子手里拿了小本子或者书籍,高高地举在代表们跟前,小眼睛一忽闪一忽闪地,等着签字。还有一些人,手里什么都没有拿,看样子是并不想得到什么签字。但是他们也是满腔热情十分勇敢地挤在人群里,拼命伸长了脖子,想多看代表们两眼。在这时候,广场上是一片热闹景象。

到了代表们不开会而出去参观的时候,队形又大大地改变。这时候的广场上,不是一块块,也不是一条条,而是一团团。每一团的中心,不是一辆汽车,就是几个代表,他们给塔什干的人民包围起来了。这里的人民愿意同代表们谈一谈,交换一些徽章或者其他的纪念品。从塔什干旅馆的五层楼上看下来,广场上仿佛开出了一朵朵的大黑花,周围黑色的人群形成了花瓣,穿着花花绿绿的服装的非洲代表和披着黄色袈裟的锡兰代表,就形成了红红绿绿或黄色的花心。

有一次,我看到一个老祖母抱着小孙女,坐在大剧院门外台阶上,喘着气休息。她见了我,就对着我笑,我也笑着向她问安,并且逗引小女孩。这就引得这一位白发老人开了话匣子。她告诉我,她的家离这里很远,她坐了很久的电车和公共汽车才来到这里。"年纪究竟大了,坐了这样久的电车和汽车,就觉得有点儿受不了,非坐下来喘一口气休息休息不行了。"说着,她擦了擦头上的汗,又说下去:"各国的代表都来了,塔什干还是头一次开这个眼界呢。你们是我们最欢迎的客人,我在家里怎么能待得下去呢?小孙女还小,不懂事;但是我也把她带来,她将来大了,好记住这一回事。"这样的感情难道只是这一位白发老人的感情吗?

又有一次,我碰到了一群朝鲜族的男女学生。他们一看到我,就像看到了久别的亲人,一拥而上,争着来跟我握手。十几只手同时向我伸过来,我恨不能像庙里塑的千手千眼佛一样,多长出一些手来,让这些可爱的孩子们每个人都满足愿望,现有的这两只手实在太不够分配了。握完了手,又争着给我照相,左一张,右一张,照个不停。照完了相,又再握手。他们对于我依依难舍,我也真舍不得离开这一群可爱的孩子们。

还有一次,是在晚上,我们到什么地方去参加宴会。一上汽车,司机同志为了"保险"起见,就把车门关上了。但是外面的人还是照样像波涛似的涌上来,把汽车团团围住,后面的人不甘心落后,拼命往前挤;前面的人下定决心,要坚守阵地。因而形成了相持不下的局面,后面来的人却愈来愈多了。很多人手里高高地举着签名的小本子,向着我们直摇摆。但是司机却无论如何也不开门,我们只有隔着一层玻璃相对微笑。我们的处境是颇有点儿尴尬的。一方面,我们不愿意伤了司机同志的"好意";另一方面,我们又觉得有点儿对不起车窗外这些热情的人们。正在左右为难的时候,我们忽然看到人群里挤出来一个中年男子,怀里抱着一个三四岁的小孩,手里还领着两个六七岁七八岁的孩子。看样子不知道费了多大劲儿才挤到车跟前来。他含着微笑,把小孩子高高举起来,小孩子也在对着我们笑。看了这样天真的微笑,我们还有什么办法呢?眼前的这一层薄薄的玻璃,蓦地成了我们的眼中钉。我们请求司机同志把汽车的大门打开,我们争着去抱这一个可爱的小孩子,吻他那苹果般的小脸蛋,把一个有毛主席像的纪念章别在他的衣襟上。

这样的情景几乎每天都有,它使我们十分感动,我们陶醉于塔什干人民这种热情洋溢的友谊中。

但是我们也有受窘的时候,也有不得不使他们失望的时候。最初,因为我们经验不丰富,一走出塔什干旅馆,看到这些可爱的人民,我们的热情也燃烧起来了。我们握手,我们签名,我们交换纪念品,我们做一切他们要我们做的事情。根本没有注意到,也没有感觉到时间的逝去。等我们冲出重围到了会场的时候,会议已经开始很久了。据我的观察,其他国家的代表也有类似的情况。我常常在楼上看到代表们被包围的情况。有一次,一个印度代表被群众包

围了大概有四个小时。另外一次,我看到一个穿黄色袈裟的锡兰代表给人包围起来。我不知道是什么时候开始的,我看到的时候,他周围已经围了六七百人。等了很久,我在屋子里工作疲倦了,又走上凉台换一换空气的时候,我看到黄色的袈裟还在人丛里闪闪发光。又等了很久,他大概非走不行了;他走在前面,后面的人群仍然尾追不散,一直跟出去很远很远,仿佛是一只驶往远洋的轮船,后面拖了一串连绵不断的浪花。

在这样的情况下,我们要出门的时候,就先在旅馆里草拟一个"联防计划"。如果有什么人偶入重围,我们一定要派人去接应,去解围。我们有时候也使用金蝉脱壳的计策,把群众的注意力转移到别的地方去,我们自己好顺利地通过重重的包围,不致耽误了开会或者宴会的时间。

这样一来,自然会给这一些可爱的塔什干人民带来一些失望,我们又有什么办法呢?在我们内心的深处,我们实在为他们这种好客的热情所感动,我们陶醉于塔什干人民的热情洋溢的友谊中。

等我们在哈萨克加盟共和国的首都阿拉木图访问了五天又回到塔什干来的时候,会议已经结束了好多天,代表们差不多都走光了。我们也只能再在这一个可爱的城市里住上一夜,明天一大早就要离开这里,离开这一些热情的人民,到莫斯科去了。

吃过晚饭,我怀了惜别的心情,站在五层楼的凉台上向下看。我还想把这里的东西再多看上一眼,把这些印象牢牢地带回国去。广场上冷冷清清,只有稀稀落落的人影,在空荡荡的场子里来回地晃动,成千盏成万盏的红色电灯仍然在寂寞中发出强烈的光辉。

但是仍然有一群小孩子挤在旅馆门口,向里面探头探脑。代表们都走了,旅馆也空了。看来这些小朋友并不甘心,他们大概希望像前几天开的那样的会能够永远开下去,让塔什干天天过节。现在看到场子上没了人,旅馆里也没了人,他们幼稚的心灵大概很感到寂寞吧。

我对这一些天真可爱的小朋友有无限的同情。我也希望能够永远住在塔什干,天天同这些可爱的人民欢度佳节。但是在实际生活中这只是幻想,是完全不可能的,是永远也不会实现的。会议完了,我们的任务已经完成。现在我们的任务是,把在塔什干会议上形成的塔什干精神带到世界各地去,让它在世界上每一个角落里开出肥美的花,结出丰硕的果。

我来到了塔什干,现在又要离开了。当我才到的时候,我对这个城市既感到熟悉,又感到陌生。当我离开它的时候,我对它感到十分熟悉。我爱上了这一个城市。现在先唱出我的赞歌,希望以后再同它会面。

一九五九年三月二十三日

尼泊尔随笔

加德满都的狗

我小时候住在农村里,终日与狗为伍,一点儿也没有感觉到狗这种东西有什么稀奇的地方。但是狗却给我留下了极其深刻的印象。我母亲逝世以后,故乡的家中已经空无一人。她养的一条狗——连它的颜色我现在都回忆不清楚了——却仍然日日夜夜卧在我们家门口,守着不走。女主人已经离开人世,再没有人喂它了。它好像已经意识到这一点。但是它却坚决宁愿忍饥挨饿,也决不离开我们那破烂的家门口。黄昏时分,我形单影只从村内走回家来,屋子里摆着母亲的棺材,门口卧着这一只失去了主人的狗,泪眼汪汪地望着我这个失去了慈母的孩子,有气无力地摇摆着尾巴,嗅我的脚。茫茫宇宙,好像只剩下这只狗和我。此情此景,我连泪都流不出来了。我流的是血,而这血还是流向我自己的心中。我本来应该同这只狗相依为命,互相安慰。但是,我必须离开故乡,我又无法把它带走。离别时,我流着泪紧紧地搂住了它。我遗弃了它,真正受到良心的谴责。几十年来,我经常想到这一只狗,直到今天,我一想到它,还会不自主地流下眼泪。我相信,我离开家以后,它也绝不会离开我们的门口。它的结局我简直不忍想下去了。母亲有灵,会从这一只狗身上得到我这个儿子无法给她的慰藉吧。

从此,我爱天下一切狗。

但是我迁居大城市以后,看到的狗渐渐少起来了。最近多少年以来,北京根本不许养狗。狗简直成了稀有动物,只有到动物园里才能欣赏了。

我万万没有想到,我到了加德满都以后,一下飞机,在机场受到热情友好的接待,汽车一驶离机场,驶入市内,在不算太宽敞的马路两旁就看到了大狗、小狗、黑狗、黄狗,在一群衣履比较随便的小孩子们中间,摇尾乞食,低头觅食。

这是一件小事,却使我喜出望外:久未晤面的亲爱的狗竟在万里之外的异域会面了。

狗们大概完全不理解我的心情,它们大概连辨别本国人和外国人的本领还没有学会。我这里一往情深,它们却漠然无动于衷,只是在那里摇尾低头,到处嗅着,想找到点儿什么东西吃吃。

晚上,我们从中国大使馆回旅馆的时候,天已经完全黑了。加德满都的大街上,电灯不算太多,霓虹灯的数目更少一些。我在阴影中又隐隐约约地看到了大狗、小狗、黑狗、黄狗,在那里到处嗅着。回到旅馆,在沐浴后上床的时候,从远处的黑暗中传来了阵阵的犬吠声。古人说,深夜犬吠若豹。我现在听到的不是吠声若豹,而是吠声若犬。这事当然并不稀奇。可这并不稀奇的若犬的犬吠声却给我带来了无尽的甜蜜的回忆。这甜蜜的犬吠声一直把我送入我在加德满都过的第一夜的梦中。

一九八六年十一月二十五日凌晨,于苏尔提宾馆

乌鸦和鸽子

傍晚,我们来到了清凉宫。正当我全神贯注地欣赏绿玉似的草地和珊瑚似的小红花的时候,忽然听到天空里一阵哇哇的叫声。啊!是乌鸦。一片黑影遮蔽了半个天空。想不到暮鸦归巢的情景竟在这里看到了。

这使我立即想起了三十多年以前我第一次缅甸之行。我首先到

名家作品精选

了仰光,那种堆绿叠翠的热带风光牢牢地吸引住了我。但是,更吸引住了我使我感到无限惊异的是那里的乌鸦之多。我敢说,在世界的任何地方都不会有这么多的乌鸦。据说,缅甸人虔信佛教,佛教禁止杀生到了可笑的地步。乌鸦就乘此机会大大地繁殖起来,其势猛烈,大有将三千大千世界都化为乌鸦王国的劲头。

我曾在距离仰光不太远的伊洛瓦底江口看到我生平第一次见到的最大的乌鸦群,恐怕有几万只。停泊在江边的大小船的桅杆上、船舱上、船边上,到处都落满了乌鸦,漆黑一大片。在空中盘旋飞翔的,数目还要超过几倍。简直成了乌鸦的世界,乌鸦的天堂,乌鸦的乐园。乌鸦的这个,乌鸦的那个,我理屈词穷,我说不出究竟是乌鸦的什么了。

今天早晨,也就是到清凉宫去的第二天的早晨,我参观哈奴曼多卡古王宫时,我又第二次看到了我生平见到的最大的乌鸦群之一,大概有上千只吧。它们忽然一下子从王宫高塔的背面飞了出来,呼哨一声,其势惊天动地,在王宫天井上盘旋了一阵,又呼哨一声,飞到不知道什么地方去了。

乌鸦在中国不被认为是吉祥的动物,名声不佳。人们听到它们的鸣声,往往起厌恶之感。可是这些年以来,在北京,甚至在树木葱茏的燕园里面,除了麻雀以外,别的鸟很少见到了。连令人讨厌的乌鸦也逐渐变得不那么讨厌了。它们那种绝不能算是美妙的叫声,现在听起来大有日趋美妙之势了。

我在加德满都不但见到了乌鸦,而且也见到了鸽子。

鸽子在北京现在还是能够见到的,都是人家养的,从来没有听说过野鸽子。记得我去年春天到印度新德里去参加《罗摩衍那》的作者蚁垤国际诗歌节,住在一所所谓五星旅馆的第十九层楼上。有一天,我出去开会,忘记了关窗子。回来一开门,听到鸽子咕噜咕噜的叫声。原来有两位长着翅膀的不速之客,乘我不在的时候,到我房间里来了。两只鸽子就躲在我的沙发下面亲热起来,谈情说爱,卿卿我我,正搞得火热。看到我进来,它俩坦然无动于衷,丝毫没有想逃避的意思,也看不出一点儿内疚之意。倒是我对于这种"突然袭击"感到有点儿局促不安了。原来印度人决不伤害任何动物。鸽子们大概从它们的鼻祖起就对人不怀戒心,它们习惯于同人们和平共处了。反观我们自己的国家,情况有很大的不同。专就北京来说,鸟类的数目越来越少。每当我在燕园内绿树成荫的地方,或者在清香四溢的荷花池边,看到年轻人手持猎枪、横眉竖目,在寻觅枝头小鸟的时候,我简直内疚于心,说不出话来。难道在这些地方我们不应该向印度等国家学习吗?

我不是哲学家,也不喜欢,更不擅长去哲学地思考。但是古今中外都有不少的哲人,主张人与大自然应该浑然一体,人与鸟兽(有害于人类的适当除外)应该和睦相处,相向无猜,谁也离不开谁,谁都在大自然中有生存的权利。我是衷心地赞成这些主张的。即使到了人类大同的地步,除了人与人之间的关系应该同过去完全不同之外,人与大自然的关系,其中也包括人与鸟兽的关系,也应该大大地改进。我不相信任何宗教,我也不是素食主义者。人类赖以为生的动植物,非吃不行的,当然还要吃。只是那些不必要的、损动物而不利己的杀害行为,应该断然制止。

写到这里,我忽然想到一件不大不小的事:过去有一段时间,竟然把种草养花视为修正主义。我百思不得其解。有这种主张的人有何理由?是何居心?真使我惊诧不已。世界一切美好的东西,不管是人类,还是鸟兽虫鱼、花草树木,我们都应该会欣赏,有权利去欣赏。我认为,这是天经地义的真理。难道在僵化死板的气氛中生活下去才算得上唯一正确吗?

放下笔,正是黎明时分。窗外加德满都的人雾又升起来了。从弥漫天地的一片白色浓雾的深处传来了咕咕的鸽子声,我的心情立刻为之一振,心旷神怡,好像饮了尼泊尔和印度神话中的甘露。

一九八六年十一月二十六日凌晨

名家作品精选

雾

浓雾又升起来了。

近几天以来,我早晨起床后第一件事就是推开窗子,欣赏外面的大雾。

我从来没有喜欢过雾。为什么现在忽然喜欢起来了呢?这其中有一点儿因缘。前天在飞机上,当飞临西藏上空时,机组人员说,加德满都现在正弥漫着浓雾,能见度只有一百米,飞机降落怕有困难。加德满都方面让我们飞得慢一点儿。我当时一方面有点儿担心,害怕如果浓雾不消,我们将降落何方?另一方面,我还有点儿好奇:加德满都也会有浓雾吗?但是,浓雾还是消了,我们的飞机按时降落在尼泊尔首都机场。机场上阳光普照。

因此,我就对雾产生了好奇心和兴趣。

抵达加德满都的第二天凌晨,我一起床,推开窗子:外面是大雾弥天。昨天下午我们从加德满都的大街上看到城北面崇山峻岭,层峦叠嶂,个个都戴着一顶顶的白帽子。这些都是万古雪峰,在阳光下闪出耀眼的银光。这是我生平第一次看到这种景象,我简直像小孩子一般地喜悦。现在大雾遮蔽了一切,连那些万古雪峰也隐没不见了,一点儿影子也不给留下。旅馆后面的那几棵参天古树,在平常时候,高枝直刺入晴空,现在只留下淡淡的黑影,衬着白色的大雾,宛如一张中国古代的画。昨天抵达旅馆下车时,我看到一个尼泊尔妇女背着一筐红砖,倒在一大堆砖上。现在我看到一个男子,手里拿着一堆红红的东西。我以为他拿的也是红砖。但是当他走得近了一点儿时,我才发现那一堆红红的东西簌簌抖动,原来是一束束红色的鲜花。我不禁自己笑了起来。

正当我失神落魄地自己暗笑的时候,忽然听到不知从哪里传来的咕咕的叫声。浓雾虽然遮蔽了形象,但是却遮蔽不住声音。我知道,这是鸽子的声音。当我侧耳细听时,又不知从哪里传来了阵阵的犬吠声。这都是我意想不到的情景。我万万没有想到,我在加德满都学会了喜欢的两种动物:鸽子和狗,竟同时都在浓雾中出现了。难道浓雾竟成了我在这个美丽的山城里学会欣赏的第三件东西吗?

世界上,喜欢雾的人似乎是并不多的。英国伦敦的大雾是颇有一点儿名气的。有一些作家写散文、写小说来描绘伦敦的雾,我们读起来觉得韵味无穷。对于尼泊尔文学我所知甚少。我不知道,是否也有尼泊尔作家专门写加德满都的雾。但是,不管是在伦敦,还是在加德满都,明目张胆大声赞美浓雾的人,恐怕是不会多的,其中原因我不甚了了,我也没有那种闲情逸致去钻研探讨。我现在在这高山王国的首都来对浓雾大唱赞歌,也颇出自己的意料。过去我不但没有赞美过雾,而且也没有认真去观察过雾。我眼前是由赞美而达到观察,由观察而加深了赞美。雾能把一切东西:美的、丑的、可爱的、不可爱的,都给罩上一层或厚或薄的轻纱,让清楚的东西模糊起来,从而带来了另外一种美,一种在光天化日之下看不到的美,一种朦胧的美,一种模糊的美。

一些时候以前,当我第一次听到模糊数学这个名词的时候,我曾说过几句怪话:数学比任何科学都更要求清晰,要求准确,怎么还能有什么模糊数学呢?后来我读了一些介绍文章,逐渐了解了模糊数学的内容。我一反从前的想法,觉得模糊数学真是一个了不起的发现。在人类社会中,在日常生活中,在社会科学和自然科学中,有着大量模糊的东西。无论如何也无法否认这些东西的模糊性。承认这个事实,对研究学术和制定政策等等都是有好处的。

在大自然中怎样呢?在大自然中模糊不清的东西更多。连审美观念也不例外。有很多东西,在很多时候,朦胧模糊的东西反而更显得美。月下观景,雾中看花,不是别有一番情趣在心头吗?在这里,观赏者有更多的自由,自己让自己的幻想插上翅膀,上天下地,纵横六合,神驰于无何有之乡,情注于自己制造的幻象之中;你想它是什么样子,它立刻就成了什么样子,比那些一清见底、纤毫不遗的东西要好得多,而且绝对一清见底、纤毫不遗的东西,在大自

然中是根本不存在的。

　　我的幻想飞腾，忽然想到了这一切。我自诧是神来之笔，我简直陶醉在这些幻象中了。这时窗外的雾仍然稠密厚重，它似乎了解了我的心情，感激我对它的赞扬。它无法说话，只是呈现出更加美妙更加神秘的面貌，弥漫于天地之间。

一九八六年十一月二十六日

神　牛

　　我又和我的老朋友神牛在加德满都见面了。这是我意料中但又似乎有点儿出乎意料的事情。

　　过去，我曾在印度的加尔各答和新德里等大城市的街头见到过神牛。三十多年以前我第一次访问印度的时候，在加尔各答那些繁华的大街上第一次见到神牛。在全世界，似乎只有信印度教的国家才有这种神奇的富有浪漫色彩的动物。当时它们在加尔各答的闹市中，在车水马龙里面，在汽车喇叭和电车铃声的喧闹中，三五成群，有时候甚至结成几十头上百头的庞大牛群，昂首阔步，威仪俨然，真仿佛天上天下，唯我独尊。它们对人类社会的一切现象，对人类一切的新奇的发明创造，什么电车汽车，又是什么自行车摩托车，全不放在眼中。它们对人类的一切显贵，什么公子王孙，什么体操名将、电影明星，什么学者专家，全不放在眼中。它们对人类创造的一切法律、法规，全不放在眼中。它们是绝对自由的，愿意到什么地方去，就到什么地方去；愿意在什么地方卧倒，就在什么地方卧倒。加尔各答是印度最大的城市，大街上车辆之多，行人之多，令人目瞪口呆。公元前就有的马车和牛车，直至最新式的流线型的汽车，再加上涂饰华美的三轮摩托车，上下两层的电车，无不具备。车声、人声、马声、牛声，混搅成一团，喧声直抵印度神话中的三十三天。在这种情况下，几头神牛，有时候竟然兴致一来，卧在电车轨道上,"我困欲眠君且去",闭上眼睛,睡起大觉来。于是汽车转弯,小车让路,电车脱离不了轨道,只好停驶。没有哪一个人敢去驱赶这些神牛。

对像我这样的外国人来说,这种情景实在是"匪夷所思",实在是非常有趣。我很想研究一下神牛的心理。但是从它们那些善良温顺的大眼睛里我什么也看不出,猜不出。它们也许觉得,人类真是奇妙的玩意儿。他们竟然聚居在这样大的城市里,还搞出了这样多不用马拉牛拖就会自己跑的玩意儿。这些神牛们也许会想到,人这种动物反正都害怕我们,没有哪一个人敢动我们一根毫毛,我们索性就愿意怎样干就怎样干吧。

但是,据我的观察,它们的日子也并不怎么好过。虽然没有人穿它们的鼻子,用绳子牵着走,稍有违抗,则挨上一鞭;但是也没有人按时给它们喂食喂水。它们只好到处游荡,自己谋食。看它们那种瘦骨嶙峋的样子,大概营养也并不好。而且它们虽然被认为是神牛,并没有长生不老之道,它们的死亡率并不低。当我隔了二十年第二次访问加尔各答的时候,在同一条大街上,我已经看不到当年那种十几头上百头牛游行在一起的庞大阵容了。只剩下零零落落的几头老牛徘徊在那里,寥若晨星,神牛的家族已经很不振了。看到这情景,我倒颇有一些寂寞苍凉之感。但是神牛们大概还不懂什么"牛口学"(对人口学而言),也不懂什么未来学,它们不会为二十一世纪的"牛口"问题而担忧,这也算是一种"难得糊涂"吧。

我似乎不曾想到,隔了又将近十年,我来到尼泊尔,又在加德满都街头看到久违的神牛了。我在上面曾说到,这次重逢是在意料中的,因为尼泊尔同印度一样是信奉印度教的国家。我又说有点儿出乎意料,不曾想到,是因为尼泊尔毕竟不是印度。不管怎么样,我反正是在加德满都又同神牛会面了。

在这里,神牛的神气同印度几乎一模一样,虽然数目相差悬殊。在大马路上,我只见到了几头。其中有一头,同它的印度同事一样,走着走着,忽然卧倒,傲然地躺在马路中间,摇着尾巴,扑打飞来

的苍蝇,对身旁驶过的车辆,连瞅都不瞅。不管是什么样的车辆,都只能绕它而行,绝没有哪一个人敢去惊扰它。隔了几天,我又在加德满都郊区看见了几头,在青草地上悠然漫步。它是不是有"食草绿树下,悠然见雪山"的雅兴呢?我不敢说。可是我看到它那种悠闲自在的神态,真正羡慕煞人,它真像是活神仙了。尼泊尔是半热带国家,终年青草不缺,这就为神牛的生活提供了保证。

神牛们有福了!

我祝愿神牛们能够这样优哉游哉地活下去。我祝愿它们永远不会想到"牛口"问题。

神牛们有福了!

一九八六年十一月二十七日凌晨时窗外浓雾中咕咕的鸽声于耳

游兽主(Pasupati)大庙

我们从尼泊尔皇家植物园返回加德满都城,路上绕道去看闻名南亚次大陆的印度教的圣地兽主大庙。

大庙所处的地方并不重要,要走过几条狭窄又不十分干净的小巷子才能走到。尼泊尔的圣河,同印度圣河恒河并称的波特摩瓦底河,流过大庙前面。在这一条圣河的岸边建筑了几个台子,据说是焚烧死人尸体的地方。焚烧剩下的灰就近倾入河中。这一条河同印度恒河一样,据说是通向天堂的。骨灰倾入河中,人就上升天堂了。

兽主是印度教三大主神之一,平常被称作湿婆的就是。湿婆的象征 linga,是一个大石柱。这里既然是湿婆的庙,所以 linga 也被供在这里,就在庙门外河对岸的一座石头屋子里。据说,这里的妇女如果不生孩子,来到 linga 前面,烧香磕头,然后用手抚摩 linga,回去就能怀孕生子。是不是真正这样灵验呢?只有天知道或者湿婆大神知道了。

庙门口皇皇然立着一个大木牌,上面写着:"非印度教徒严禁入内。"我们不是印度教徒,当然只能从外面向门内张望一番,然后望望然去之。庙内并不怎样干净,同小说中描绘的洞天福地迥乎不同。看上去好像也并没有什么神圣或神秘的地方。古人诗说:"凡所难求皆绝好。"既然无论如何也进不去,只好觉得庙内一切"皆绝好"了。

人们告诉我们,这座大庙在印度也广有名气。每年到了什么节日,信印度教的印度人不远千里,跋山涉水,到这里来朝拜大神。我们确实看到了几个苦行僧打扮的人,但不知是否就是从印度来的。不管怎样,此处是圣地无疑,否则挂竹杖梳辫子的圣人苦行者也不会到这里来流连盘桓了。

说老实话,我从来也没有信过任何神灵。我对什么神庙,什么兽主,什么 linsa,并不怎么感兴趣。引起我兴趣的是另外一些东西。庙中高阁的顶上落满了鸽子。虽然已近黄昏,暮色从远处的雪山顶端慢慢下降,夕阳残照古庙颓垣,树梢上都抹上了一点金黄。是鸽子休息的时候了。但是它们好像还没有完全休息,从鸽群中不时发出了咕咕的叫声。比鸽子还更引起我的兴趣的是猴子。房顶上,院墙上,附近居民的屋子上,圣河小桥的栏杆上,到处都是猴,又跳又跃,又喊又叫。有的老猴子背上背着小猴子,或者怀里抱着小猴子,在屋顶与屋顶之间,来来往往,片刻不停。有的背上驮着一片夕阳,闪出耀眼的金光。当它们走上桥头的时候,我也正走到那里。我忽然心血来潮,伸手想摸一下一个小猴,没想到老猴子决不退避,而是龇牙咧嘴,抬起爪子,准备向我进攻。这种突然袭击,真正震慑住了我,我连忙退避三舍,躲到一旁去了。

我忽然灵机一动,想入非非。我上面已经说到,印度教的庙非印度教徒是严禁入内的。如果硬往里闯,其后果往往非常严酷。但这只是对人而言。对猴子则另当别论。人不能进,但是猴子能进。难道因为是畜类而格外受到优待吗?猴子们大概根本不关心人间的教派、人间的种姓、人间的阶级、人间的官吏,什么法律规章,什么达官显宦,它们统统不放在眼中,而是加以蔑视。从来也没有什

么人把猴子同宗教信仰联系起来。猴子是这样，鸽子也是这样，在所有的国家统统是这样。猴子们和鸽子们大概认为，人间的这一些花样都是毫无意义的。它们独往独来，天马行空，海阔凭鱼跃，天高任鸟飞，它们比人类要自由得多。按照一些国家轮回转生的学说，猴子们和鸽子们大概未必真想转生为人吧！

我的幻想实在有点儿过了头，还是赶快收回来吧。在人间，在我眼前的兽主大庙门前，人们熙攘往来。有的衣着讲究，有的浑身褴褛。苦行者昂首阔步，满面圣气，手拄竹杖，头梳长发，走在人群之中，宛如鸡群之鹤。卖鲜花的小贩，安然盘腿坐在小铺子里，恭候主雇大驾光临。高鼻子蓝眼睛满头黄发的外国青年男女，背着书包，站在那里商量着什么。神牛们也夹在中间，慢慢前进。讨饭的瞎子和小孩子伸手向人要钱。小铺子里摆出的新鲜的白萝卜等菜蔬闪出了白色的光芒。在这些拥挤肮脏的小巷子里散发出一种不太让人愉快的气味，一团人间繁忙的气象。

我们也是凡夫俗子，从来没有想超凡入圣，或者转生成什么贵人，什么天神，什么菩萨，等等。对神庙也并不那么虔敬。可是尼泊尔人对我们这些"洋鬼子"还是非常友好的。他们一不围观，二不嘲弄。小孩子见了我们，也都和蔼地一笑，然后腼腼腆腆地躲在母亲身后，露出两只大眼睛瞅着我们。我们觉得十分可爱，十分好玩。我们知道，我们是处在朋友们中间。兽主大庙的门没为我们敞开，这是千百年来的流风遗俗，我们丝毫也不介意。我们心情怡悦。当我们离开大庙时，听到了圣河里潺潺的流水声。我们祝愿，尼泊尔朋友在活着的时候就能通过这条圣河，走向人间天堂。我们也祝愿，兽主大庙里千奇百怪的神灵会加福给他们！

    一九八六年十一月三十日离别尼泊尔前，于苏尔提旅馆

佛教圣地巡礼

我第二次来到了孟买,想到附近的象岛,由象岛想到阿旃陀,由阿旃陀想到桑其,由桑其想到那烂陀,由那烂陀想到菩提伽耶,一路想了下来,忆想联翩,应接不暇。我的联想和回忆又把我带回到三十年前去了。

那次,我们是乘印度空军的飞机从孟买飞到了一个地方。地名忘记了。然后从那里坐汽车奔波了大约半天整,天已经黑下来了,才到了阿旃陀。我们住在一个颇为古旧的旅馆里,晚饭吃的是印度饭,餐桌上摆着一大盘生辣椒。陪我们来的印度朋友看到我吃印度饼的时候,居然大口大口地吃起辣椒来,他大为吃惊。于是吃辣椒就成了餐桌上闲谈的题目。从吃辣椒谈了开去,又谈到一般的吃饭,印度朋友说,印度人民中间有很多关于中国人民吃东西的传说。他们说,中国人使用筷子已经到了出神入化的境地,用筷子连水都能喝。他们又说,四条腿的东西,除了桌子以外,中国人什么都吃;水里的东西,除了船以外,中国人也什么都吃。这立刻引起我们的哄堂大笑。印度朋友补充说,敢想敢吃并不是一件简单的事情。敢吃才能添加营养,增强体质。印度有一些人却是这也不吃,那也不吃,结果是体质虚弱,寿命不长,反而不如中国人敢想敢吃的好。有关中国人的这些传说虽然有些荒诞不经,但反映出印度老百姓对中国既关心又陌生的情况。于是餐桌上越谈越热烈,有时间杂着大笑。外面是黑暗的寂静的夜,这笑声仿佛震动了外面黑暗的、一点儿声音都没有的夜空。

我从窗子里看出去,模模糊糊看到一片树的影子,看到一片山

陵的影子。在欢笑声中，我又时常遐想：阿旃陀究竟在什么地方呢？它是在黑暗中哪一个方向呢？我们什么时候才能看到它呢？我真有点儿望眼欲穿了。

第二天一大早，我们就起身向阿旃陀走去。穿过了许多片树林和山涧，走过一条半山小径，终于到了阿旃陀石窟。一个个的洞子都是在半山上凿成的。山势形成了半圆形，下临深涧，涧中一泓清水。洞子有大有小，有深有浅，有高有低，沿着半山凿过去，一共有二十九个。窟内的壁画、石像，件件精美，因为没有人来破坏，所以保存得都比较完整。印度朋友说，唐朝的中国高僧玄奘曾到这里来过。以后这些石窟就湮没在荒榛丛莽中，久历春秋，几乎没有人知道这里还有这样一些洞子了。一百多年前，有一个什么英国人上山猎虎，偶尔发现了这些洞子，这才引起人们的注意。以后印度政府加以修缮，在洞前凿成了曲曲折折的石径，有点儿像中国云南昆明的龙门。从此阿旃陀石窟就成了全印度全世界著名的佛教艺术宝库了。

我们走在洞子前窄窄的石径上，边走边谈，边谈边看，注目凝视，潜心遐想。印度朋友告诉我说，深涧对面的山坡上时常有成群成群的孔雀在那里游戏、舞蹈，早晨晚上孔雀出巢归巢时鸣声响彻整个山涧。我随着印度朋友的叙述，心潮腾涌，浮想联翩。我仿佛看到玄奘就踽踽地走在这条石径上，在阴森黑暗的洞子中出出进进，时而跪下拜佛，时而喃喃诵经。对面山坡上的成群的孔雀好像能知人意，对着这位不远万里而来的异国高僧舞蹈致敬。天上落下了一阵阵的花雨，把整个山麓和洞子照耀得光辉闪闪。

"小心！"印度朋友这样喊了一声，我才从梦幻中走了出来。眼前没有了玄奘，也没有了孔雀。盼望玄奘出现，那当然是完全不可能的。但是，盼望对面山坡上出现一群孔雀总是可能的吧。我于是眼巴巴地望着山涧彼岸的山坡。山坡上绿树成荫，杂草丛生。榛莽中一片寂静，郁郁苍苍，却也明露荒寒之意。大概因为不是清晨黄昏，孔雀还没有出巢归巢，所以只是空望了一番而已。我们这样就离开了阿旃陀。石壁上绚丽的壁画，跪拜诵经的玄奘的姿态，对面山坡上跳舞的孔雀的形象，印度朋友的音容笑貌，在我眼前织成一幅迷离恍惚的幻影。

离开阿旃陀，我们怎样又到了桑其的，我现在已经完全记不清楚了。在我的记忆里，这一段经过好像成了一段曝了光的底片。

越过了这一段，我们已经到了一个临时搭成的帐篷里，在吃着什么，或喝着什么。然后是乘坐吉普车沿着看样子是新修补的山路，盘旋驶上山去。走了多久，拐了多少弯，现在也都记不清楚了。总之是到了山顶上，站在举世闻名的桑其大塔的门前。说是塔，实际上同中国的塔是很不一样的。它是一个大冢模样的东西，北海的白塔约略似之。周围绕着石头雕成的栏杆，四面石门上雕着许多佛教的故事。主要是佛本生的故事。大塔的来源据说可以追溯到公元前阿育王时代。无论如何这座塔总是很古很古的了。据说，它是同释迦牟尼的大弟子大目犍连的舍利有联系的。现在印度学者和世界其他国家学者之所以重视它，还是由于它的美术价值。这一点我似乎也能了解一些。我看到石头浮雕上那些仙人、隐士、老虎、猴子、花朵、草叶、大树、丛林，都雕得形象逼真，生动饱满，简简单单的几个人和物就能充分表达出一个完整的故事。内行的人可以指出哪一块浮雕表现的是哪一个故事，艺术概括的手段确实是非常高明的。我完全沉浸在艺术享受中了。

事隔这样许多年，我们在那座小山上待的时间又非常短，我现在再三努力搅动我的回忆，但是除了那一座圆圆的所谓塔和周围的石雕栏杆以外，什么东西也搅动不出。山势是什么样子？我说不出。塔的附近是什么样子？我说不出。那里的山、水、树、木都是什么样子？我也说不出。现在，在我的记忆里，就只剩下一座圆圆的、光秃秃的、周围绕着石栏杆、栏杆上有着世界著名的石雕的大塔，矗立在荒烟蔓草之间……

我们怎样到的那烂陀，现在也记不清楚了。对于这个地方我真是"久仰大名，如雷贯耳"。在长达几百年的时间内，这地方不仅是

佛学的中心,而且是印度的学术中心。从晋代一直到唐代,中国许多高僧如法显、玄奘、义净等都到过这里,在这里求学。玄奘在《大唐西域记》里面对那烂陀有生动的描述。《大唐大慈恩寺三藏法师玄奘传》里对那烂陀的描述更是详尽:

> 六帝相承,各加营造,又以砖垒其外,合为一寺,都建一门。庭序别开,中分八院。宝台星列,琼楼岳峙;观竦烟中,殿飞霞上。生风云于户牖。交日月于轩檐。加以渌水逶迤,青莲菡萏,羯尼花树,晖焕其间。庵没罗林,森竦其外。诸院僧宝,皆四重重阁。虬栋虹梁,绿栌朱柱,雕楹镂槛,玉础文榴。覆接瑶晖,榱连绳彩。印度伽蓝,数乃万千;壮丽崇高,此为其极。僧徒主客,常有万人。

对于玄奘来到这里的情况,这书中也有详尽生动的叙述:

> 向幼日王院安置于觉贤房第四重阁。七日供养已,更安置上房,在护法菩萨房北,加诸供给。日得赡步罗果一百二十枚,槟榔子二十颗,豆蔻二十颗,龙脑香一两,供大人米一升。其米大于乌豆,做饭香鲜,余米不及。唯摩揭陀国有此粳米,余处更无。独供国王及多闻大德,故号为供大人米。月给油三升,酥乳等随日取足,净人一人,婆罗门一人,免诸僧事,行乘象舆。

除了玄奘以外,还有别的一些印度本地的大师。《大唐西域记》里写道:

> 至如护法、护月,振芳尘于遗教;德慧、坚慧,流雅誉于当时。光友之清论,胜友之高谈,智月则风鉴明敏,戒贤乃至德幽邃。

看了这段描述，我眼前仿佛出现了一座极其壮丽宏伟的寺院兼大学。四层高楼直刺入印度那晴朗悠远的蓝天。周围是碧绿的流水，水里面开满了荷花。和煦的微风把荷香吹入我的鼻中。我仿佛看到了上万人的和尚大学生，不远千里万里而来，聚集在这里，攻读佛教经典和印度传统的科学宗教理论，以及哲学理论。其中有几位名扬国内外的大师，都享受特殊的待遇。这些大师都峨冠博带，姿态肃穆。或登坛授业，或伏案著书。整个那烂陀寺远远超过今天的牛津、剑桥、巴黎、柏林等等著名的大学。梵呗之声迳云霄，檀香木的香烟缭绕檐际。夜间则灯烛辉煌，通宵达旦。节日则帝王驾临，慷慨布施。我眼前是一派堂皇富丽、雍容华贵的景象。

我仿佛看到玄奘也居于这些大师之中，住在崇高的四层楼上，吃着供大米，出门则乘着大象。我甚至仿佛看到玄奘参加印度当时召开辩论大会的情况。他在辩论中出言锋利，如悬河泻水，使他那辩论的对手无所措手足，终至伏地认输。输掉的一方，甚至抽出宝剑，砍掉自己的脑袋。我仿佛看到玄奘参加戒日王举行的大会，他被奉为首座。原野上毡帐如云，象马如雨，兵卒多如恒河沙数，刀光剑影，上冲云霄。戒日王高踞在宝帐中的宝座上，玄奘就坐在他的身旁……

所有这一些幻象都是非常美妙动人的。但幻象毕竟是幻象，一转瞬间，就消逝了。书上描绘的那种豪华的景象早已荡然无存，我眼前看到的只是一片废墟。连断壁颓垣都没有，只有从地里挖掘出来的一些墙壁的残迹。"庭序别开，中分八院"，约略可以看出来。到于崇楼峻阁，则只能相寻于幻想中。如果借用旧诗词的话，那就是"西风残照，汉家陵阙"。

我们在这一片废墟中徘徊瞻望。抚今追昔，感慨万端。虽然眼前已没有什么东西可看，但是又觉得这地方很亲切，而为之流连忘返。为了弥补我们幻想之不足，我们去参观了旁边的那烂陀展览馆。那是一座不算太大的楼房，里面陈列着一些从那烂陀遗址中挖掘出来的文物。还陈列着一些佛典，记得还有不少是从斯里兰卡送来的

东西。所有这一切,似乎也没能给我们留下多么深刻的印象。只有玄奘的影子好像总不肯离开我们。中国唐代的这一位高僧不远万里,九死一生,来到了印度,在那烂陀住了相当长的时间,攻读佛典和印度其他的一些古典,他受到了印度人民和帝王的极其优渥的礼遇。他回国以后完成了名著《大唐西域记》,给当时的印度留下极其翔实的记载,至今被印度学者和全世界学者视为稀世珍宝。在印度人民中,一直到今天,玄奘这名字几乎是家喻户晓,妇孺皆知,我们在印度到处都听到有人提到他。在中国,伟大的文学家鲁迅在他的《中国人失掉自信力了吗?》这篇文章中,列举了埋头苦干的人,拼命硬干的人,为民请命的人,舍身求法的人,明白地说这些人都是"中国的脊梁"。他虽然没有提到玄奘的名字,但在"舍身求法的人"中显然有玄奘在。我们同鲁迅一样,对宗教并不欣赏,也不宣扬,但玄奘却不仅仅是一个宗教家。对于这样一位高僧,我平常也是非常崇敬的。今天来到印度,来到了他长期学习生活过的地方,回想到他不是很自然的吗?他的影子不肯离开我们不也是很容易理解的吗?我们抚今追昔,把当时印度人民对待玄奘的情况,同今天印度人民热情款待我们的情况联想起来,对比起来,看到了中印友谊的源远流长,看到这友谊还会长期存在下去,发展下去,我们心里就会热乎乎的,不也是很自然的吗?我们就是怀着这样的心情依依不舍地离开了那烂陀。回望那些废墟又陡然化成了崇楼峻阁,画栋雕梁,在我们眼里闪出异样的光芒。

我们从巴特那,乘坐印度空军的飞机,飞到菩提伽耶,在一个小小的比较简陋的飞机场上降落,好像没用多少时间。

这里是佛教史上最著名的圣迹。根据古代佛典的记载,释迦牟尼看破红尘出家以后,曾到处游行,寻求大道。碰了许多钉子,曾一度修过苦行,饿得眼看就要活不了了,于是决定改弦更张,喝了一个村女献给他的粥,身体和精神都恢复了一下。最后来到菩提伽耶这个地方,坐在菩提树下,发下宏愿大誓:如果不成正道,就决不离开这个地方。

这个故事究竟可靠到什么程度，今天的佛教学者哪一个也不敢确说。究竟有没有一个释迦牟尼？释迦牟尼是否真到这里来过呢？这些问题学者们都提起过。我们来到这里参观访问，对这些传说都只能姑妄言之姑妄听之。听一听的话，也会觉得很好玩儿，很有趣，也可以为之解颐。至于追根究底去研究，那是专门家学者的事，我们眼前没有那个余裕，没有那个兴趣。就让这个地方涂上一些神话的虹彩，又何尝不可呢？眼前的青山、绿水、竹篱、茅舍，比那些宗教祖师爷对我更有内容，更有吸引力。

同在那烂陀寺一样，法显、玄奘和义净等著名的中国和尚都是到这里来过的。他们留下的记载都很生动、翔实，又很有趣。当然他们都是虔诚的佛教信徒，对这一切神话，他们都是坚信不疑的。我们没有也不可能有那种坚定的信仰。我们只是踏在印度土地上，想看一看印度土地上的一切现实情况，了解一下印度人民的生活情况，如此而已。对于菩提伽耶，我们也不例外。

我们于是就到处游逛，到处参观。现在回想起来，这里的宝塔、寺庙，好像是非常多。详细的情景，现在已经无从回忆起。在我的记忆里，只是横七竖八地矗立着一些巍峨古老的殿堂，大大小小的宝塔，个个都是古色斑斓，说明它们已久历春秋。其中最突出的一座，就是紧靠金刚座的大塔。我已经不记得有关这座大塔的神话传说，我也不太关心那些东西，我只觉得这座塔非常古朴可爱而已。

紧靠这大塔的后墙，就是那一棵闻名世界的菩提树。玄奘《大唐西域记》第八卷说：

> 金刚座上菩提树者，即毕钵罗之树也。昔佛在世，高数百尺，屡经残伐，犹高四五丈。佛坐其下成等正觉，因而谓之菩提树焉。茎干黄白，枝叶青翠，冬夏不凋，光鲜无变。每至如来涅槃之日，叶皆凋落，顷之复故。是日也，诸国君王，异方法俗，数千万众，不召而集，香水香乳，以溉以洗。于是奏音乐，列香花，灯炬继日，竞修供养。

今天我们看到的菩提树大概也只高四五丈，同玄奘看到的差不多，至多不过有一二百年的寿命。从玄奘到现在，又已经历了一千多年。这一棵菩提树恐怕也已经历了几番"屡经残伐"了。不过玄奘描绘的"茎干黄白，枝叶青翠，冬夏不凋，光鲜无变"，今天依然如故。在虔诚的佛教徒眼中，这是一棵神树。他们一定会肃然起敬，说不定还要跪下，大磕其头，然而在我眼中，它只不过是一棵枝叶青翠、叶子肥绿的树，觉得它非常可喜可爱而已。

树下就是那有名的金刚座。据佛典上说，这个地方"贤劫初成，与土地俱起，据三千大千之中，下极金轮，上齐地际，金刚所成"，世界动摇，独此地不动，简直说得神乎其神。前几年，唐山地震，波及北京，我脑海里曾有过一闪念：现在如果坐在金刚座上，该多么美呀！这当然只是开开玩笑，我们是决不会相信那神话的。

但是我们也有人为了纪念，在地上拣起几片掉落下来的叶片。当时给我们驾驶飞机的一位印度空军军官，看到我们对树叶这样感兴趣，出于好心，走上前去，伸手抓住一条树枝，从上面把一串串的小树枝条折了下来，让我们尽情地摘取树叶。他甚至自己摘落一些叶片，硬塞到我们手里。我们虽然知道这棵树的叶片是不能随便摘取的，但是这位军官的厚意难却，我们只好每个人摘取几片，带回国来，做一个很有意义的纪念品了。

同在阿旃陀和那烂陀一样，在这里玄奘的身影又不时浮现到我的眼前。不过在这里，不止是玄奘一个人，还添了法显和义净。我仿佛看到他们穿着黄色的袈裟，跪倒在地上磕头。我仿佛看到他们在这些寺院殿塔之间来往穿行。我仿佛看到他们向那一棵菩提树顶礼膜拜。我仿佛看到他们从金刚座上撮起一小把泥土，小心翼翼地包了起来，准备带回中国。我在这里看到的玄奘似乎同别处不同：他在这里特别虔诚，特别严肃，特别忙碌，特别精进。我小时候阅读《西游记》时已经熟悉了玄奘。当然那是小说家言，不能全信的。现在到了印度，到了菩提伽耶，我对中国这一位舍身求法的高僧，心里不禁油然涌起了无限的敬意。对于增进中印两国人民的友谊，他的作用是不可估量的。在中国人民心目中，在印度人民心目中，他实际上变成了中印友谊的象征。他将长久地活在人民的心中。

我眼前不但有过去的人物的影子，也还有当前的现实的人物。正当我们在参观的时候，好像从地里钻出来一样，突然从远处跑来了一个年老的中国妇女，看样子已经有七十多岁了。她没有削发，却自称是个尼姑。她自己说是湖北人，前清时候来到印度。详细的过程我没有听清楚，也没听清楚她住在什么地方。总之是，她来到了菩提伽耶，朝佛拜祖，在这里带发修行。印度的农民供给她食用之需，待她非常好。看样子她也不懂多少经文，好像连字——不管是中国字还是印度字，也不认识。她缠着小脚，走路一瘸一拐地，却飞也似的冲着我们跑过来，直跑得上气不接下气。恐怕她已经好久没有看到祖国来的人了。今天忽然听说祖国人来，她就不顾一切，拼命跑了过来。她劈头第一句话就是："老爷们的行李下在哪个店里？"我乍听之下，不禁心里一抖：她"不知秦汉，无论魏晋"。我们同她之间的距离已经大到无法想象的程度了，我们好像已经不是同一个世纪的人物了。她对祖国的感情，对祖国来的亲人的感情看样子是非常浓厚的，但是她无法表达。我们对她这样一个桃花源中的人物，也充满了同情。在离开祖国万里之外的异域看到这样一个人物，心里酸甜苦辣，什么滋味都有。我们又是吃惊，又是怜悯，又是同情，又是高兴，但是我们也无法表达。我脑海中翻腾出许许多多的问题：在现在这个世界上，怎么还能有这样的人物呢？在过去漫长的几十年中，她的生活是怎样过的呀！她不懂印度话，同印度人民是怎样往来呀？她是住在茅庵里，还是大树上呀？她吃饭穿衣是怎样得来的呀？她形单影孤，心里想些什么呀？西天佛祖真能给她以安慰吗？如果我们现在告诉她祖国的情况，她能够理解吗？如此等等，一系列的问号涌上心头。面对着这样一个诚恳朴实又似乎有点儿痴呆的老年妇女，我们简直不知说些什么好，简直是无所措手足。我们唯一的办法就是给她一些卢比，期望她的余年过得更好一点儿，此外再也没有什么话可说了。在她那一方面，也似乎有

些不知所措。她伸手接过我们给的钱，又激动，又吃惊，又高兴，又悲哀，眼睛里涌出了泪水，说话声音也有些颤抖了。当我们的汽车开动时，她拖着那一双小脚一瘸一拐地跟在我们车后紧跑了一阵。我们从汽车的后窗里看到她的身影，眼睛里也不禁湿润起来……

　　佛教圣地遍布印度各地，我无法一一回忆。况且事情已经隔了将近三十年，我努力把我的回忆来回搅动，目前也只能搅动出这么多来。其余零零碎碎的回忆还多得很，让它们暂且保留在我的记忆中吧！

一九七九年三月

大觉寺

我为什么对大觉寺情有独钟呢？这问题提得很自然，但又显得颇为突兀。我似乎能答复，又似乎还不能。

将近七十年前，当我在清华园读书的时候，北京的古寺名刹，我都是知道的，什么潭柘寺、戒台寺、碧云寺、卧佛寺等，我都清楚，当时既无公共汽车，连自行车都极少见。我曾同一些伙伴"细雨骑驴登香山"。雨中山清水秀，除了密林深处间或有小鸟的啁啾声外，几乎是万籁俱寂。我绝非像陆放翁那样的诗人，但是，此时此地心中却溢美了诗意。"此中有真意，欲辩已忘言"，实不足为外人道也。

可是，大觉寺这个古刹，我却是没有听说过的。它对我是完全陌生的。原因大概是，这一座千年古刹在当时已经凋零颓败，再没有参观旅游的价值，被人们弃若敝屣了。

时间一下子跳过了五十年，我已届古稀之年，可以说是一个地地道道的老人了，可是我偏一点儿老的感觉都没有，有时候还会忽发少年狂。此时，大觉寺已经名传遐迩，那一棵有三百年树龄的"玉兰之王"就生长在大觉寺中，每年春天花发时总会吸引众多的游人前去观赏。八十年代初的一个春天，听说玉兰之王正在繁花怒放，我于是同大泓和二泓骑自行车，长驱三四十里，到大觉寺去随喜。走在半路上，想停车休息一会儿，我的双腿已经麻木，几乎下不了车。幸亏有两个孩子的扶掖，才勉强再登上了车，鼓起余勇，一鼓作气，终于到达了大觉寺。

人们，其中包括一些学者们常说：第一印象是最准确、最清晰，

因而也就是最符合实际情况、最可靠的印象。我对大觉寺的第一个印象怎样呢？山门虽不新，但也没有给人以寥落颓败之感，想必是在过去五十年中修缮过一次，所以才有现在这个情况。这一天来的人多如过江之鲫，到处人声喧阗，古寺的沉寂完全被打破。好不容易挤进了寺门，只见殿阁庄严，花木葳蕤。丁香、藤萝已经开过，只剩下绿叶肥大。最引人注目的是那几棵千年古松柏，树身如苍龙盘曲，尖顶直刺入蔚蓝的晴空，使人看了，精神立刻为之一振。我们先看了北玉兰院的几棵玉兰，花开得正茂密。最后转到南玉兰院，看那一棵玉兰之王。躯干极粗，但是主干已锯掉，只剩下旁枝，至少已有上百年的历史；但是比起三百余年的主干，仍然如小巫见大巫。此时玉兰花正在怒放，开得茂密压枝。与之相对的是一棵树龄比较小一点儿的紫玉兰。两棵树一白一紫，相映成趣。大地的无限活力仿佛都随着花朵喷涌出来。无论谁看了，都会感到生命力的无穷无尽；都会感到人间的可爱，人间净土就在眼前；都会油然产生凌云的壮志。我们也都兴致淋漓，又走上后山，看了水泉。然后出寺野餐，又骑上自行车，回到了燕园，留下了终生难忘的记忆。

时间又一下子跳了将近二十年。我已经到了望九之年，垂垂老矣。两年前，我忽然接到一份请柬，要我到大觉寺去为明慧茶院开院典礼剪彩。这使我有点儿惊愕：大觉寺怎么会同什么明慧茶院联系到一起呢？我准时去了。这是我第三次进大觉寺。此时此地，如果在江南，正是"杂花生树，群莺乱飞"的季节，现在这里却只有杂花，而无群莺。寺内外已加修缮，特别是从南玉兰院一直到后面上面水泉楼一路几层院落，修饰得美轮美奂，金碧辉煌，雕梁画栋，熠熠闪光。简直是换了人间，大非昔比了。可惜丁香、玉兰已经开过花，只有那一架古藤萝仍然是繁花满枝，引得蜜蜂团团飞舞。

明慧茶院是怎么一回事呢？原来是北大中文系毕业生欧阳旭先生弃学从商，用现在的话来说就是"下了海"。欧阳旭先生经营有方，过了没有多久，经营就有可观的规模。但他毕竟是文化人，发财不忘文化。在众多经营之余，在海淀创办了国林风书店，其规模之大，可与风入松书店并驾齐驱。其藏书之精，又与万圣、风入松鼎足而三，为首都文化中心海淀增一异彩。据欧阳旭亲口告诉我，几年前，他同几个伙伴秋游，到了傍晚，在西山乱山丛中迷了路。"黄昏到寺蝙蝠飞"，他们碰巧走进了一座古寺，回不了城，就借住在那里。这就是大觉寺。夜里，他同管理寺庙的人剪烛夜话，偶然心血来潮，想在这座幽静僻远的古刹中创办点儿什么。三谈两谈，竟然谈妥，于是就出现了明慧茶院。难道这不就是佛家所说的因缘，俗语所说的机遇，哲学家所说的偶然性吗？

可是我心中有一个谜，至今仍处在解决与未解决之间。在宝刹大觉寺中可以兴办的事业是很多很多的，为什么欧阳旭独独钟情于茶呢？中国是茶的原产地，茶文化是中华文化不可分割的一个组成部分，中国饮茶的历史至少已有一两千年，而且茶文化传遍了世界，在日本独为繁荣，形成了闻名世界的日本茶道，也是日本文化不可分割的一部分。在欧洲，最著名的饮茶国家，喝的是红茶，在北非和中东，阿拉伯国家也喜欢饮茶，喝的是龙井，是绿茶。根据最近的世界饮料新动向，茶叶大有取代咖啡和可可之势，行将见中国的茶文化传遍世界，为人类造福，为中华添彩，发扬光大之日，就在眼前了。

谈到饮茶，必须有两个绝不可缺少的条件：一个是茶，一个是水。北方不产茶，至少是北京不能产茶，这是天意，谁也无力回天。至于水，北京是有的。但是山中有水，在北方实如凤毛麟角。有水斯有寺，有寺斯有名，这是北京的独特规律。山泉与普通河水迥乎不同，它来自高山深处，毫无污染，而且还含有许多对人体有益的微量元素，入口甘甜，如饮醍醐。再加上名茶一泡，天造地设，相得益彰。大觉寺就以泉水著称，一千余年前的辽代之所以在这里建寺，主要就是这里有甘泉。不管天多么旱，泉水总是从寺后最高处潺潺流出，永不衰竭。这是一个极为难得的条件。甘泉再佐以佳茗，则二美俱矣。这个好像摆在眼前现成的想法，为什么别人就从未想到过，只有等到二十世纪末来了一个年轻小伙子欧阳旭才想到了而

且立即付诸实施建立了明慧茶院呢？这里面难道还有什么十分深奥难测的奥义吗？

不管怎样，明慧茶院建立起来了。开幕的那一天，虽然没有能看到玉兰开花，但是，到的名人颇为不少，学术界和艺术界的一些著名人物，如欧阳中石、范曾，等等，都光临了。大家在憩云轩观赏禅茶表演。几个被派到南方专门学习禅茶表演的年轻的女孩子，在挂在门上的绣有一个大大的"禅"字的帷幕前，在一张精心布置的桌子上，认真表演茶艺，伴奏的是佛乐，庄严肃穆，乐声低沉而清越。唐明皇当年听到了仙乐，"骊宫高处入青云，仙乐轻飘处处闻"。此时我们听到的是佛乐，乐声回荡在憩云轩前苍松翠柏之间，回荡到下面玉兰之王所住的明德轩小院中，回荡到上面山泉流出处的楼阁间，佛乐弥漫了整个大觉寺，仿佛这里就是人间净土，地上桃源。我因为坐在第一张桌子旁，得天独厚，得以喝到第一杯禅茶，味道确同平常的不同，其余的嘉宾也都听了佛乐，喝了名茶，大家颇有点儿流连忘返之意。

从此北京西山增添了一个景点儿。

而我心中则增添了一个亮点儿。

我有时候无缘无故地就想到大觉寺，神驰那里的苍松翠柏、玉兰、藤萝。第二年，正当玉兰花开花的时候，我急不可待地第四次到了大觉寺。那时许多棵玉兰都在奋勇怒放。那一棵玉兰之王开得更是邪乎，满树繁花，累累垂垂，把树干树枝完全盖满，只见白花，不见青枝，全树几千朵花仿佛开成了一朵硕大无朋的白色大花，照亮了明德轩小院，照亮了整个大觉寺，照亮了宇宙。逼得旁边那一棵有名的鼠李寄柏干瘪无光。连同玉兰之王对生的那一棵紫玉兰也失去了光彩。我失去了描绘的能力，思想和语言都一样，嘴里只能连声赞叹：奈何！奈何！

过了不过个把月，我又一次来到了大觉寺，这次同来的有侯仁之、汤一介、乐黛云、李玉洁等人，我们第一次在这里过夜。侯仁之和我两个老头儿，被欧阳旭安排在明德轩所谓"总统套房"中。

既曰"总统",必然华贵。我是个上不得台盘的人。平生不想追求华贵。我曾在印度总统府里住过。在一间像篮球场那样大的房间里,一个卧榻端端正正摆在正中央。我躺在上面,四顾茫然,宛如孤舟大洋,海天渺茫,我一夜没有睡着。今天又要住总统套房,心里真有点儿嘀咕。此时玉兰已经绿叶满枝,不见花影,而对面的一棵太平花则正在疯狂怒放,照得满院生辉。晚饭后,我们几个人围坐在太平花下,上天下地,闲聊一番。寂静的古寺更加寂静,仿佛宇宙间只有我们几个人遗世而独立,身心愉快,毕生所无。走进总统套房,居然一夜酣睡,真如羲皇上人矣。

第二天,我照例四点起床,走出明德轩。此时晨曦未露,夜气犹存,微风不起,松涛无声。太平花似乎还没有睡醒,玉兰之王的绿叶也在凝定不动。古寺中一片寂静。只有屋脊上狂蹿乱跳的小松鼠,跑来跑去,络绎不绝,令人感到宇宙还在活着,并未寂灭。我一个人独立中庭,享受了生平第一个恬谧甜蜜的早晨,让我永世难忘。

从此以后,我心中的那个亮点儿更加明亮了。我常常想到大觉寺,只要有机会,我就到大觉寺来。能够谈得来的一些朋友,我也想方设法请他们到大觉寺来品茗,最好是能住上一夜,领略一下这一座古寺的静夜幽趣。连从台湾不远千里而来的台湾大学图书馆馆长林光美女士,尽管是戎马倥偬,南北奔波,我也请她到大觉寺来住了一夜,她是品茗专家,是内行,她对大觉寺泉水和名茶的赞扬,其意义应该说是与众不同的,现在她已经回到了台北,我相信,她带回去的一定是对大觉寺美好的回忆。

至于我自己为什么这样向往大觉寺呢?这要同我目前的生活情况谈起。近几年来,不知道是从哪里来的一片虚名,套在了我的头上,成了一圈光环,给我招惹来了剪不断理还乱的麻烦。这个会长,那个主编,这个顾问,那个理事,纷至沓来,究竟有多少这样的纸冠,我自己实在无法弄清,恐怕只有上帝知道了。我成了采访的对象,这个电台,那个电视台,这家报纸,那家杂志,又是采访录像,

又是电话采访。一遇到什么庆典或什么纪念,我就成了药方中的甘草,万不能缺。还有无穷无尽的会议,个个都自称意义重大,非参加不行。每天下午,我就成了专家门诊的专家,客厅里招待一拨客人,另外一拨或多拨候诊者只好在别的屋里等候。采访者照相成了应有之义。做道具照相,我已习惯;但是,照相者几乎每次必高呼:"笑一笑",试问我一肚乱絮般的思绪,我能笑得起来吗?即使勉强一笑,脸上成什么模样,我自己是连想都不敢想的。校系两级领导,关心我的健康,在我门上贴上了谢绝会客的通知。然而知书识字的来访者却熟视无睹,依然想方设法闯进门来。听说北京某大学某一位名人,大概遇到了同我一样的遭遇,自己在门上大书:某某死了!但是,死了也不行,他们仍然闯进门来,要向遗体告别。

"十年浩劫"期间,我忽发牛劲儿,以卵击石,要同北大那位"老佛爷"决斗,结果全军覆没,被抄家,被批斗,被关进牛棚,好不容易捡回来一条小命,却成了"不可接触者"。几年之内,我没接到一封来信,没有一个客人。走在校内,没有哪个人敢同我说上一句话。我自己知趣,凡上路,必茫然向前看,决不左顾右盼,也决不敢踩别人的影子,以免把灾殃传给别人。你说,这样心里能痛快吗?当然不能。有时候我一个人困居斗室,感前途之无望,悲未来之渺茫,只觉得凄凉、孤独、寂寞、无助,此中滋味,非同病者实难相怜也。

然而,物换斗移,时异世迁,我从一个"不可接触者"一变而为"极可接触者",宛如从十八层地狱一下子跃上三十三天。最初有一阵喜悦,自是人之常情。然而,时隔不久,这喜悦就逐渐淡漠下来,代之而起的是无名的苦恼。"千秋万岁名,寂寞身后事",我不想争名。我的收入足以维持我那水平不高的生活,我不想夺秋。我现在要求最迫切的是还我清静。"不可接触者"是最容易得到清静的。然而如今谁有这个本领能发动亿万群众,共同上演一出空前残暴的悲剧呢?他年于无意中得之的"不可接触者"的地位,如今却是可望而不可即了。

我现在希望得到的是一片人间净土，一个世外桃源。万没想到，我又于无意中得到了净土和桃源，这就是欧阳旭在大觉寺创办的明慧茶院。我每一次从燕园驱车往大觉寺来，胸中的烦躁都与车行的距离适成反比，距离愈拉长，我的烦躁愈减少，等到一进大觉寺的山门，我的烦躁情绪一扫而光，四大皆空了。在这里，我看到了我的苍松、翠柏、丁香、藤萝、梨花、紫荆，特别是我的玉兰和太平花，它们都好像是对我合十致敬。还有屋脊上蹿跳的小松鼠，也好像对我微笑。我想到我前不久写的那一副对联：

屋脊狂蹿小松鼠，
满院开满太平花。

不禁心旷神怡，虽古代桃花源中人，也不得不羡慕我了。

大概从人类有了较大的城市之日起，城市就与大自然形成了对立面，形成了鲜明的对照。连一千年前的陶渊明都曾高唱："久在樊笼里，复得反自然。"欢悦之情，跃然纸上。清代末年，德国汉学家福兰阁任德国驻清朝的外交官，经常"上山"。我从他儿子傅吾康嘴里经常听到"上山"这个词儿。上哪个山呢？我从来没有问过，反正他每次来北京，总有一半时间"上山"。最近我才知道，他们父子俩上的山就是大觉寺，德国人毕竟是热爱自然的民族。到了今天，城市越来越大，越来越热闹，红尘万丈，喧嚣无度，虽然不能每个人都有像我那样的烦躁，但烦躁总会有的，只不过程度高低不同而已。大家都会渴望拥抱大自然，都在不同程度上想找一个人间净土，世外桃源。可每个人并不能都找得到，这不能不说是一件憾事。

我是有福的，我找到了大觉寺明慧茶院，而且帮助我的朋友们认识这是一块人间净土，世外桃源，我的朋友也都有福了。

我心中的那一个亮点儿将会愈来愈亮，愈亮。

一九九九年五月二十二日写毕